Endlich angekommen

Dieses Buch ist auch als eBook erhältlich.

Verlag Krug & Schadenberg, Hauptstr. 8, 10827 Berlin

Tel. (030) 61 62 57 52, info@krugschadenberg.de

www.krugschadenberg.de

Wenn Sie mögen, folgen Sie uns auf Facebook und Twitter.

Chira Brecht

Endlich angekommen

Roman

Krug & Schadenberg

KAPITEL 1

Der Anflug auf Boston vom Meer her war phantastisch. Die Maschine zog eine Schleife nach Norden und schwenkte dann hoch über einer Villengegend und einer Bucht mit vielen kleinen Inseln und eng bebauten Landzungen in Richtung Logan Airport ein. Wie immer nahm Verena sich vor, später auf Google Earth die genauen Landschaftsnamen nachzusehen, und sie wusste schon jetzt, dass sie wahrscheinlich erst wieder daran denken würde, wenn sie sich nicht mehr genau erinnern konnte.

Nachdem sie die langwierigen Einreiseformalitäten hinter sich gebracht hatte, machte sie sich auf die Suche nach dem Shuttle-Service zum Hotel.

Alles klappte wunderbar. Nach einer knappen halben Stunde kam sie im Sheraton Hotel an. Sie hatte Glück und ergatterte ein Zimmer, das einen herrlichen Ausblick über den Charles River bot. Ein Blick auf die Uhr zeigte ihr, dass es zu spät war, zu Hause anzurufen. Warum war sie darüber erleichtert?

Seit sie die neue Stelle als Bereichsleiterin der Unfallchirurgie an der Münchner Uniklinik innehatte, war das Zusammenleben mit ihrem Mann Stefan zunehmend schwieriger geworden. Obwohl er ihre Bewerbung zu Anfang voll unterstützt hatte, hatten sie in den letzten Wochen und Monaten häufig Streit wegen der vielen Überstunden, die Verena im Krankenhaus und manchmal noch zu Hause leistete. Verena versuchte Stefan zugutezuhalten, dass er sich Sorgen um sie machte, aber im Grunde fühlte sie sich bevormundet. Ob er nicht glaube, dass sie das selbst einschätzen könnte, hatte sie ihn mehr als einmal genervt gefragt.

Sie hatte das Angebot des Klinikdirektors, zu dem Ärztekongress nach Boston zu fliegen und anschließend für ein paar Tage das renommierte Massachusetts General Hospital zu besuchen, um dort bei der Neueinführung eines zukunftsweisenden Laserskalpells dabei zu sein, begeistert angenommen. Stefan hingegen hatte sich hauptsächlich dafür interessiert, dass sie für die Zeit ihrer Abwesenheit die Tagesmutter für ihren zehnjährigen Sohn Tim arrangierte. Verena seufzte. Sie konnte sich nicht erklären, wieso ihr Mann in letzter Zeit ständig neue Gründe fand, um an ihr herumzunörgeln. Allerdings war sie gerade meilenweit von zu Hause weg, für Tim war gesorgt, und an Stefans Einstellung konnte sie im Moment ohnehin nichts ändern. Sie ließ sich auf das große, flauschige Queensize-Bett sinken und erlaubte es sich, mitten am Tag die Augen zu schließen.

»Verena? Verena …?!«

Verena drehte sich überrascht um.

»Monika?«

»Mona«, verbesserte die Angesprochene mit einem strahlenden Lächeln.

Stimmt! Verena musste ebenfalls lächeln. Damals hatte

sich die ganze Studienclique ein wenig lustig gemacht, als Monika Grafenbach mit einem Mal beschlossen hatte, sich Mona zu nennen. Aber mit der Namensänderung war damals eine echte Persönlichkeitsänderung mit der eher schüchternen und zurückhaltenden Monika, jetzt Mona vorgegangen.

Heute stand eine attraktive Mittvierzigerin vor ihr, der man ihr Alter kaum ansah.

Verena konnte nicht umhin, ihr ein ehrlich gemeintes Kompliment zu machen. »Donnerwetter, Mona. Du siehst wirklich gut aus! Was führt dich denn hierher?«

Mona grinste. »Vermutlich das Gleiche wie dich, Frau Doktor. Die Arbeit. Oder bist du zu deinem Privatvergnügen auf diesem beeindruckenden Kongress?«

Mona hatte recht. Ihre Frage war dumm, schließlich hatten sie sich gemeinsam bis zum Examen geschlagen, auch wenn sie sich während der Assistenzzeit bald aus den Augen verloren.

»Mensch, das ist ja toll, dich nach so vielen Jahren wiederzutreffen! Und dann ausgerechnet hier.« Mona strahlte sie herzlich an.

Verena hatte sich noch nicht wieder gefangen. Sie war irritiert, dass Mona plötzlich vor ihr stand. Die beiden hatten viel Zeit auf der Uni und während des Praktikums zusammen in einer Clique verbracht, ehe Verena Kathrin Sanders kennengelernt hatte.

Sie riss sich zusammen und setzte ein freundlicheres Lächeln auf. »Ja«, sagte sie. »Komm, lass uns einen Kaffee trinken.«

Mehr als eine Stunde war vergangen, als Verena das erste Mal auf die Uhr sah. Unglaublich, was sie sich alles zu erzählen hatten.

Es war Mona, die sagte, sie müsse weiter, weil sie einen Vortrag von Professor Vance keinesfalls verpassen wolle. »Was hast du denn heute Abend vor?«

Das Abendessen verlief ebenso kurzweilig wie das Kaffeetrinken am Nachmittag. Sie waren bei der zweiten Flasche Rotwein angelangt, als Verena fragte: »Bist du eigentlich verheiratet?«

Mona lachte laut auf. »Du meinst mit einem Mann – mit weißem Kleid und Trauschein und so?«

»Was ist daran so abwegig?«, fragte Verena begriffsstutzig. Monas Blick war mit einem Mal unergründlich, und Verena wurde unsicher.

»Willst du tatsächlich sagen, dass du nie etwas bemerkt hättest?«

Verena starrte sie nur verständnislos an.

Mona schüttelte ungläubig den Kopf. »Ich stehe nicht auf Männer. Noch nie.« Wieder der undurchdringliche Blick. »Und ich war mir eigentlich hundertprozentig sicher, dass du damals mit Kathrin …«

»Was?«, sagte Verena atemlos. Ihr schlug das Herz bis zum Hals.

Mona grinste verlegen. »Na ja, ich war mir sicher, dass da was lief zwischen euch beiden.«

Verena spürte, dass sie rot wurde bis in die Haarwurzeln. »Ich …«

»Wusste ich's doch«, lachte Mona zufrieden.

Verena war tatsächlich sprachlos.

»Mensch, Verena. Du schämst dich doch nicht etwa, oder?«

»Nein, nein, natürlich nicht. Ich – ich hatte nur irgendwie nicht damit gerechnet, dass du das gemerkt hast, und ich hatte keine Ahnung, dass du ...« Sie lachte plötzlich auf und hob dann ihr Glas. »Ich war damals wirklich etwas naiv, Mona.«

Auch Mona hob ihr Glas. Sie lächelte zweideutig. »Das warst du, Verena!«

Verena blinzelte überrascht. »Was meinst du?«

Mona senkte den Blick. »Nichts, wirklich, vergiss es.«

Verena insistierte nicht. Ehe das Schweigen unbehaglich wurde, sagte Mona leise: »Sorry, ich wollte dir nicht zu nahetreten, es geht mich ja nichts an. Ich freue mich wirklich, dich mal wieder zu sehen. Welche Vorträge willst du denn morgen noch besuchen?«

Sie sprachen noch über die Meetings des nächsten Tages, Verenas geplanten Besuch am Mass General im Anschluss an den Kongress und tauschten ihre Handynummern aus. Doch sie verabredeten sich nicht noch einmal.

An diesem Abend lag Verena lange wach. Sie grübelte überMonas Worte nach. »Das warst du!« in Anspielung auf ihre Naivität. All das war mehr als fünfzehn Jahre her. Sie war nicht böse über Monas Bemerkung. Kathrin hatte ihr das Gleiche schon hundertmal gesagt. Aber es tat irgendwie weh, es nach so langer Zeit von einer ehemaligen Freundin gesagt zu bekommen. War Mona überhaupt je eine Freundin gewesen? Ja, während des Studiums auf jeden Fall. Vielleicht nicht ihre engste Freundin, aber sie war Teil der Clique gewesen, und Verena hatte sie gemocht.

Wie hatte sie dann übersehen können, dass Mona lesbisch war? Und wenn sie die Andeutung vom Nachmittag richtig deutete, sogar irgendwann einmal ein Auge auf sie geworfen hatte? Nein, Verena hatte es nicht kapiert. Sie hatte ja auch fast ein Jahr gebraucht, bis sie damals begriffen hatte, was sie zu jener Zeit für Kathrin empfand.

Verena schlief nicht besonders gut in dieser Nacht. Am nächsten Morgen war sie unkonzentriert, aber die Vorträge waren zum Glück nicht wirklich bahnbrechend. Sie merkte, wie sie sich mehrmals dabei ertappte, dass sie nach Mona Ausschau hielt, aber die war nirgends zu sehen.

Die beiden Tage am Mass Gen Hospital lenkten sie schließlich ab. Sie hatte die Gelegenheit, bei zwei größeren OPs mit dem neuen Laserskalpell zuzusehen, und so kam sie mit einigen neuen Ideen zurück. Auf dem Heimflug machte sie auf dem Laptop bereits Pläne für die Anschaffung eines neuen Lasers, wie sie ihn in der Klinik im Einsatz gesehen hatte, und kalkulierte die Kosten. Sie wollte sich unbedingt für die Investition einsetzen. Die Gedanken an das Treffen mit Mona rückten in den Hintergrund.

Stefan holte sie zusammen mit Tim am Flughafen ab. Ihr Mann küsste sie liebevoll auf den Mund. »Papa«, sagte der Zehnjährige verschämt. Verena zwinkerte ihm zu und nahm Stefans Hand. »Ich freue mich auch, dich zu sehen,

Schatz.« Der Streit, den sie vor dem Abflug gehabt hatten, war vergessen.

»Was ist mit Dani?«, fragte Verena, weil die Große nicht mitgekommen war.

»Sie muss lernen – hat morgen eine Matheklausur.« Dani war Stefans jüngere Tochter aus erster Ehe. Seine damalige Frau Melanie war früh gestorben. Als er Verena kennengelernt hatte, war sie für die damals fünfjährige Dani sofort zur Ersatzmutter avanciert, und Verena betrachtete sie längst als ihre eigene Tochter. Die ältere – mittlerweile fünfundzwanzigjährige – Tatjana jedoch hatte sich mit ihr einen jahrelangen Kampf um die Gunst des Vaters geliefert. Ihr Verhältnis hatte sich erst entspannt, nachdem Verena ihr geholfen hatte, ihre Drogensucht zu überwinden.

Ihr Flugzeug war am späten Nachmittag angekommen, aber Verena zwang sich, wach zu bleiben, damit sie den Jetlag besser überstand. Sie berichtete Stefan begeistert von den neuen Methoden in der Laserchirurgie, welche die amerikanischen Kolleginnen und Kollegen am Mass Gen einsetzten. Auch wenn es nicht sein Fachgebiet war – Stefan war Gynäkologe in eigener Praxis –, konnte er Verenas Eifer verstehen. Er lächelte sie liebevoll an. »Ich muss dir etwas sagen, Verena.«

Sie hob überrascht den Kopf.

»Ich weiß, dass ich es dir in letzter Zeit nicht gerade leicht gemacht habe. Du hast früher schon viel gearbeitet, aber seit du die Stelle an der Uniklinik hast, bist du kaum noch zu Hause, und es ist für mich einfach noch etwas ungewohnt.«

Verena merkte, wie ihre gute Stimmung verflog, und sie wollte schon zu der üblichen Verteidigungsrede ansetzen, wie sehr sie der neue Job ausfüllte und dass sie die letzten Jahre für die Familie zurückgesteckt hatte, als Stefan ihr sanft den Finger auf die Lippen legte. »Schsch, lass mich doch erst mal ausreden, ehe du gleich wieder in Kampfstellung gehst. Ich wollte dir schon lange sagen, dass ich sehr stolz auf dich bin.«

Verena sah ihn misstrauisch an. »Ehrlich?«

»Ehrlich.«

»Warum fühlt es sich dann nie so an?« Sie merkte, wie ihr fast die Tränen kamen.

»Weil ich mich vielleicht noch nicht daran gewöhnt habe, dass meine Frau karrieremäßig gerade voll durchstartet.« Er lachte etwas verlegen.

Für den nächsten Tag hatte Verena sich mit Kathrin zum Mittagessen verabredet. Kathrin, von der Mona angenommen hatte, dass Verena mit ihr nach der Studienzeit ein Verhältnis hatte, war seit vielen Jahren ihre beste Freundin. Allerdings war der Begriff *Verhältnis* eine mehr als unzureichende Umschreibung für die damals so verworrene Beziehung zwischen den beiden.

Verena dachte einen Augenblick daran, wie sie sich kennengelernt hatten. Kathrin Sanders war ihre Patientin gewesen. Sie, Verena, hatte als Einzige erkannt, dass deren Autounfall ein verschleierter Selbstmordversuch war. Damals hatte sie sich das Bedürfnis, der in der Tat psychisch kranken Kathrin um jeden Preis ins Leben zurückzuhelfen, nicht erklären können. Die Faszination, die diese Frau auf sie ausgeübt hatte, war so weit gegangen, dass sie sich entgegen des Rates von Freundinnen und Freunden und ihres Professors über alle ärztlichen Grenzen hinweg um sie gekümmert und es nach einer monatelangen Auseinandersetzung geschafft hatte, Kathrin zu einer Therapie zu überreden. Irgendwie entwickelte sich daraus eine chaotische und leidenschaftliche Liebesbeziehung, die beiden in ihrer Intensität den Atem raubte. Allerdings dauerte sie nur kurz, denn Verena konnte nicht damit umgehen, eine Frau zu lieben. Ihr war längst klar, wie sehr sie Kathrin damals verletzt hatte. Dennoch waren sie noch immer eng befreundet, und es gab wenig bis nichts, das die beiden nicht voneinander wussten. Die Intimität der ersten Monate, in denen Verena um Kathrins Lebenswillen gekämpft hatte, schien sie auf ewig miteinander verschworen zu haben.

Das Essen war bisher ereignislos verlaufen. Kathrin, eine inzwischen weit über die Szene hinaus bekannte Schriftstellerin, erzählte von ihrer jüngsten Lesereise, Verena erzählte von Boston. Plötzlich hielt sie mitten im Satz inne.

Kathrin sah sie irritiert an. »Was ist denn?«

»Erinnerst du dich eigentlich noch an Mona?«

Kathrin runzelte die Stirn. »Eine etwas kurvige Rothaarige?«

»Hm-hm.«

»Wie kommst du plötzlich auf sie? Du hast sie nie erwähnt. Ich kann mich nicht erinnern, je mehr als ein paar belanglose Worte mit ihr gewechselt zu haben.« Sie grinste in sich hinein. »Nicht dass ich damals überhaupt viel geredet hätte, wenn du mich irgendwohin mitgenommen hast.«

Das stimmte. Kathrin war damals meist das stumme und etwas schräge Anhängsel von Verena gewesen. Von der verschüchterten, schreckhaften Maus war heute nichts mehr übrig.

Verena fuhr wie in Gedanken fort. »Ich habe sie zufällig in Boston wiedergetroffen. Sie arbeitet als Anästhesistin am Berliner Marie-Curie-Krankenhaus.«

»Mhm«, meinte Kathrin uninteressiert. »Was treibt sie denn so?«, schob sie nach, als sie Verenas Gesichtsausdruck sah.

Verena lächelte schief. »Wie wir alle hat sie beruflich ihren Weg gemacht. Sie ist stellvertretende Leiterin der Intensivstation. Und sie hat mir gesagt, dass sie lesbisch ist – und auch damals schon war. Hast du das je mitbekommen?«

Kathrin schüttelte den Kopf. »Ich denke, ich war zu sehr mit mir beschäftigt. Wir beide waren zu sehr mit uns beschäftigt.«

»Sie hat nach uns beiden gefragt.«

»Wirklich? Was hast du gesagt?«

Verena lächelte peinlich berührt. »Ich habe es zumindest nicht abgestritten«, antwortete sie verlegen.

Kathrin konnte sich ein Schmunzeln nicht verkneifen. Es gab eine Zeit, da hätte Verena um keinen Preis zugegeben, dass sie einmal mit ihr zusammengewesen war. »Werdet ihr euch wiedersehen?«

»Nein, es war ja nur eine zufällige Begegnung. Was machen Carmen und du eigentlich am Wochenende?« Verena wechselte das Thema. Selbst mit ihrer besten Freundin wollte sie Monas doppeldeutige letzte Worte nicht erörtern. Und überhaupt, vielleicht hatte sie ja etwas hineininterpretiert, was gar nicht da war?

Aber da kannte sie Kathrin schlecht, die Verena nach all den Jahren einzuschätzen gelernt hatte. »Du hast wieder diesen Blick, Verena.«

»Welchen Blick?«

»Den du immer hast, wenn dir eine Frau gefällt und du es nicht zugeben kannst.«

Verena reagierte gereizt. »Red doch keinen Unsinn!«

»Wenn du meinst …« Kathrin ließ den Rest ihrer Worte unausgesprochen in der Luft hängen.

Doch Verena wusste ganz genau, worauf die Freundin anspielte. Nämlich dass sie – Verena – sich vor einigen Jahren von Kathrins jetziger Lebensgefährtin Carmen nach allen Regeln der Kunst hatte verführen lassen. Und zwar pikanterweise während sich die Sache zwischen Kathrin und Carmen bereits angebahnt hatte, auch wenn die beiden zu dem Zeitpunkt noch nicht offiziell zusammengewesen waren. Ein unbedachtes Wort würde nur alte Wunden aufreißen. Verena warf einen hastigen Blick auf ihre Uhr. »Mein Dienst beginnt in einer halben Stunde. Ich muss los.«

Bussi links und rechts auf die Wange, weg war sie.

Der Verkehr quälte sich durch die Münchner Innenstadt. Auf der Leopoldstraße schnitt Verena versehentlich einen Porsche, der prompt ein wildes Hupkonzert startete. Sie verkniff es sich gerade noch, ihm den Mittelfinger zu zeigen. Kathrins letzte Bemerkung hatte ihr gründlich die Laune verdorben.

Eine Schwester sah sie erstaunt an, als Verena sie wegen einer Lappalie barsch anfuhr. Die leitende Chefärztin war nicht dafür bekannt, ihren privaten Ärger am Pflegepersonal auszulassen.

Bei der erstbesten Gelegenheit zog Verena sich in ihr Büro zurück. Kathrins Worte gingen ihr nicht aus dem Sinn. Sie war fahrig und unkonzentriert, und wenn sie nicht bald besser aufpasste, konnte ihr ein Fehler unterlaufen, was absolut inakzeptabel war. Sie rieb sich die Stirn, nahm zwei Kopfschmerztabletten und machte sich an ihre Reisekostenabrechnung. Vielleicht beruhigte sie sich etwas, wenn sie sich hinter Zahlenkolumnen verschanzen konnte.

In den nächsten Tagen rückten die Erinnerung an das Treffen mit Mona und das Gespräch mit Kathrin in den Hintergrund. Verena bekam in der Tat die Genehmigung der Klinikverwaltung, ein modernes Laserskalpell für die Unfallchirurgie zu erwerben, wie sie es in Boston gesehen hatte, und war eingespannt in Budgetplanung und Einkaufsverhandlungen. Danach arbeitete sie mit an der Inbetriebnahme und den Testphasen. Nach mehreren Monaten war das Gerät voll einsatzbereit. Da Verena das Projekt maßgeblich geleitet hatte, war sie auch diejenige, deren Gesicht und Namen in mehreren Münchner Zeitungen und ärztlichen Fachzeitschriften auftauchte. Plötzlich sah sie sich mit einer Aufmerksamkeit in der Öffentlichkeit konfrontiert, die ihr bis dahin vollkommen fremd gewesen war.

Es dauerte nicht lange, bis Stefan ihr unter die Nase rieb, ob der neue Ruhm ihr zu Kopf gestiegen sei. Er beschwerte sich wieder einmal, dass sie keine Zeit mehr für die Familie habe, dafür aber umso mehr Zeit bei irgendwelchen Veranstaltungen und Vorträgen verbringe. Sie hatten mehr Streit als je zuvor. In einer der seltenen Nächte, in der sie endlich wieder einmal miteinander schliefen, fragte Verena sich, wann das kribbelnde Gefühl im Bauch verschwunden war, das sie früher mit Stefan verband. Ihr Liebesspiel schien ihr plötzlich einstudiert und leidenschaftslos. Was sie früher angetörnt hatte, schien wie eine vage Erinnerung an ein anderes Leben. Und wieso hatte sie plötzlich das Gefühl, als würde ihr Mann eine Pflicht an ihr absolvieren? Abrupt setzte sie sich auf. »Es geht so nicht«, murmelte sie vorwurfsvoll.

Stefan versuchte, sie mit Zärtlichkeiten über die Enttäuschung hinwegzutrösten, aber schließlich drehte sie ihm müde und mit einem bitteren Gefühl in der Kehle den Rücken zu.

Und wann hatte sie den Kumpel und Freund verloren, mit dem sie über Probleme reden und sie anschließend weglachen konnte? Ob es darum ging, dass sie Dani mit elf beim heimlichen Rauchen erwischt hatten oder dass Timmi versehentlich die Windschutzscheibe des nagelneuen Golf Tuareg der gerade eingezogenen Nachbarn mit einem Ziegelstein zertrümmert hatte – immer hatten sie gemeinsam mit den Kindern gesprochen und dann nach einer Lösung gesucht. Aber neulich war Stefan sich nicht zu schade gewesen, ihr die Schuld daran zu geben, dass Tim in der Schule mit einem anderen Jungen in eine Rangelei geraten war.

Früher hatte Stefan ihr außerdem zugehört, wenn sie über die Arbeit sprach, über Probleme mit Kolleginnen oder Kollegen oder über Vorschriften, die sie für nicht tragbar hielt. Oft hatte er ihr einen guten Rat gegeben, doch heute ließ er nur noch besserwisserische Kommentare ab, die ihr nicht weiterhalfen.

Obwohl es sie bedrückte, sprach Verena mit niemandem darüber, was in ihr vorging. Sie traf sich auch mit Kathrin nur noch selten. Die Arbeit war immer ein guter Grund, um eine Verabredung abzusagen. Ihre kurzen Telefonate blieben oberflächlich, und Verena wich Kathrins bohrenden Fragen beharrlich aus.

Schließlich gelang es Kathrin, Verena zu überrumpeln. An einem Sonntagmorgen stand sie mit angeblich schweren Kopfschmerzen und krampfartiger Übelkeit in der Notaufnahme und verlangte hysterisch nach Dr. Verena Gessner und niemandem sonst. Sie war so überzeugend, dass Verena innerhalb von fünf Minuten persönlich vor ihr stand.

»Was machst du hier für einen Aufstand?«, fragte Verena leicht unwirsch, aber nicht minder erstaunt. Und zumindest für den Bruchteil einer Sekunde musterte sie die Freundin auf Anzeichen hin, ob etwas an ihrer Geschichte womöglich stimmte.

Kathrin hielt sich stöhnend den Kopf. »Ein schwerwiegendes Kommunikationstrauma, das nur durch das persönliche Eingreifen von Dr. Gessner selbst aus der Welt zu schaffen ist.« Eine Schwester, die das Schauspiel mittlerweile durchschaut hatte, sah amüsiert zu ihnen herüber.

»Kathrin, ich bin mitten bei der Arbeit.«

»Ich brauche eine halbe Stunde deiner wertvollen Zeit.« Sie sah sich um. »Momentan liegt hier keiner im Sterben, oder? Die Alkoholleichen von gestern Nacht sind durch, und sonst sieht es mir eher ruhig aus, soweit ich als Laie das beurteilen kann.« Ihre Stimme wurde leiser. »Verena, ich werde hier nicht weggehen, ehe du endlich vernünftig mit mir redest. Ich kann es vor allen Leuten tun, oder wir gehen in dein Büro.«

Verena wandte sich zum Gehen. »Komm mit!«, fauchte sie.

In ihrem Büro angekommen, fragte sie schließlich doch: »Möchtest du eine Tasse Kaffee?«

Kathrin nickte und setzte sich in einen der Sessel einer kleinen Sitzgruppe. Sie ließ ihren Blick durch das hell eingerichtete Büro schweifen. »Schön hast du es hier!«

»Danke«, antwortete Verena knapp. Sie brachte zwei Tassen Kaffee, stellte eine vor Kathrin und setzte sich ihr dann gegenüber. Eine Spur freundlicher fragte sie: »Ist etwas passiert, das du mir nicht am Telefon hättest sagen können?«

Kathrin musterte die Freundin aufmerksam. »Das war eigentlich meine Frage, Verena. Was um alles in der Welt ist mit dir los, dass du dich so abschottest? Du vergräbst dich in deine Arbeit, wimmelst mich bei jeder Gelegenheit innerhalb von fünf Minuten am Telefon ab. Habe ich etwas getan, das dich in irgendeiner Weise verletzt oder beleidigt hat?«

Verena sah sie erschrocken an. »Nein, o Gott, bitte entschuldige, Kathrin. Ich bin gar nicht auf die Idee gekommen, dass du das so verstehen könntest.«

»Das habe ich eigentlich auch nicht – meine Frage war eher eine Rückversicherung. Ich habe mir schon gedacht, dass es nichts mit mir zu tun hat, sondern dass du ein Problem hast, in das du dich wieder einmal ganz alleine verbeißt. Und so gut wie es momentan beruflich bei dir läuft, nehme ich an, dass es privater Natur ist.«

Verena zuckte zusammen. Dass Kathrin dieses Gespräch ausgerechnet in ihrem Büro mit ihr anfing, brachte sie aus der Fassung. Sie trennte ihre privaten Angelegenheiten strikt von ihrem Berufsleben. Kathrin hatte ein ungeschriebenes Gesetz zwischen ihnen beiden gebrochen und das mit voller Absicht.

Sie wollte Kathrin gerade wütend eine weitere Abfuhr erteilen, als diese überraschend über den Tisch langte und ihr die Hand auf den Arm legte. »Du kannst dich immer weiter hinter deiner Arbeit verschanzen, Verena, oder du kannst dir endlich von der Seele reden, vor was auch immer du seit Wochen davonläufst. Ich habe es satt, einen Zombie zur Freundin zu haben, die nur noch unverbindliche Höflichkeitsfloskeln von sich gibt, mir ansonsten nicht zuhört und noch viel weniger spricht.«

Verena schluckte. Sie wusste nicht, wie sie reagieren sollte. Aber sie wusste eines – wenn sie jetzt mit Kathrin redete, würde sie früher oder später in Tränen ausbrechen. Eher früher, dachte sie panisch, als sie spürte, wie sich ihr die Kehle zuschnürte. Sie schluckte noch einmal hart. »Ich kann jetzt nicht, Kathrin. Nicht hier – ich habe in einer halben Stunde Visite. Ich kann es mir nicht leisten …« Sie sah weg, biss sich auf die Unterlippe.

»Du kannst es dir nicht leisten, jetzt die Contenance zu verlieren«, beendete Kathrin den Satz für sie. Sie strich ihr über die Wange. »Wann machst du heute Schluss?«

»Um vier.«

»Ich hole dich unten am Haupteingang ab. Bis dahin kannst du entscheiden, ob du mit mir essen gehen willst oder mit zu mir fährst.«

»Ich kann dir nicht versprechen, dass ich pünktlich hier rauskomme.«

»Das macht nichts. Du hast meine Nummer und kannst mich anrufen.«

Kathrin stand auf. Sie gab Verena einen zarten Kuss auf die Wange. »Ich warne dich, meine Liebe, wenn du mich nachher versetzt, ziehe ich die gleiche Show morgen wieder ab. Und ich denke, dass am Montag mehr da unten los sein wird als jetzt. Wenn du also Getuschel vermeiden willst, haben wir heute ein Date.« Sie grinste frech und war zur Tür hinaus, ehe Verena etwas erwidern konnte.

Der Rest des Nachmittags verlief ereignislos, so dass Verena tatsächlich bereits um kurz nach vier Uhr zu Kathrin ins Auto steigen konnte. Sie tat es mit einem eher mulmigen Gefühl.

»Also, wohin fahren wir?«, fragte Kathrin salopp.

»Ist Carmen zu Hause?«, fragte Verena. Sie konnte sich immer nur wundern, dass die beiden so unterschiedlichen Frauen nun schon seit fast fünf Jahren zusammen waren. Wenn man es recht betrachtete, war Carmen Kathrins erste längere Beziehung. Die beiden hatten es aufgrund ihres

Altersunterschieds nicht immer leicht miteinander, aber Kathrin legte zumeist eine Souveränität an den Tag, an der Carmens manchmal etwas unreife Art einfach abperlte. Verena wünschte, sie könnte auf Stefans Sticheleien wegen ihres Jobs ähnlich gelassen reagieren.

»Nein, sie hat Dienst.« Dann sah sie Verena von der Seite her an. »Selbst wenn, würde sie verstehen, dass dies ein Gespräch unter vier Augen wird.« Sie überlegte einen Moment, um dann noch hinzuzufügen: »Und ich freue mich wirklich, dass du mich nicht wieder versetzt hast.«

Verena war verblüfft von ihrer Ernsthaftigkeit. »Ich hatte keine Wahl, so charmant wie du mich gebeten hast«, antwortete sie dann lächelnd. Sie merkte, wie sie sich etwas entspannte. Vermutlich war es doch gut, endlich mit jemandem zu reden.

»Hast du Hunger? Ich nehme nicht an, dass du schon gegessen hast.« Ehe Verena antworten konnte, zog Kathrin sie mit in die Küche. »Wir sehen einfach mal, was der Kühlschrank so hergibt.« Als Erstes schenkte sie ihnen beiden ein Glas Weißwein ein und stieß mit Verena an. Nachdem sie dann innerhalb von nicht mal fünf Minuten Weintrauben, Käsewürfel und aufgeschnittenes Baguette auf dem Tisch arrangiert hatte, war Verena klar, dass dies kein zufällig zusammengestelltes Mahl war. Kathrin kannte sie gut genug, um zu wissen, dass sie private Dinge ungern in einem Restaurant besprach, und hatte alles vorbereitet.

Kathrin war sehr behutsam. Sie aßen gemütlich, und Verena spürte förmlich, wie die Freundin versuchte, eine lockere Gesprächsatmosphäre aufzubauen. Dennoch geriet sie ins Stocken, als Kathrin sich schließlich zurücklehnte. »Schluss mit dem Smalltalk, Frau Doktor. Was ist los mit dir, dass du dich so verkriechst?«

Verena studierte angelegentlich ihre Fingernägel. Kathrin drängte sie nicht; sie ergriff Verenas Hand und verflocht ihre Finger miteinander. Der sanfte und beruhigende Druck wirkte. Verena hob den Blick.

»Ich glaube, Stefan kann sich nicht damit abfinden, dass ich plötzlich Karriere mache. Er hat an allem, was ich tue, etwas auszusetzen. Er wirft mir vor, dass ich Timmi vernachlässige und ihn sowieso. Das Ironische ist, dass sowohl Tim als auch Dani mir gesagt haben, dass sie stolz auf mich sind, als der ganze Rummel mit dem neuen Laser losging. Aber Stefan scheint mit einem Mal der Ansicht zu sein, ich wäre eine karrieregeile Powerfrau.«

Kathrin grinste. »Na, eine Powerfrau bist du in jedem Fall.«

Verena war nicht nach Lachen zumute. »Kathrin, wir streiten nur noch. Natürlich nimmt mich mein Job in Anspruch, und natürlich sehen wir uns weniger. Aber müssen wir denn in der verbleibenden Zeit auch noch ständig aneinandergeraten?« Sie sah die Freundin ratlos an. »Wir streiten wegen dem kleinsten Mist – weil ich angeblich Timmis Hausaufgaben nicht oft genug kontrolliere, obwohl er nur super Noten schreibt, weil ich Stefan nicht gesagt hätte, dass es später wird, was lächerlich ist. Ich arbeite seit zehn Jahren in der Unfallchirurgie – er weiß, dass sich Unfälle nicht planen lassen, sowenig wie ich ihn aus dem OP heraus anrufen kann. Es ist, als fände er plötzlich an allem, was ich sage und tue, etwas auszusetzen. Ich warte darauf, dass er mich wegen der sprichwörtlich falsch ausgedrückten Zahnpastatube anraunzt.«

Kathrin sah sie mitfühlend an. »Er kommt nicht damit zurecht, dass seine Frau beruflich auf der Überholspur ist.« Sie war nachdenklich. »Das hätte ich nicht von ihm gedacht.«

»Nein, ich auch nicht. Es ist schon so schlimm, dass sogar Tatjana und Dani ihm gesagt haben, er solle sich nicht so anstellen.«

Verena konnte nicht mehr stillsitzen. Sie stand auf und lehnte sich an die Anrichte, die Arme vor der Brust verschränkt. »Es ist, als kenne ich ihn plötzlich nicht mehr.« Sie erzählte Kathrin von einigen der jüngsten Begebenheiten und konnte nicht umhin, sich erneut über seine ungerechte und besserwisserische Art aufzuregen. Ein Zug, den sie an dem Mann, den sie geheiratet hatte, früher nicht gekannt hatte.

Kathrin schaute sinnierend vor sich hin. Verenas und Stefans Beziehung hatte Tatjanas Drogensucht und besagten Seitensprung mit Carmen ausgehalten. Sie hatte auch ausgehalten, dass Verena und sie in grauer Vorzeit ein Paar gewesen waren. Und nun sollte die simple Tatsache, dass Verena Stefan beruflich überflügelte, sie plötzlich in Gefahr bringen?

»Bist du sicher, dass das alles ist?«

Verena schaute sie überrascht an. »Ich weiß nicht, was du meinst«, sagte sie verunsichert.

Kathrin blieb geduldig und tat so, als bemerke sie Verenas Verzögerungstaktik nicht. »Ich meine, ob du sicher bist, dass deine Karriere wirklich der Grund für eure Probleme ist, oder ob es sich nur um ein Symptom handelt, und der wahre Grund liegt ganz woanders? Oder war das womöglich noch gar nicht alles …?«

Verena wurde rot. Natürlich war Kathrin nicht so leicht abzuspeisen. Sie hatte sich immerhin die Mühe gemacht, sie im Krankenhaus abzupassen. Verena riss sich zusammen. Die Freundin hatte es verdient, dass sie ehrlich zu ihr war!

»Ich mag nicht mehr mit ihm schlafen«, sagte sie dann leise und sah wieder auf ihre Fingernägel hinab. »Ich kann nicht mit ihm streiten und dann im Bett so tun, als wäre alles gut.« Sie musste sich einen Ruck geben, um Kathrin anzusehen. »Und wenn ich mit ihm schlafe, dann ist da nichts mehr …«, fuhr sie unsicher fort, »kein wirkliches Begehren, keine echte Leidenschaft.«

Kathrin schaute in Verenas tränenverschleierte Augen. Sie überlegte, ob sie ihr mit einem banalen Trost wie ›Das ist doch in jeder Beziehung mal so‹ oder etwas Ähnlichem kommen durfte. Dann entschied sie sich dagegen. Wenn Verena sagte, dass die Leidenschaft, die Stefan und sie all die Jahre miteinander verbunden hatte, abgeflaut war, dann ließ sich das nicht als Lappalie abtun. Selbst wenn es banal klang, aber irgendwie waren die beiden für sie so etwas wie das letzte Musterpaar in ihrer gesamten Umgebung gewesen. Wenn sie es recht überlegte, waren sie das einzige Paar in ihrem größeren Bekanntenkreis, das nicht einfach aus Gewohnheit so lange zusammen war.

Kathrin stand wortlos auf und schenkte ihnen beiden ein weiteres Glas Wein ein. »Und wie lange trägst du das alles schon mit dir herum, ohne mit jemandem gesprochen zu haben?«

Verena biss sich auf die Zunge. »Ich weiß nicht … Ich kann nicht sagen, wann es angefangen hat. Aber ich weiß, dass diese Streitereien unsere Beziehung kaputtmachen. Mit jedem Streit geht ein weiteres Stück Vertrauen in die Brüche. Ich kann so nicht mehr weitermachen.«

Kathrin stellte die Flasche Wein zurück in den Kühlschrank und trat neben Verena. »Komm mal her.« Kathrin legte den Arm um sie, und endlich konnte Verena die Tränen weinen, die sie so angestrengt zurückgehalten hatte.

Nach einigen Minuten hatte sie sich wieder einigermaßen gefangen. »Danke«, sagte sie dann einfach. »Danke, dass du heute früh nicht nachgegeben hast.« Sie schmunzelte. »Du warst echt peinlich!«

»Ich weiß, es hilft, dass mein Gesicht ab und an in den Klatschblättern auftaucht und ich das eine oder andere Autogramm verteilen konnte. Da nehmen einem die Leute eher ab, dass man etwas überspannt ist. Du wirst schon sehen, was du demnächst von deiner eigenen Berühmtheit hast«, foppte Kathrin sie. »Vielleicht kommst du im Supermarkt schneller dran.«

»Oder die Leute fragen mich mitten auf der Straße um ärztlichen Rat …«, murmelte sie. »Alles schon passiert.« Dann fasste sie sich. »Ich weiß zwar jetzt immer noch nicht, wie es weitergehen soll, aber es hat mir tatsächlich gutgetan, mit dir zu reden.«

Kathrin strich ihr zärtlich eine Haarsträhne aus dem Gesicht. »Wann wirst du lernen, deine Probleme nicht immer in dich hineinzufressen? Wenn ich mich nur eine Woche so verhalten hätte wie du dich in letzter Zeit, hättest du mir eine Therapie verordnet!«

Verena verzog das Gesicht.

»Das war nur Spaß, Verena!«, lächelte Kathrin milde. »Ich rufe dir ein Taxi.« Wie in all den Jahren verabschiedeten sie sich mit einem sanften Freundschaftskuss auf die Lippen.

Kathrin blieb dennoch nachdenklich zurück. Sie war froh, dass sie nun immerhin wusste, was mit der Freundin los war, und sie hatte in der Tat etwas Ähnliches vermutet. Aber eine Frage hatte sie Verena dennoch nicht gestellt, obwohl sie ihr auf der Zunge brannte: Wie viel hatte ihre zufällige Begegnung mit Mona Grafenbach mit ihren momentanen Problemen zu tun?

KAPITEL 2

»Ach, Verena«, rief ihr Chef, Professor Meinhard, am nächsten Morgen hinter ihr her. »Was halten Sie von einer kurzen Stippvisite in Berlin?«

Verena drehte sich gespannt um. »Berlin?«

»Jawohl! Das Marie-Curie will uns offensichtlich in nichts nachstehen. Sie wollen in den nächsten Monaten ein ähnliches Laserskalpell erwerben wie wir und bitten um unsere fachliche Unterstützung bei der Auswahl. Frau Professor Conrad hat bei mir angefragt, ob ich Sie für ein paar Tage entbehren könnte.«

»Das Marie-Curie?«, fragte sie überrascht.

Professor Meinhard lächelte. »Ja, das Marie-Curie! Ihnen ist doch wohl bekannt, dass sich dort eine der größten Trauma- und Intensivabteilungen Europas befindet. Die Damen und Herren wollen sich von uns nicht abhängen lassen, und Ihre hochprofessionelle Einführung des Lasers hat in der Fachwelt offensichtlich Eindruck gemacht.«

»Natürlich.« Verena rang sich ein Lächeln ab, das offenbar misslang.

»Stimmt etwas nicht? Soll ich lieber Karsten schicken?«

Verena riss sich zusammen. »Nein, natürlich nicht. Ich mache das sehr gerne. Wann soll ich fliegen?«

»Die Planung überlasse ich Ihnen. Sie machen das am besten mit Professor Conrad direkt aus. Hier sind ihre Kontaktdaten.« Er drückte ihr eine Visitenkarte in die Hand.

»Okay«, murmelte Verena verdutzt. Sie machte sich auf den Weg in ihr Büro und ließ sich in ihren Stuhl fallen. Wie soll ich das denn wieder Stefan beibringen?, dachte sie. Und dann ließ sie zu, dass ein anderer Gedanke sich Raum verschaffte ... Sie würde Mona wiedersehen! Sie wunderte sich, warum sie bei der Erinnerung an Mona einen kleinen freudigen Stich verspürte.

Dann setzte ihr Verstand ein. Was ist eigentlich los?, schalt sie sich. Du hast fünfzehn Jahre nicht an Mona gedacht, und nun hast du dich ein Mal mit ihr zum Abendessen getroffen und gerätst derart aus dem Häuschen bei dem Gedanken, sie wiederzusehen? Aber was war schon dabei, wenn sie doch nun zufällig das Krankenhaus besuchen würde, in dem sie arbeitete? Es wäre ja wohl höchst unhöflich, Mona nicht zu sagen, dass sie kam, oder?

Doch zuallererst musste sie mit Professorin Anna Conrad einen Termin vereinbaren. Danach konnte sie ein weiteres Abendessen mit Mona Grafenbach planen. Ohne zu zögern wählte sie die Durchwahl auf der Visitenkarte. Sie war sich sicher, dass sie nur im Vorzimmer landen würde.

»Conrad«, meldete sich eine tiefe rauchige Stimme bereits nach dem zweiten Klingeln.

»Frau Professorin Conrad?«, fragte Verena überrascht nach.

»Dieselbige«, kam es ungeduldig aus dem Hörer. »Und darf ich fragen, mit wem ich das Vergnügen habe?«

Verena verhaspelte sich beinahe, als sie sich vorstellte. Sie nannte den Grund ihres Anrufs und dass sie plane, nach Berlin zu fliegen.

Die rauchige Stimme klang mit einem Mal sehr viel freundlicher. »Ah, prima. Ich freue mich, dass Sie sich die Zeit dafür nehmen wollen. Wie bald können Sie kommen?«

Verena checkte schnell ihren Kalender. »Wie wäre es mit Montag/Dienstag übernächster Woche?« Sie vernahm kurzes Tastengeklapper. Vermutlich prüfte Professorin Conrad nun ihrerseits ihre Termine.

»Das wäre wunderbar! Am besten, Sie schicken mir Ihre Daten per E-Mail, dann bekommen Sie von mir alles Weitere – eine Teilnehmerliste, den genauen Termin und so. Sobald Sie wissen, wann Ihr Flug landet, geben Sie mir Bescheid. Dann hole ich Sie entweder ab oder arrangiere etwas.« Die Professorin war offensichtlich von der effizienten Sorte und überließ nichts dem Zufall.

Verena bedankte sich und versprach, sich schnellstmöglich mit Kontakt- und Flugdaten wieder zu melden.

Ihr Gespräch mit Stefan über die Dienstreise endete wie befürchtet in einem neuen Streit. »Wir sind am Dienstagabend bei Peter und Andrea eingeladen. Sind dir unsere privaten Termine überhaupt nicht mehr wichtig?«

Ja, Verena hatte den Grillabend mit den beiden tatsächlich vergessen. Nun hatte sie zusätzlich zu ihrem Frust noch ein schlechtes Gewissen. Es half auch nichts, dass Peter und Andrea das Grillen völlig unkompliziert verschoben. Stefan grollte weiter.

Am Tag des Abflugs stand sie in der Küche, um Tims Pausenbrot zu machen. Normalerweise achtete sie darauf, dass sie ihm immer ein wenig frisches Obst mitgab.

Stefan bemerkte ihren suchenden Blick zur Obstschale. »Bananen und Äpfel sind alle.« Mehr musste er gar nicht sagen – es war klar, dass er ihr die Schuld gab, weil kein Obst mehr da war. Am vergangenen Abend war sie zu spät aus der Klinik gekommen, um noch beim Obsthändler haltzumachen, und Stefan wusste das natürlich.

Verena, sonst die Geduld in Person, feuerte ihm die Brotdose vor die Füße. »Dann kauf doch nächstes Mal selber ein, verdammt noch mal, wenn du siehst, dass etwas fehlt!«

»Ich habe nicht versprochen, Obst zu besorgen. Du brauchst hier nicht so auszurasten.«

Tim fing an zu weinen. »Wieso streitet ihr eigentlich andauernd!«

Dani packte eilig ihre Sachen und murmelte: »Ich hab ganz vergessen, dass wir heute Morgen Projektarbeit haben. Ich muss los.«

Verena machte Tim schweigend ein neues Pausenbrot und rief sich ein Taxi. Sie gab ihrem Sohn einen dicken Kuss auf die Wange und hielt ihn so fest, dass er sich freikämpfte. Mit gespielter Entrüstung wischte er sich die Wange ab. »Ich bin doch kein Baby!«

Verena lächelte ihn liebevoll an. Dann nahm sie ihren Koffer und ging, ohne sich von Stefan zu verabschieden. Das hatte sie noch nie zuvor getan. Im Taxi hielt sie mühsam die Tränen zurück. Sollte sie Kathrin anrufen? – Wozu?, fragte sie sich dann. Die würde ihr auch nicht helfen können.

Was war überhaupt Stefans Problem? Sie schuftete zehn, zwölf oder manchmal auch mehr Stunden am Stück an der

Klinik. Wenn sie nach Hause kam, kümmerte sie sich so gut es ging um Timmi, versuchte mit Stefan eine normale Beziehung aufrechtzuerhalten, aber nichts, was sie tat, war gut genug. In der Klinik erntete sie nur Lob von ihrem Chef und ihren Kolleginnen und Kollegen, und klar gab es Stress – mehr als genug. Aber der Beruf machte ihr Spaß, und sie genoss einen hervorragenden Ruf. Zu Hause war sie plötzlich die Versagerin, die Stefan nichts mehr recht machen konnte und seiner Ansicht nach Job und Familie nicht unter einen Hut brachte.

Die Kinder hingegen gaben ihr nie das Gefühl, dass sie nicht genug Beachtung erfuhren. Im Gegenteil – Dani, die dieses Jahr Abi machte, hatte angefangen, sich für Medizin zu interessieren, und zwar für ihr – Verenas – Fachgebiet, die Chirurgie, nicht für Stefans Gynäkologie. Sie machte mehr Schnupperwochenenden bei Verena in der Klinik, als für die Schule nötig waren und bemühte sich ernsthaft um einen Aushilfsjob im Pflegebereich.

Und ja, Timmi hatte eine Tagesmutter, aber das war auch schon so gewesen, als sie noch an der alten Klinik gearbeitet hatte. Es schadete ihm nicht, er war gut in der Schule, liebte seinen Gitarrenunterricht und hatte einen netten Freundeskreis. Verena kannte seine Freunde und konnte sie auch auseinanderhalten, was man von Stefan nicht behaupten konnte. Der Einzige, der also ein Problem hatte, war Stefan selbst. Und sie musste lernen, dass es in der Tat *sein* Problem war, und nicht ihres.

Dabei hatten sie durchaus gemeinsam entschieden, wie sie ihren Alltag gestalten würden, als Verena sich auf die

Stelle beworben hatte. Hatte Stefan im Grunde nicht damit gerechnet, dass sie den Job auch bekam? War seine positive Haltung nur vorgespielt gewesen? Hatte er nur so getan, als stünde er hinter ihr? Aber das war nicht der Stefan, den sie kannte! Konnte man sich so in einem Partner täuschen?

Professorin Anna Conrad wollte es sich nicht nehmen lassen, sie persönlich vom Flughafen abzuholen, obwohl Verena das etwas übertrieben fand.

»Das müssen Sie doch nicht!«, wehrte sie am Telefon ab.

»Das ist wirklich kein Problem. Ich habe Montagmorgen keine Vorlesung, und so können wir noch einen frühen Lunch einnehmen und das erste Meeting am Nachmittag besprechen. Wie klingt das?«

»Gut, denke ich«, antwortete Verena.

»Okay, ich werde eine Rose im Knopfloch tragen«, flachste Anna Conrad.

Verena lachte.

Nun stand vor Verena eine große, etwas aufgedonnerte, aber nicht unattraktive Frau mit langen blonden Haaren, dunkler Sonnenbrille, engen Jeans und knapper kurzer Lederjacke, die lässig ein Schild mit ihrem Namen hochhielt. Verenas Blick wanderte einen Moment zu lange über die imposante Erscheinung, als dass es ihrem Gegenüber entgangen wäre. Verlegen schlug sie die Augen nieder und blinzelte, als schiene ihr die Sonne direkt ins Gesicht.

Anna Conrad lächelte Verena offen an. Sie streckte ihr die Hand entgegen und stellte sich vor. Wieder die dunkle rauchige Stimme, die Verena schon am Telefon beeindruckt hatte. »Sie können mich Anna nennen«, sagte sie. »Und wenn es nach mir geht, können wir uns auch duzen. Ich halte nichts von allzu formellem Umgang im Job.«

Verena stellte ihr kleines Bordcase ab und nahm die dargebotene Hand. »Verena Gessner«, sagte sie, ebenfalls lächelnd. »Und das Du ist okay.«

»Sehr schön. Dann lass uns essen gehen. Ich zeige mich immer gern mit einer attraktiven Frau im aktuell angesagten Café.«

Verena stutzte. Was war das denn? War ihr die Ironie in Anna Conrads Worten entgangen?

Das Mittagessen verlief dann aber überaus entspannt. Sie war mit Anna Conrad sofort auf einer Wellenlänge. Verena stellte ihr kurz vor, wie sie den Vortrag zu halten gedachte, und Anna gab ihr noch ein paar Tipps, was die Kolleginnen und Kollegen vermutlich hören wollten, welche Fragen sie stellen würden. Um kurz nach eins machten sie sich auf den Weg in die Uniklinik. Anna Conrad hatte einen Hörsaal reserviert, und Verena war doch leicht überrascht, als ihr bewusst wurde, vor wie vielen Leuten sie hier reden würde. Sie hatte an einen kleinen Meeting-Raum gedacht, und wenn sie gewusst hätte, dass dies ein Vortrag vor so großem Publikum werden würde, hätte sie sich anders vorbereitet. Anna hatte ihr auch gar keine Teilnehmerliste geschickt.

Irritiert sah sie Anna an. »Mir war nicht ganz klar, dass ich hier eine Vorlesung halten soll …«

Anna legte ihr eine Hand auf den Arm und sah sie an.

Mit ihrer tiefen Stimme sagte sie: »Ich bin überzeugt, dass du das großartig machen wirst. Entspann dich.«

Verena konnte den Blick, den sie auffing, nicht wirklich deuten. Sie las Wärme und Aufmunterung in den großen dunklen Augen, aber auch etwas Unwägbares, Verschleiertes. Sie merkte, dass sie Anna wieder einen Moment zu lange anstarrte und wandte den Blick errötend ab.

»Danke für die Blumen«, murmelte sie verwirrt. Du machst dich einfach nur lächerlich, Verena Gessner, schalt sie sich.

Der Vortrag und die anschließende Diskussion waren ein voller Erfolg. Beschwingt lachte Verena Anna an, als diese ihr die Hand schüttelte und begeistert sagte: »Ich wusste doch, dass du toll sein würdest. Vollkommen souverän.«

Verena winkte nonchalant ab. »Letztendlich ist mir der OP doch lieber.«

Anna brachte sie zu ihrem Hotel, und sie verabredeten sich für sieben Uhr zum Abendessen. Mit Mona würde Verena am folgenden Tag nach dem zweiten Vortrag essen gehen.

Nachdem sie beim Telefonat mit Mona erfahren hatte, dass diese Anna kannte, hatte Verena versucht, sie ein wenig auszuhorchen. Doch Mona hatte überraschend kurzangebunden und ausweichend reagiert.

»Du magst sie wohl nicht besonders?«, hatte Verena festgestellt.

»Sie ist …« Mona zögerte.

»Was?«

»Ach nichts, wir können eben nicht miteinander. Sieh

dich einfach vor, okay? Sie ist nicht so nett, wie sie sich gibt.«

»Danke, Mona. Ich bin ein großes Mädchen – ich kann auf mich aufpassen.«

»Ja, dann tu das bitte auch!« Mit diesen Worten hatte Mona aufgelegt, und Verena starrte perplex auf den Hörer. Was auch immer! Sie hatte keine Zeit für irgendwelches Geplänkel unter den hiesigen Kolleginnen. Zwei Tage, danach wäre sie wieder in München. Sie hatte mit Sicherheit nicht vor, hier zwischen irgendwelche Fronten zu geraten, die sie nichts angingen.

Das Abendessen mit Anna Conrad verlief zunächst sehr entspannt. Sie gönnten sich eine Flasche Wein, um auf den Erfolg anzustoßen.

»Wenn wir morgen die Kalkulation durchgehen und das alles so glatt rüberkommt wie heute, habe ich die Genehmigung in der Tasche. Dann können wir das Laserskalpell ins Budget nehmen, und es geht durch.« Anna Conrad hob ihr Glas. »Vielen Dank, Verena, das war großartige Arbeit.« Wieder sah sie ihr dabei so tief in die Augen, dass Verena nervös wurde. Dann merkte sie, wie Annas Blick nach unten in ihr Dekolleté glitt und von dort wieder zurück zu ihrem Mund wanderte.

Verena räusperte sich und schlug die Augen nieder. Sie spürte Annas Hand auf ihrer und zwang sich, wieder hochzusehen.

Annas Blick war verschleiert und ließ nur einen Schluss zu.

Verena zog ihre Hand weg und seufzte. »Anna«, begann sie leise. »Kann es sein, dass du etwas missverstanden hast? Ich finde dich sehr nett, aber …«

Anna lächelte und hob die Hand: »Spar es dir. Du bist nicht interessiert, willst du sagen. Ich kenne das schon.«

Verena nickte erleichtert. Anna hatte also verstanden.

Doch Anna eroberte sich Verenas Hand zurück, und Verena ließ es atemlos zu. »Das sagen sie alle, Verena. Aber deine Augen strafen dich Lügen – du bist sehr wohl interessiert. Und neugierig. Und du hast heute Mittag schon verstanden, was ich von dir wollte, sonst wärst du nicht so rot geworden.«

Verena schloss die Augen. »Das hast du ebenfalls missverstanden. Ich habe es nicht sofort kapiert – ich war verwirrt.«

Anna feixte. »Natürlich, du bist eines dieser Unschuldslämmer, die nicht verstehen, wenn eine Frau etwas von einer anderen Frau will. Obwohl du es dir wahrscheinlich schon immer gewünscht hast … Gib zu, dass es dich reizen würde, es einmal auszuprobieren. Dein Mann würde es nie erfahren …«

Verena starrte sie an, noch immer gelassen, obwohl sie merkte, dass sie langsam ärgerlich wurde. Du hast keine Ahnung, dachte sie verächtlich. War es das, was Mona gemeint hatte, als sie ihr geraten hatte, auf sich aufzupassen? Falls ja, würde sie ihr am nächsten Tag was erzählen! Sie hätte ruhig konkreter werden können mit ihren Andeutungen.

Und während Verena noch darüber nachsann, wie sie

Anna ein für alle Mal klarmachen konnte, dass sie nicht beabsichtigte, auf ihr Angebot einzugehen, schien diese ihr Schweigen längst als Zustimmung gedeutet zu haben. Plötzlich spürte Verena, wie Annas schuhloser Fuß an ihrem Unterschenkel nach oben strich und sich langsam der Innenseite ihres Oberschenkels näherte.

Was für eine rüde, besitzergreifende Anmache! Verena sprang von ihrem Stuhl auf. »Lass den Quatsch, Anna! Ich denke, es ist besser, wenn ich jetzt gehe. Bemüh dich nicht – ich nehme ein Taxi!« Damit rauschte sie hinaus und ließ Anna Conrad sitzen.

Ganz toll, Verena, dachte sie am anderen Morgen. Wie sollte dieser Tag denn nun verlaufen? Anna Conrad würde auch heute von früh bis spät mit ihr zusammenarbeiten. Die Frau hatte aber auch Nerven! Verena konnte sich nicht erinnern, jemals von einem Mann so plump und aggressiv angemacht worden zu sein. Von einer Frau hatte sie es schlichtweg gar nicht erwartet.

Sie nahm sich ein Taxi und fragte sich nach Anna Conrads Büro an der Uniklinik durch. Ohne anzuklopfen, trat sie ein. Anna hatte den Blick auf den Bildschirm ihres Rechners geheftet und tippte mit rasender Geschwindigkeit.

Als sie Verena bemerkte, sah sie lächelnd hoch. »Gut geschlafen?«, fragte sie freundlich und ohne eine Spur Zynismus.

Das brachte Verena, die soeben zu einer kleinen Rede anheben wollte, aus dem Konzept. »Ja.«

»Wolltest du noch etwas sagen?«, fragte Anna immer noch lächelnd.

»Das mit gestern Abend ...«

»Das mit gestern Abend tut mir leid ... Ich bin da manchmal etwas forsch, und ich glaube, ich hatte ein Glas zu viel. Kannst du mir noch einmal verzeihen? Ich werde dir heute weder mit Worten noch mit Blicken zu nahekommen. Einverstanden?«

»Du machst es dir ziemlich einfach. Ich fand das wirklich nicht lustig.«

Anna stand auf und trat auf Verena zu. Die wich einen Schritt zurück. Anna hob die Hände. »Noch mal: Entschuldigung – okay? Ich mache es heute Abend wieder gut.«

»Ich habe heute Abend schon was vor«, sagte Verena nur. Das hier war zwecklos. Anna Conrad hatte nicht einmal die Spur eines schlechten Gewissens. »Müssen wir nicht los?«, fragte sie betont professionell. »In einer Viertelstunde beginnt mein Vortrag.«

Anna Conrad hielt sich an ihr Versprechen. Es gab weder zweideutige Blicke, noch versuchte sie Verena in irgendeiner Form nahezukommen. Wie von Anna vorhergesagt, gab es auch nach dem zweiten Vortrag, der sich mehr mit den finanziellen Aspekten und der praktischen Einführung des Laserskalpells befasste, viel Zustimmung.

Anna dankte ihr offiziell im Namen der Anwesenden und fragte sie dann ebenfalls ganz offiziell, ob Verena für weitere Fragen zur Verfügung stünde, wenn man in die nächste Projektphase gehen würde. Alles lief völlig professionell ab. Verena entspannte sich.

Beim Abendessen mit Mona hatte sie das Erlebnis schon fast wieder abgehakt. »Vielen Dank für deine Warnung, Mona, was Anna Conrad anbelangt. Du hättest aber ruhig etwas deutlicher werden können.« Sie erzählte ihr von dem Essen am Vorabend.

Mona verzog nur säuerlich das Gesicht. »Du bist nicht die Einzige, glaub mir. Wenn diese Frau ein paar Gläser zu viel getrunken hat, ist niemand mehr vor ihr sicher, egal ob Männlein oder Weiblein. Sie probiert es einfach bei jedem und jeder. Unter den Studierenden wird sogar gemunkelt, dass es für gewisse Gefälligkeiten bessere Noten gibt.«

Verena blieb der Mund offen stehen. »Aber das ist doch ...! Und damit kommt sie durch? Macht ihr denn niemand jemals Schwierigkeiten?«

»Nicht dass ich wüsste. Die meisten Männer fühlen sich geschmeichelt, na ja, und die Frauen ... Ich weiß auch nicht, aber bisher hat es ihr nicht ernsthaft geschadet ... Sie hat einen gewissen Ruf, ja, aber das scheint sie nicht zu stören.«

Den Rest des Abends plauderten sie über alte Zeiten und dann die Gegenwart. Verena vergaß Anna Conrad und vergaß auch ihre Probleme mit Stefan. Sie erzählte von ihrem Job, von den Kindern, von Kathrins Erfolg als Autorin. Mona sprach über ihre letzte Beziehung, und ehe sie sich's versahen, war es fast Mitternacht.

»Ich muss los – mein Flug geht morgen ganz früh«, sagte Verena schließlich und lächelte bedauernd.

»Soll ich dich zum Hotel fahren?«

»Nein, es ist ja gleich hier um die Ecke. Und es ist noch

schön warm. Ich gehe die paar Schritte gern zu Fuß.«

Sie verabschiedeten sich herzlich.

Als Verena an der Hotelrezeption ihren Schlüssel holte, bemerkte sie aus den Augenwinkeln eine bekannte Gestalt an der Bar. Sie wollte sich eben abwenden, als Anna Conrad sie erblickte. Prompt erhob sie sich und kam auf Verena zu.

Sie hob ihr Glas. »Sieh an, die treue Ehefrau.«

Verena trat einen Schritt auf sie zu. »Was machst du hier um diese Uhrzeit, Anna?«

»Ich habe auf dich gewartet, weil ich mich zum einen bei dir bedanken wollte für die beiden Tage, und zum anderen wollte ich mich nochmal wegen gestern Abend entschuldigen. Bitte trink noch einen Absacker mit mir. Ich lade dich ein.«

Verena zögerte. »Anna, ich weiß nicht, ob das eine gute Idee ist. Und ich glaube, du bist nicht mehr ganz nüchtern.«

»Ich schwöre dir, dass ich brav sein werde. Du hast von mir nichts zu befürchten.« Ihr Blick war vollkommen offen. Zeigten ihre Augen so etwas wie Reue?

Verena lenkte ein. »Also gut. Ein Glas Wein.«

Sie nahmen an der Bar Platz und prosteten sich schweigend zu. Und wieder ertappte Verena sich dabei, wie sie das schmale Gesicht bewunderte, die großen, stark geschminkten Augen, ein Blau, das so tief war, dass man darin versinken konnte, den großzügig geschminkten Mund. Sie ist doch gar nicht mein Typ, dachte sie. Dann schüttelte sie leicht den Kopf über sich selbst. Seit wann hatte sie einen Typ Frau?

»Wem machst du etwas vor, Verena?«, fragte Anna ganz leise.

Verena schrak zusammen. Sie spürte, wie sie über und über rot wurde. Mist, dachte sie nur. Sie räusperte sich, wollte zu einer Entschuldigung ansetzen.

Doch Anna legte ihr eine Hand auf den Arm. »Sag nichts, Verena. Du schaust mir auf den Mund, in die Augen, auf den Busen, und da sehe ich diese Sehnsucht. Du musst keine Angst davor haben, es tut nicht weh. Es ist nur ein Gefühl, und heute Abend gibt es nur uns beide.«

Verena schluckte. Sie verfing sich erneut in diesem Blick. Augen, die ihr sphinxgleich zu verstehen gaben, dass sie sich einfach fallenlassen sollte.

»Wir haben nichts zu verlieren, Verena. Du hast nichts zu verlieren! Ich kann sehr zärtlich sein.« Anna sah auf ihren Mund, und Verena verspürte plötzlich das brennende Verlangen, von diesen weichen Lippen geküsst zu werden. Benommen schloss sie die Augen.

Annas Lippen berührten ihren Mund so sachte, dass es sich beinahe wie ein Windhauch anfühlte. Sie strich ihr leicht mit dem Zeigefinger über den Mund, drang ganz vorsichtig ein, Verenas Zunge kam ihr wie von selbst entgegen. Sie stöhnte auf.

»Anna, bitte ... Ich möchte das wirklich nicht.«

»Natürlich willst du«, widersprach Anna ruhig. »Du willst es so sehr, dass ich die Begierde in deinen Augen sehen kann. Ich bin mir sicher, du spürst das auch noch an ganz anderen Stellen deines wundervollen Körpers.« Anna ließ ihren Blick ungeniert über Verenas Körper schweifen, starrte ihr entnervend lange auf den Schoß, sah dann wieder hoch. Ihre Finger wanderten in Verenas Nackengegend, zogen ihren Kopf heran, und sie küsste Verena erneut auf den Mund, diesmal mit sehr viel mehr Nachdruck.

Verena nahm schockiert wahr, wie Annas Zunge in ihr forschte und sanft drängte. Dann machte sie sich keuchend los. »Bitte, wir sind hier in einer Hotellobby …« Aber der Bartender hatte beschlossen, die beiden Damen dezent zu ignorieren, und sonst war niemand da. Verenas Argument wirkte nicht sehr überzeugend.

Anna zog sich etwas zurück. Fast schmollend musterte sie Verena. »Wie lange willst du dich noch zieren, Verena? Du warst lange genug standhaft, um hinterher sagen zu können, ich hätte dich verführt. Ich nehme alle Schuld auf mich. Dein Mann muss nichts davon erfahren. Und wenn, vielleicht macht es ihn ja an!«

Verena verzog das Gesicht, hatte jedoch nicht die Absicht, Anna zu erzählen, dass ein One-Night-Stand mit einer Frau vermutlich das Letzte war, was Stefan im Augenblick anmachen würde. Nicht nach dem Desaster mit Carmen, das Verena in eine tiefe Sinnkrise gestürzt hatte.

Naiv waren sie beide davon ausgegangen, dass sie eine moderne Ehe führten, die einen Seitensprung aushalten würde. Wer weiß, dachte Verena böse, vielleicht war es ja auch bloß so, dass Stefan nicht damit gerechnet hatte, dass ich diejenige wäre, die das als Erste von uns beiden austesten würde. Und vermutlich hatte er eine Frau weniger ernst genommen, als wenn es mit einem Mann passiert wäre. Doch dann hatte er feststellen müssen, dass er damit falsch lag. Ihre Ehe war jedenfalls ziemlich ins Trudeln geraten. Irgendwo tief in ihrem Inneren wusste Verena, dass sie ihm gerade unrecht tat.

Anna hatte ihr Mienenspiel interessiert verfolgt, fragte aber nicht nach. Stattdessen legte sie Verena einen Finger unter das Kinn. »Sag mir deine Zimmernummer, Verena.«

»Dreihundertzehn«, hörte Verena sich sagen. Sie bekam mit, dass Anna bei dem Bartender eine Flasche Champagner auf ihr Zimmer orderte. »Lass uns nach oben gehen«, flüstere Anna an ihrem Ohr. Was machte sie überhaupt mit ihrem Ohrläppchen?

Verenas Widerstand brach zusammen. Anna hatte plötzlich Fakten geschaffen, und sie, Verena, mochte nicht mehr gegen das warme Gefühl ankämpfen, das sich in ihrem Unterleib ausbreitete. Nachdem sie den inneren Moralapostel zum Schweigen gebracht hatte, war alles sehr viel leichter. Sie ließ es zu, dass Anna sie bereits im Aufzug küsste und dass ihre Hände an Stellen glitten, wo sie in der Öffentlichkeit definitiv nichts zu suchen hatten. Aber ein Aufzug war auch nicht direkt die Öffentlichkeit, oder? Jedenfalls nicht um ein Uhr nachts in einem mittelgroßen Hotel irgendwo in Berlin.

Im Zimmer kamen Verena jedoch erneut Bedenken. Plötzlich fielen ihr auch Monas warnende Worte wieder ein. Sie ist nicht so nett, wie sie scheint. Sieh dich einfach vor. Sie nimmt sich, was sie will, und sie duldet keinen Widerstand.

Verena setzte sich verwirrt aufs Bett. Schon klopfte es an der Tür. »Das ist sicher der Zimmerservice mit dem Champagner«, gurrte Anna. »Ich erledige das. Wie wäre es, wenn du in der Zwischenzeit die Dusche anmachst, damit das Wasser warm wird?«

Verena nickte und tat, wie ihr geheißen. Aber sie zog sich nicht aus. Stattdessen befragte sie ihr Spiegelbild, wie sie sich in diese unmögliche Situation laviert hatte.

Sie hörte das leise Knallen des Korkens. Dann kam Anna ins Bad. Sie balancierte ein kleines Tablett mit zwei Gläsern in der einen und der Flasche in der anderen Hand. Beides stellte sie auf die Ablage und drückte Verena ein Glas in die Hand. Ihr tief in die Augen sehend, sagte sie leise: »Wir werden eine wunderschöne Nacht zusammen haben, Verena. Sei nicht so schüchtern.« Sie stießen an. Verena leerte ihr Glas in einem Zug und hielt es Anna hin, damit sie ihr noch einmal nachschenkte. Wieder hatte Anna diesen undurchdringlichen sphinxgleichen Blick.

Verena wurde heiß und schwindlig. So viel hatte sie doch gar nicht getrunken!

Anna nahm ihr das halbleere Glas aus der Hand. »Ich glaube, jemand muss dir beim Auskleiden helfen«, murmelte sie und begann Verenas Bluse aufzuknöpfen.

Sie standen lange zusammen unter der Dusche, und Verena ließ es zu, dass Anna sie behutsam von oben bis unten einseifte. Sie fassten sich aber ansonsten nicht an, was Verenas Erregung nur noch steigerte. Sie spürte heiße Schauer in ihrem Körper aufsteigen; sie überließ Anna ganz die Führung, und die hielt ihr Versprechen. Sie führte Verena schließlich zum Bett und war zärtlich und sehr einfühlsam.

Verena atmete den duftenden Geruch einer Frau, vergrub

ihr Gesicht in den weichen Brüsten, genoss salzig-feuchte Haut auf ihrer Zunge. Ihr ganzer Körper vibrierte. Sie vergaß alle Zurückhaltung und schrie laut auf, als sich ihre Anspannung in einem explosiven Höhepunkt entlud.

Nachdem auch Annas Atem sich wieder beruhigt hatte, lagen sie entspannt im Bett, und Verena schloss für einen Moment die Augen. Ihr Kopf fühlte sich seltsam leicht an, und sie nahm alles um sich herum wie durch einen leichten Nebel war. Wovon war ihr bloß so schwindlig?

Anna stand auf und ging ins Bad. Als sie zurückkam, stand sie in schwarzen Strapsen und einem aufreizenden Body vor ihr, der nichts verhüllte.

Verena riss überrascht die Augen auf. Hatte Anna das Teil in ihrer überdimensionalen Handtasche gehabt? Trug sie so etwas immer mit sich herum? Hatte sie das Ganze etwa geplant gehabt?

Annas dunkle Augen hatten einen harten Glanz, als sie mit ihrer tiefen, erotischen Stimme im Befehlston sagte: »Okay, Süße. Wir haben es auf deine Art getrieben, nun machen wir es auf meine. Dreh dich auf den Bauch!«

»Wie bitte?«

»Ich sagte, dreh dich um!«

»Anna, ich ...«

»Ich bin mir sicher, dass es dir Spaß machen wird. Sei nicht so verklemmt. Entspann dich.«

Hinterher würde Verena sich fragen, warum sie überhaupt gehorcht hatte, aber sie fühlte sich willenlos und ekstatisch zugleich.

»Mach die Augen zu! Gib mir deine Hände.«

Verenas spürte dünne Lederschlingen an ihren Handgelenken, die sich zuzogen, ehe sie es richtig mitbekam. Im Nu waren ihre Hände an den Bettpfosten gefesselt.

»Anna, mach mich los!«, schrie sie hysterisch.

»Schsch, vertrau mir! Es wird dich noch mehr erregen, glaub mir.« Beruhigend streichelte Anna, die mittlerweile auf ihr saß, ihren Rücken, begann sie zärtlich zu massieren und auf sie einzureden. »Entspann dich, Kleines. Du bist so herrlich unbedarft. Lass dich fallen.« Und tatsächlich, Verena schrie vor Lust auf, als Anna von hinten in sie eindrang. Sie hatte recht, die Handfesseln steigerten ihre Lust. Sie fühlte sich euphorisch, schwerelos.

»Ich wusste doch, dass du es härter magst. Ich habe noch eine Überraschung für dich, meine kleine Ms. Prüde«, hörte sie Annas beinahe triumphierende Stimme hinter sich.

Verena sträubten sich die Nackenhaare. »Das war schön, aber bitte mach mich jetzt los, Anna. Ich bin wirklich erledigt.« Sie konnte sich ihre bleierne Müdigkeit nicht erklären. Halbherzig versuchte sie, sich unter Anna wegzudrehen, aber deren Griff war plötzlich eisern.

Anna packte sie mit beiden Händen an den Hüften und zog Verenas Po hoch: »Zieh deine Knie an!« Ihre Stimme hatte nichts Weiches mehr.

»Anna! Bitte hör auf! Ich will das nicht. Nicht so.«

Aber Anna hatte mehr Kraft als Verena. Verena spürte etwa Hartes. Der Schmerz kam so unerwartet heftig, dass sie laut aufschrie. Anna drückte ihr brutal den Kopf ins Kissen, so dass sie fast keine Luft mehr bekam, während sie immer tiefer von hinten in sie eindrang. Dann spürte

Verena, wie ihr die Luft komplett wegblieb, und ihr wurde bewusst, dass Anna ihr die Kehle zudrückte. Ihr war nicht klar, ob sie vor Panik oder aus Sauerstoffmangel ohnmächtig wurde, aber sie ließ sich beinahe dankbar in die Besinnungslosigkeit fallen.

Als Verena wieder zu sich kam, fuhr sie erschrocken hoch. Sie schnappte nach Luft, die Kehle tat ihr weh. Die Handfesseln waren weg, und von Anna Conrad fehlte jede Spur. Verena taumelte ins Bad und übergab sich in die Toilettenschüssel. Sie hatte Schmerzen im Unterleib und zwischen den Beinen. Stöhnend hielt sie sich am Rand der Brille fest, als ihr die Wahrheit langsam dämmerte.

Du bist gerade vergewaltigt worden und hast es dir auch noch selbst zuzuschreiben!, dachte sie verzweifelt.

Entsetzt sah sie die Striemen an ihren Handgelenken. Sie wagte nicht, sich anzufassen, obwohl sie höllische Schmerzen hatte. Sie sollte nachsehen, ob sie blutete! Stattdessen schleppte sie sich zurück zum Bett. Die Erschöpfung schenkte ihr ein paar gnädige Stunden Schlaf. Doch um vier Uhr früh wachte sie wie gerädert und mit Schmerzen am ganzen Körper auf. Ihr Kopf fühlte sich an, als hätte sie ganz allein mindestens zwei Flaschen Champagner getrunken, was aber nicht der Fall war, wenn sie sich recht erinnerte. Sie hatte nach dem ersten schnell hinuntergekippten Glas Champagner ein zweites getrunken und zuvor das Glas Wein in der Lobby. Stöhnend ließ sie sich auf den Boden des Hotelzimmers sinken, jeden Gedanken an eventuelle Keime im Teppich ignorierend.

Was hatte diese Frau mit ihr gemacht? Verena wurde vage bewusst, dass sie mit einem viel zu großen Gegenstand in sie eingedrungen sein musste. Und zwar in ihre Vagina und ihren After! Sie schloss die Augen. Wie hatte sie nur so dumm sein können!

Sie dämmerte noch einmal für ein, zwei Stunden weg. Um kurz nach sechs Uhr morgens wurde sie wieder wach. Kathrin wird mich hassen, dachte sie, noch während sie ihre Nummer wählte.

»Ich muss dich sehen, Kathrin! Heute noch. Ich brauche deine Hilfe. Bitte! Wann kann ich dich sehen?«

Um sieben Uhr checkte Verena aus dem Hotel aus. Sie besaß sogar die Geistesgegenwart, ihren Flug zu canceln. Sie nahm sich ein Taxi zur nächstbesten Mietwagenzentrale, und um kurz nach halb acht war sie auf dem Weg nach Magdeburg. Dort würde sie sich mit Kathrin treffen, die sich gerade auf einer Lesereise befand.

Verena merkte nicht, dass die Ampel auf Rot umgesprungen war. Sie nahm Hupen wahr, kreischende Bremsen, Knirschen von Blech und das Splittern von Glas. Dunkelheit.

KAPITEL 3

Mona stand an Verenas Bett und beobachtete ernst die tickenden Monitore. Nach einer mehrstündigen Notoperation war Verena außer Lebensgefahr. Ihr Körper war mit Schläuchen und Drähten verbunden.

Mona setzte sich an das Bett und betrachtete die schlafende Frau. Sie bemerkte, wie Verena sich leicht regte, und zog ihren Stuhl näher.

»Verena, kannst du mich hören? Mach die Augen auf, Verena!«

Verenas Augenlider flatterten. Mühsam öffnete sie die bleischweren Lider, sah verständnislos in Monas grüne Augen.

»Kannst du mich verstehen?«

Verena nickte. »Wo bin ich …?«, wollte sie fragen, aber ihre Stimme versagte. Mona schob ihre Hand unter Verenas Kopf, hob für einen kurzen Moment die Beatmungsmaske an und setzte Verena einen Plastikbecher mit Wasser an die Lippen. Vielleicht keine medizinisch einwandfreie Methode, aber die effektivste, um eine Panik zu vermeiden.

»Du bist im Krankenhaus – du hattest einen Unfall. Erinnerst du dich daran?«

Verena deutete ein müdes Kopfschütteln an. Mona sah zu, wie sie erschöpft wieder in den Schlaf glitt. Sie fixierte die Beatmung, prüfte noch einmal alle Geräte und Monitore und gab dann einer Schwester die Anweisung, ihr sofort Bescheid zu geben, wenn Verena Gessner erneut zu sich kam.

Auf dem Weg in ihr Büro kam ihr ein Pfleger mit einem Telefon entgegen. »Ich habe Dr. Stefan Gessner am Apparat – den Ehemann von Frau Gessner.« Er drückte Mona das Telefon in die Hand.

»Mit wem spreche ich?«, lautete die erste Frage des Mannes am anderen Ende.

»Mein Name ist Dr. Mona Grafenbach. Ich bin die stellvertretende Leiterin der Intensivstation.«

»Danke.« Die barsche Stimme klang etwas erleichtert. »Können Sie mir Auskunft geben, wie es meiner Frau geht?« Er hielt inne. »Entschuldigung, mein Name ist Stefan Gessner, ich bin der Mann von Frau Gessner. Man hat mir gesagt, dass sie auf der Intensiv liegt.«

»Ja, sie ist hier, Herr Gessner. Sie ist außer Lebensgefahr, aber noch sehr geschwächt. Vor ein paar Minuten ist sie kurz aufgewacht, schläft aber nun wieder. Ich nehme an, dass sie innerhalb der nächsten Stunden ansprechbar ist. Momentan scheint sie sich aber nicht zu erinnern, was passiert ist.«

»Was ist denn eigentlich passiert?«, fragte Stefan Gessner prompt. »Bisher weiß ich nur, dass sie einen schweren Verkehrsunfall hatte. Ich habe mich sofort ins Auto gesetzt, als der Anruf von der Polizei kam. Ich müsste in einer halben Stunde da sein.«

Er legte also die weite Strecke von München nach Berlin mit dem Auto zurück – vielleicht nicht das Vernünftigste angesichts der Tatsache, dass er in höchster Sorge um seine Frau war. Doch Mona konnte es ihm nicht verdenken.

Ja, was war passiert, fragte auch Mona sich. Verena hatte

sich am Tag zuvor nach einem entspannten Abendessen von ihr verabschiedet. Sie hätte längst auf dem Rückweg nach München sein sollen, und am späten Vormittag erfuhr Mona von einem Kollegen rein zufällig, dass die Ärztin, die am Vortag über die Einführung des neuesten Laserskalpells referiert hatte, nach einem schweren Autounfall bei ihnen im OP um ihr Leben rang. Einige Stunden später bekam Mona ihre Unterlagen mit dem Hinweis, dass sie sich für die Aufnahme Verena Gessners auf ihrer Station bereitmachen solle. Noch unbegreiflicher war die Information, die der verantwortliche Chirurg ihr mitgegeben hatte. Beim Legen des Harnkatheders seien nicht mit dem Unfall zusammenhängende Verletzungen im Genital- und Analbereich aufgefallen, die man notdürftig versorgt habe. Alles Weitere würde man der Kollegin auf der Intensivstation überlassen.

Kathrin hatte Verenas seltsamen Anruf am frühen Morgen in ihrem Hotel in Magdeburg, einer Station ihrer Lesereise, erhalten. »Kathrin, bist du noch in Berlin? Ich muss mit dir reden, es ist dringend!«

Sie hatten vereinbart, dass Verena ein Mietauto nach München nehmen und in Magdeburg Halt machen würde. Doch Verena war nicht am vereinbarten Treffpunkt erschienen, und Kathrin hatte sie auch nicht erreichen können. Schließlich war ihr nur noch eingefallen, es bei Stefan zu versuchen, der ihr dann vollkommen aufgelöst mitgeteilt hatte, dass Verena in einen schweren Verkehrsunfall verwickelt gewesen war und niemand ihm sagen konnte, ob sie es schaffen würde. Auch Kathrin hatte sich sofort ins Auto gesetzt und war wieder nach Berlin gerast.

Nur mit Mühe hatte sie sich als Nichtangehörige Zutritt zur Intensivstation verschaffen können. Schließlich bekam sie mit, ohne es wirklich zu verstehen, dass Mona Grafenbach sie erkannt haben musste und den Schwestern sagte, dass Kathrins Anwesenheit in Ordnung war.

Sie eilte neben Stefan ans Bett und starrte fassungslos auf die reglos daliegende Gestalt.

»Sie ist doch nicht ...«, flüsterte sie, ohne sich bewusst zu sein, dass sie es laut ausgesprochen hatte. Stefan legte ihr eine Hand auf die Schulter und dirigierte sie zu einem Stuhl.

»Nein, Kathrin, aber es war sehr knapp«, sagte er leise.

Kathrin ließ sich auf den Stuhl sinken und griff unwillkürlich nach Verenas Hand, die unter dem weißen Laken hervorragte. Sie küsste die eiskalten Finger. Sah man so nicht aus, wenn man tot war? »Mein Gott, Kleines, was machst du denn für Sachen! Verena, tu mir das nicht an, bitte!« Erst als eine Träne auf Verenas Hand tropfte, merkte Kathrin, dass sie weinte.

Vielleicht spürte Verena das, oder war es Zufall, dass ihre Augenlider in dem Moment zu flattern begannen? Sie schlug zum zweiten Mal nach der OP die Augen auf.

»Wo bin ich?«, war auch diesmal Verenas erste Frage. Die Beatmungsmaske erschwerte ihr das Sprechen. Ihr Blick war müde und verwirrt. Sie versuchte, nach dem Schlauch zu greifen, aber ihr linker Arm war fixiert, und Stefan hielt ihre Rechte sanft fest.

»Du hattest einen Unfall, Schatz. Bleib ganz ruhig liegen. Du bist im Krankenhaus«, versuchte er sie zu beruhigen.

»Wo?«, fragte Verena noch einmal schwach.

Mona trat in ihr Blickfeld. »In Berlin, Verena. Du liegst auf meiner Station.«

War das Erschrecken, das sich in Verenas Augen spiegelte?

»Ich will nach Hause«, murmelte sie plötzlich. »Bitte, Stefan ... nach Hause.« Ihr Blick erfasste nun auch Kathrin. »Kathrin, hörst du ...? Ich kann ... nicht hierbleiben.« Ihre Worte waren kaum zu verstehen, und ihre Stimme wurde schwächer, aber sie fing an, unruhig zu werden.

Mona schob sich an Stefan vorbei und setzte sich auf das Bett. Sie nahm Verenas Gesicht sanft in beide Hände. »Du musst ganz ruhig liegenbleiben, Verena. Hörst du? Es wird alles gut. Ich erkläre es dir später. Versuch noch ein wenig zu schlafen. Du darfst dich jetzt nicht aufregen, verstehst du mich?« Verena starrte Mona mit einem seltsamen Blick, aber auch zunehmend erschöpft an. »Mach die Augen wieder zu. Du bist in Sicherheit. Schlaf. So ist es gut ...«

Kathrin schaute die Ärztin verwirrt an. Was redete sie da? Überhaupt dämmerte ihr erst jetzt so langsam, dass diese Dr. Mona Grafenbach jene Mona war, von der Verena ihr kürzlich erzählt hatte. Natürlich, Verena hatte ja gesagt, dass sie stellvertretende Leiterin der Intensivstation war. Was für ein merkwürdiger Zufall!

Nachdem Verena wieder in den Schlaf hinübergedriftet war, sah Mona die beiden an. »Herr Dr. Gessner, Frau Sanders, wenn ich richtig liege?«

Kathrin nickte nur mechanisch, während Stefan sich verwundert fragte, woher die Ärztin Kathrin kannte. Aber dann fiel ihm ein, dass die Schriftstellerin Kathrin Sanders in der letzten Zeit oft genug in den verschiedensten Talkshows zu sehen gewesen war.

»Würden Sie jetzt bitte mit mir ins Besprechungszimmer kommen? Verena braucht noch sehr viel Ruhe.« Stefan und Mona gingen voran, während Kathrin wie in Trance hinterhertrottete. Ihr sechster Sinn bewog Mona, sich kurz umzusehen, gerade noch rechtzeitig, um mitzubekommen, dass Kathrin Sanders kurz davor war zusammenzuklappen. Sie ergriff ihren Arm. »Kommen Sie. Sie sollten sich setzen. Schwester Maria, könnten Sie bitte ein Glas Wasser bringen?«

»Danke«, murmelte Kathrin, als sie auf einen der Stühle im Besprechungszimmer sank. Sie barg ihr Gesicht in den Händen.

Stefan stand schräg hinter ihr, und Mona sah ihm an, dass er nicht recht wusste, wie er sich verhalten sollte. Ihr war nicht klar, in welcher Beziehung die beiden zueinander standen. Wenn sie das Ganze richtig erfasste, dann hatte sie Verenas Ehemann und ihre Ex-Freundin vor sich. Offensichtlich kannten sich die beiden, aber was wusste Stefan von Verenas und Kathrins Vergangenheit? Und lief da noch irgendwas zwischen Verena und Kathrin? Die Schriftstellerin schien jedenfalls am Boden zerstört. Mona rechnete noch immer damit, dass sie jeden Moment vom Stuhl glitt.

Dieser Gedanke weckte die Ärztin in ihr. Sie zog sich einen

Stuhl heran und setzte sich vor Kathrin. »Geben Sie mir Ihre Hand, Frau Sanders«, sagte sie. Sie tastete nach ihrem Puls, sah ihr ernst in das beängstigend blasse Gesicht. »Möchten Sie etwas zur Beruhigung?«

Kathrin regte sich wieder ein wenig. Dann schüttelte sie entschieden den Kopf. »Nein«, antwortete sie. »Es geht schon. Ich war nur so geschockt.« Sie sah hoch. »Was ist denn überhaupt passiert?«, fragte sie, ohne einen von beiden wirklich anzusehen.

Stefan antwortete leise: »Ich weiß noch immer nicht mehr als das, was die Polizei mir am Vormittag am Telefon gesagt hat. Sie ist heute Morgen bei Rot auf eine verkehrsreiche Kreuzung gefahren und wurde seitlich von einem LKW gerammt. Trotz Airbag war der Aufprall so stark, dass sie sich die linke Schulter, den Ellenbogen und mehrere Rippen gebrochen hat.« Eine der Rippen hatte sich in den Lungenflügel gebohrt, aber Stefan beschloss, das erst einmal für sich zu behalten. Kathrin schien nicht in der Verfassung, die Auskunft über das volle Ausmaß der Verletzungen zu verkraften.

»Aber Verena fährt doch nicht einfach bei Rot über eine Ampel, noch dazu am helllichten Tag … Sie ist keine aggressive Autofahrerin. Das sieht ihr überhaupt nicht ähnlich.«

»Nein, ich weiß«, antwortete Stefan nur ebenso ratlos.

Kathrin starrte weiter vor sich hin. Stefan wandte sich an die Ärztin: »Wann kann sie nach München gebracht werden?«

»Nicht in den nächsten Tagen, Dr. Gessner –«

Stefan unterbrach Mona barsch. »Was soll das heißen? Ich will sie so schnell wie möglich zu Hause haben, dort kennen wir die Ärzte ... dort weiß ich ...« Das war eigentlich eine Unverschämtheit, und Stefan war sich dessen auch bewusst, aber er war zu aufgebracht, um sich darum zu scheren.

Doch Mona blieb ruhig. »Herr Dr. Gessner, ich verstehe Ihre Sorge, aber Ihre Frau ist erst seit ein paar Stunden außer Lebensgefahr. Sie ist nicht annähernd stabil genug für einen Transport. Ganz abgesehen davon, was wir ihr zumuten, wenn wir sie mehrere Stunden über die Autobahn nach München kutschieren. Mit ihren Rippenbrüchen ist so ein Krankentransport nicht angenehm. Sie ist hier in den besten Händen.«

Stefan war nicht bereit einzulenken. »Mit der heutigen Schmerztherapie wird der Transport ja wohl kein Problem sein. Außerdem gibt es Hubschrauber. Verena ist Chefin der Unfallchirurgie – da wird sich ja wohl was arrangieren lassen. Die Kosten sind mir egal. Sie haben doch gehört, was sie gesagt hat. Sie will hier weg.«

Mona versuchte ihn zu beruhigen. »Ihre Frau wird sich wahrscheinlich gar nicht mehr erinnern, was sie gesagt hat, wenn sie das nächste Mal aufwacht. Ich bleibe dabei, Dr. Gessner. Verena ist nicht transportfähig. Sie ist kaum ansprechbar und mit Sicherheit nicht in der Lage, ihren eigenen Zustand einzuschätzen. Geben Sie ihr und uns ein paar Tage Zeit.«

Ehe Stefan etwas erwidern konnte, griff Kathrin, die sich den Wortwechsel bislang teilnahmslos angehört hatte, ein.

Mona bemerkte, dass wieder etwas Farbe in ihr Gesicht zurückgekehrt war.

»Stefan, beruhige dich erst mal«, sagte Kathrin beschwichtigend. »Ich glaube nicht, dass du in den nächsten Stunden eine Entscheidung treffen musst. In erster Linie ist doch wichtig, dass es Verena bald besser geht.« Sie sah ihm in die Augen. »Hattest du nicht gesagt, du müsstest zur Polizei? Weißt du schon, wo du heute übernachten wirst?«

Stefan blinzelte sie verwirrt an. An all das hatte er noch gar nicht gedacht.

»Was hältst du davon, wenn du erst mal zur Polizei fährst und ich in der Zwischenzeit versuche, ein Hotel zu finden, das zwei Zimmer frei hat?« Sie drehte sich zu Mona um. »Vielleicht kann ich ja von Dr. Grafenbach ein paar Tipps bekommen. Ich rufe dich dann an, sobald ich etwas gefunden habe, Stefan.«

Mona verstand, dass Kathrin mit ihr allein reden wollte. Sie nickte schnell. »Sicher kann ich Ihnen behilflich sein.« Sie sah Stefan an. »Dr. Gessner, ich werde Sie über jede Änderung von Verenas Zustand auf dem Laufenden halten. Frau Sanders hat recht, Sie sollten versuchen, sich etwas zu beruhigen. Hier können Sie im Moment nichts tun.«

Stefan nickte langsam. Als Arzt war ihm völlig klar, dass Verena im Augenblick nicht transportfähig war. Er hatte nur ihren verzweifelten Blick gesehen und wollte irgendetwas für sie tun. Diesmal war genau das passiert, wovor ihm immer gegraut hatte: Sie hatten sich im Streit getrennt, und das Nächste, was er von seiner Frau hörte, war ein Anruf von der Polizei. Er sah Kathrin kurz an. Wusste sie von ihren Problemen? Es war anzunehmen – wann wusste Kathrin schon einmal nicht Bescheid über irgendetwas, das in seiner Ehe vor sich ging? Und was wollte sie von Mona? Dr. Grafenbach hatte sich ihm als ehemalige Studienkollegin Verenas vorgestellt. Kannte sie auch Kathrin aus dieser Zeit?

Er blinzelte. All das war momentan ziemlich egal. Er stand auf, nickte Mona und Kathrin kurz zu. »Ich melde mich.« Dann verließ er mit eiligen Schritten das Zimmer.

Kathrin wollte ebenfalls aufstehen, aber der Boden sackte unter ihr weg. Bevor sie fiel, hatte Mona sie aufgefangen und führte sie zu einer Liege.

»Sie bleiben hier liegen!«, sagte sie streng.

Kathrin schloss die Augen, doch ehe sie sich's versah, war die Ärztin zurück. Sie nahm ihren Arm und schob den Ärmel ihres Shirts hoch. »Achtung, das wird gleich etwas kalt«, sagte sie und besprühte die Armbeuge mit einem Desinfektionsmittel. »Sie haben keine Angst vor einem kleinen Piekser, oder?«, fragte sie mit einem beruhigenden Lächeln.

Kathrin schüttelte den Kopf. »Du kannst mich übrigens wieder duzen«, murmelte sie dann.

»Ich war mir nicht sicher, ob du noch weißt, wer ich bin. Es ist Ewigkeiten her«, sagte Mona lächelnd. Dann setzte sie Kathrin mit konzentrierter Miene die Injektion. »So, dir wird's gleich besser gehen. Bleib noch ein paar Minuten liegen.«

»Ich wollte dich noch etwas fragen, Mona«, murmelte Kathrin fast schüchtern, als die Ärztin sich erhob.

Mona nickte. »Ich bin gleich zurück, okay?«

Es dauerte wirklich nur ein paar Minuten, bis sie zurückkam. Sie trat zu Kathrin, fühlte noch einmal deren Puls und maß ihren Blutdruck. »Ist dir noch schwindlig?«, fragte sie prüfend.

Kathrin schüttelte den Kopf. »Ich glaube nicht. Darf ich aufstehen?«

»Ja, versuch ein paar Schritte zu gehen.« Mona reichte ihr die Hand und half ihr hoch.

Kathrin machte einige vorsichtige Schritte und stellte erleichtert fest, dass der Schwindel weg war. »Du musst mich für eine ziemliche Mimose halten«, sagte sie dann leise.

Mona schüttelte den Kopf. »Keineswegs, Kathrin. Der Anblick eines nahestehenden Menschen in so einem Zustand hat schon manch einer die Füße weggezogen. Und jede/jeder reagiert anders.« Sie hatte es sich verkniffen, der Anblick eines *geliebten* Menschen zu sagen. Noch immer durchschaute sie das Beziehungsgeflecht um Verena Gessner herum nicht ganz. Ironischerweise war das vor fünfzehn Jahren nicht anders gewesen.

Wieder dieses angenehme, beruhigende Lächeln. Kathrin fand die Frau viel sympathischer, als sie sie in Erinnerung hatte. Deshalb fiel es ihr umso schwerer, ihr jetzt die Fragen zu stellen, die ihr auf dem Herzen lagen.

»Du wolltest mich etwas fragen«, meinte die Ärztin auch prompt.

Kathrin riss sich zusammen. »Ja.« Dann schaute sie Mona offen an. Alles oder nichts, dachte sie. »Mona, Verena hat mich heute in aller Frühe angerufen.« Sie erzählte von dem verwirrenden Anruf und ihrem Eindruck, dass Verena bei dem kurzen Gespräch sehr aufgebracht und durcheinander gewesen war.

Mona wartete ab. Sie ahnte, worauf Kathrin hinauswollte, aber sie hütete sich, vorzugreifen und sich womöglich in die Nesseln zu setzen. Schweigend beobachtete sie, wie die sonst sicherlich redegewandte Schriftstellerin nach den richtigen Worten suchte.

Kathrin schluckte, dann sagte sie leise: »Mona, es tut mir leid, wenn ich das so direkt frage, aber warst du gestern Abend mit Verena zusammen?«

Mona blieb erstaunlich gelassen. »Okay«, sagte sie. »Offenheit gegen Offenheit?«

Kathrin nickte angespannt.

»Stellst du mir diese Frage, weil du eifersüchtig bist?«

Kathrin atmete auf und lächelte leicht. Natürlich, so musste es der Ärztin vorkommen! »Nein, Mona. Ich verstehe, dass du das denkst, aber das ist nicht der Grund. Verena und ich – das ist sehr, sehr lange her.«

Mona nickte nur. »Ich war gestern Abend mit ihr essen. Anschließend wollte sie zu Fuß zu ihrem Hotel gehen. Das waren nur ein paar hundert Meter. Ich hatte ihr angeboten, sie zu fahren, aber sie wollte lieber laufen. Heute erfuhr ich dann, dass sie einen Unfall hatte.«

»Und du hast keine Ahnung, was in der Zwischenzeit passiert sein könnte?«, fragte Kathrin weiter.

Mona blieb vorsichtig. Sie hatte durchaus eine Ahnung, aber sie war sich nicht sicher, ob sie Kathrin davon erzählen durfte und wollte. Außerdem wusste sie nicht, ob ihr

Gefühl sie nicht vielleicht doch trog, und wenn sie jetzt ein Gerücht in die Welt setzte, das nicht stimmte, war niemandem geholfen. Sie musterte Kathrin aufmerksam.

»Was glaubst du denn, was ich wissen sollte, Kathrin? Mir ist nicht ganz klar, worauf du hinauswillst.«

Kathrin straffte die Schultern. »Sie hat einen Namen erwähnt. Ich dachte erst, es hätte wie Mona geklungen, könnte aber auch Anna gewesen sein ...«

Monas Gesicht verdunkelte sich, ehe sie es verhindern konnte. Und natürlich entging das Kathrin nicht.

»Was ist?«

Mona starrte einen Moment unschlüssig vor sich hin. Dann stand sie auf und schloss die Tür, die nur angelehnt gewesen war. »Professorin Anna Conrad ist die Frau, mit der Verena in den letzten beiden Tagen zusammengearbeitet hat. Fachlich genießt sie einen hervorragenden Ruf in ihrer Fakultät, aber ansonsten baggert sie alles an, was nicht bei drei auf den Bäumen ist.«

Kathrin schaute sie verwundert an. »Verena hat diese Frau nie erwähnt.«

»Nein, wie sollte sie? Bis vor zwei Tagen kannte sie sie ja gar nicht. Ich hatte selbst bis vor kurzem keine Ahnung, dass es ausgerechnet Anna war, mit der Verena diese Laserskalpell-Geschichte durchziehen sollte. Und Verena wusste sicherlich nichts von ihren Ruf als Schwarze Witwe.« Mona sah nachdenklich drein. »Ich hätte sie wohl eindringlicher warnen sollen. Andererseits konnte ich auch nicht ahnen, dass Dr. Verena Gessner in dieser Richtung wieder anfällig ist. In Boston klang noch alles nach heiler

Familienwelt. Nicht dass Anna Conrad vor so etwas jemals zurückgeschreckt wäre«, sagte sie dann eher zu sich selbst.

»Und du hältst es für möglich, dass die beiden gestern Abend noch …?« Ja, was eigentlich genau?

»Wir haben gestern Abend beim Essen noch darüber gelacht, wie ungeniert Anna Verena tags zuvor angegraben hat. Ich verstehe ehrlich gesagt nicht, wie sie damit immer wieder durchkommt. Aber niemand unternimmt etwas.«

»Ja, gut, aber das heißt noch nicht …«

»Nein. Das stimmt.«

Mona überlegte fieberhaft. Was Kathrin ihr hier erzählte, bestätigte den unguten Verdacht, den sie hegte, seit der Kollege Verenas Verletzungen erwähnt hatte. Sie hatte sehr direkt nachgefragt, was er meinte, aber er hatte nur abgewunken. »Wir hatten wirklich andere Probleme. Ich kann dir nicht sagen, ob sie vergewaltigt wurde oder ob es einfach nur eine harte Nummer war, und Letzteres geht mich auch nichts an. Aber ganz würde ich Gewalt nicht ausschließen – dazu passen ja auch die Blutergebnisse.«

»Was ist mit den Blutergebnissen?«, hatte Mona perplex gefragt.

»Schau in deine Unterlagen, Mona. Sie hatte Alkohol bis zum Abwinken und GHB im Blut. Passt nicht so ganz zu dem Eindruck, den ich von dieser Frau in den letzten beiden Tagen gewonnen hatte.«

Es war bisher noch keine Zeit gewesen, eine gynäkologische Untersuchung auf der Intensivstation durchzuführen, und Mona begriff, dass das ein Fehler gewesen sein könnte. Aber sie hatte noch etwas anderes entdeckt, als sie ihrer Patientin kurz zuvor eine Infusion neu gelegt hatte. Sie rang mit sich, was sie Kathrin sagen konnte, die sie noch immer fragend anstarrte. Dann fasste sie einen Entschluss. »Bitte komm mit, ich möchte dir etwas zeigen.«

Gemeinsam traten sie an Verenas Bett. Mona nahm deren unverletzte Hand und schob den Ärmel des Krankenhaushemdes etwas zurück. Sie zeigte auf eine dünne rote Linie und Abschürfungen an ihrem Handgelenk. »Wonach sieht das für dich aus?«

Kathrin runzelte die Stirn. »Wenn es nicht so abwegig wäre, würde ich sagen, wie der Einschnitt eines dünnen Riemens – wie Fesselspuren.«

Mona nickte ernst. »Richtig getippt.« Dann hob sie Verenas Kinn leicht an. Am Hals zeichneten sich rote Male ab, die wie Druckstellen aussahen. »Das sind leichte Würgemale – Verletzungen, die aber nicht zwangsläufig von einem Angriff herrühren, sondern vielleicht auch von harten Sexspielen.«

Kathrin starrte Mona ungläubig an. »Aber doch nicht Verena! Ich meine, oder hältst du es für vorstellbar, dass Anna Conrad sie ... in irgendeiner Form ... zu etwas gezwungen hat?«

Mona sah sie ernst an. »Ich weiß es nicht, Kathrin. Ich habe keine Ahnung, ob diese Frau so weit gehen würde oder ob Verena und sie sich überhaupt getroffen haben.« Wieder dachte sie nach, dann entschloss sie sich zu einem Kompromiss. »Aber sie hatte Alkohol und Spuren von GHB im Blut. Alles in allem war sie damit absolut nicht fahrtüchtig, als sie dich heute Morgen angerufen und sich dann ins Auto gesetzt hat.«

»GHB?«

»GHB, auch Liquid Ecstasy genannt. Eine Partydroge, die in Tropfenform je nach Dosierung auch gern einmal dazu verwendet wird, Frauen sexuell gefügig zu machen. Deshalb wird sie umgangssprachlich auch als Vergewaltigungsdroge bezeichnet. Zusammen mit Alkohol ist das extrem gefährlich.« Im Stillen fügte sie hinzu: und für jemanden wie Anna Conrad äußerst leicht zu beschaffen, da es unter Umständen auch in der Medizin eingesetzt werden kann.

Kathrin starrte Mona fassungslos an.

Mona musterte sie scharf. »Hast du jemals mitbekommen, dass Verena Aufputschmittel oder ähnliches nimmt, um ihren Dienst durchzustehen?«

»Nein, doch nicht Verena!«

»Sie wäre nicht die Erste, und wie ich von ihr selbst weiß, ist ihr neuer Job nicht gerade ein Spaziergang. Sie hat genug Stress, ihre neue Publicity ist noch ziemlich frisch. Es ist einfach, sich mit ein paar Tropfen oder Pillen mal ein bisschen zu entspannen oder eine weitere Schicht zu überstehen.«

Kathrin sah sie zweifelnd an. »Mal angenommen, du hättest recht – was ich mir schlicht nicht vorstellen kann –, würde sie sich dann als Ärztin nicht etwas weniger Auffälliges besorgen?«

Mona widersprach. »GHB ist nicht auffällig, im Gegenteil. Es ist darüber hinaus nur wenige Stunden im Blut und im Urin nachweisbar. Der Drogentest ist überhaupt nur wegen des Verkehrsunfalls veranlasst worden. Die festgestellte Dosis war kaum noch nachweisbar.«

Kathrin schüttelte entschieden den Kopf. »Tut mir leid, aber das übersteigt meine Vorstellungskraft. Die Verena, die ich kenne, pfeift sich nicht spätabends einen Drogencocktail rein, um dann mit jemandem wilden Sex zu haben. Das glaube ich einfach nicht.«

Mona seufzte. »Ich glaube es ja auch nicht, aber die andere Erklärung ist nicht besser. Es würde bedeuten, dass sie auf den fünfhundert Metern zwischen Restaurant und Hotel jemandem begegnet ist, der für das hier in irgendeiner Weise mitverantwortlich ist.« Und dieser Jemand könnte nach allem Dafürhalten Anna Conrad gewesen sein. Dann beschloss sie endgültig, Kathrin nichts von den anderen Verletzungen zu sagen, ehe sie nicht wusste, was wirklich passiert war.

Kathrin sah entsetzt auf die schlafende Gestalt. Sie dachte an die Panik in Verenas Augen. Woran hatte sie sich erinnert?

»Schläft sie eigentlich oder ist sie bewusstlos?«, fragte sie.

»Sie schläft. Wir pumpen zusätzlich zu allen anderen Medikamenten auch noch eine nicht unbedeutende Dosis Beruhigungsmittel durch ihr System. Ihr rechter Lungenflügel muss die Arbeit von beiden übernehmen – jede noch so leichte Panikattacke kann zu einem Kollaps führen. Und ich habe keine Ahnung, woran sie sich erinnert. Je länger sie schläft, umso besser für sie.«

»Was wirst du jetzt machen, Mona? Weiß die Polizei von dem Bluttest?«

Mona lachte trocken auf. »Natürlich weiß die Polizei davon. Sie ist die Stelle, die bei einem derartigen Unfall in der Regel die Tests veranlasst. Das alles ist Routine.«

»Du hast es Stefan nicht gesagt, obwohl du es bereits wusstest. Auch die Würgemale und Fesselspuren hast du nicht erwähnt, oder?«

»Nein. Ich weiß nicht, warum ich es verschwiegen habe – ich hatte einfach ein ungutes Gefühl. Wenn sie tatsächlich freiwillig mit jemandem mitgegangen ist, möchte ich nicht diejenige sein, die ihrem Ehemann einen möglichen Seitensprung steckt. Das darf ich gar nicht.« Mona warf Kathrin einen eindringlichen Blick zu. »Bitte hör zu, Kathrin. Ich hätte auch dir das alles nicht erzählen dürfen. Bitte behalte es für dich, bis ich Gelegenheit hatte, mit Verena zu reden.« Mona fragte sich, was sie überhaupt geritten hatte, einer Frau, die sie kaum kannte, so viel über ihre Patientin anzuvertrauen.

Aber Kathrin nickte verstehend. »Schon klar. Ich werde nichts sagen. Was passiert jetzt weiter?«, fragte sie.

Mona riss sich zusammen. »Ich werde Verenas Verletzungen gynäkologisch untersuchen lassen. Wir suchen nach Hinweisen auf eine Vergewaltigung. Wir machen Abstriche, Fotos, einen weiteren Drogentest, das ganze Programm. Vermutlich ist es schwierig, nach der OP Spuren zu finden, aber die Hände sind nicht verletzt – vielleicht finden wir ein paar Hautpartikel unter den Fingernägeln.«

»Du schaltest die Polizei ein?«

»Erst einmal sichern wir nur eventuelle Beweise. Alles Weitere muss Verena entscheiden.«

»Hast du nicht gesagt, sie soll sich nicht aufregen?«

»Sie wird von der Untersuchung nichts mitbekommen. Wir machen so etwas nicht zum ersten Mal, Kathrin. Das kommt leider öfter vor, als du denkst. Und ganz sicher lassen wir keinen Polizisten zu Verena, ehe wir nicht der Meinung sind, sie sei vernehmungsfähig. Also bestimmt nicht, solange sie auf der Intensivstation liegt.« Mona nickte Kathrin beruhigend zu. »Ich denke, du solltest jetzt auch gehen, Kathrin. Tu, was du ihrem Mann vorhin vorgeschlagen hast: Such euch ein Hotel. Wenn du Hilfe brauchst, gebe ich unten am Empfang Bescheid.«

Kathrin winkte müde ab. »Kein Problem, das kostet mich nur ein paar Anrufe. Ich übernachte in letzter Zeit oft in Hotels.«

»Gut. Du solltest dich ebenfalls ein wenig ausruhen. Verena wird in den nächsten Stunden mit Sicherheit nicht ansprechbar sein. Ich kümmere mich darum, dass die Proben an die Gerichtsmedizin gehen.«

»Wann wird sie ansprechbar sein?«

»Komm in etwa drei Stunden wieder, Kathrin. Dann sehen wir weiter.«

Kathrin nickte. Sie wandte sich zum Gehen. Dann drehte sie sich noch einmal um. »Was ist, wenn sie früher aufwacht?«

Sie sah in dem Moment so verloren aus, dass es Mona fast einen Stich versetzte. Welche Bindung hatte Kathrin zu Verena? »Ich bin den ganzen Nachmittag hier. Und wenn etwas sein sollte, melde ich mich bei dir, okay? Hinterlass deine Nummer im Stationszimmer.«

Kathrins Blick war immer noch zutiefst verletzlich. »Wird sie durchkommen, Mona?«

»Dafür werden wir schon sorgen.« Mona schenkte ihr ein beruhigendes Lächeln.

»Versprochen?«

»Versprochen.«

Mona traute ihren Augen nicht, als sie Anna Conrad nur wenig später an Verenas Bett stehen sah. »Was machst du hier? Und wie bist du hier reingekommen?«, zischte sie.

»Ich arbeite an diesem Krankenhauskomplex, schon vergessen? Ich habe von dem Unfall gehört, als ich zur Vorlesung kam, und bin sofort hergekommen, um zu sehen, wie es ihr geht.«

»Das hast du ja jetzt, nicht wahr? Ihr geht es miserabel, Anna, und sie braucht absolute Ruhe. Bitte geh. Ich möchte nicht, dass du sie aufweckst.« Die Frau hatte vielleicht Nerven, hier aufzutauchen!

Aber Anna machte keine Anstalten zu gehen. Sie sah mit einem seltsamen Blick auf die reglose Gestalt. »Sie ist irgendwie süß, nicht wahr?«

Mona glaubte sich verhört zu haben. »Was ist gestern Nacht passiert, Anna?«

Einen kurzen Augenblick meinte Mona so etwas wie Erschrecken zu erkennen, dann hatte Anna Conrad sich wieder in der Gewalt.

»Neidisch?«, fragte sie stattdessen süffisant.

»Wie gesagt, du gehst jetzt besser«, sagte Mona betont ruhig. Sie musste sich auf die Zunge beißen, um Anna Conrad nicht anzuschreien oder zur Rede zu stellen. Wenn Anna mitbekam, welchen Verdacht Mona hegte und dass sie schon die notwendigen Schritte eingeleitet hatte, würde Anna Himmel und Hölle in Bewegung setzen, um zu verhindern, dass die Angelegenheit weiterverfolgt wurde.

Mona hatte die Abstriche bereits per Kurier ins Gerichtsmedizinische Institut geschickt, und Verenas Akte hatte einen extra Sperrvermerk. Dennoch wollte sie Anna nicht unnötig aufschrecken.

Mona geleitete Anna aus dem Intensivbereich und ging mit ihr zum Ausgang der Station, um sicherzustellen, dass sie auch tatsächlich verschwand. Anna stolzierte grußlos davon.

»Anna!«, rief Mona ihr nach.

Die Angesprochene drehte sich unwillig um.

»Wenn du irgendwas damit zu tun hast, dann gnade dir Gott!«

Anna machte nur eine wegwerfende Handbewegung. Sollte sie Verena tatsächlich GHB in ein Getränk getan haben, müsste sie jetzt eigentlich ziemlich nervös sein, dachte Mona. Konnte es sein, dass sie hier aufgetaucht war, um herauszufinden, was Mona wusste? Wollte sie in Erfahrung bringen, wann Verena aufwachte und woran sie sich erinnerte? Wenn das der Fall war, war sie sicher nicht zum letzten Mal hier gewesen. Mona musste das Ganze vor Schichtende mit ihrem Vorgesetzten besprechen. Wer weiß, was Anna Conrad sonst in ihrer Abwesenheit hier abziehen konnte. Sie hatte natürlich recht – in ihrer Position konnte sie jederzeit einen triftigen Grund finden, hier aufzutauchen. Objektiv betrachtet war es ja nicht einmal abwegig, dass sie Verena besuchen wollte. Schließlich hatte sie die letzten beiden Tage mit ihr zusammengearbeitet.

Kathrin hatte gerade im Internet zwei Hotelzimmer gebucht, als Stefan sie aufgeregt auf ihrem Handy anrief. Die Polizei hatte ihm wie erwartet das Ergebnis des Bluttests mitgeteilt.

»Sie müssen die Blutproben vertauscht haben. Ich werde dieses stümperhafte Ärztepack hier verklagen!«, rief er aufgebracht.

Kein Wunder, dass Mona nicht diejenige hatte sein wollen, die ihm die Blutergebnisse mitteilte, dachte Kathrin. Sie war nicht in der Stimmung für Stefans Tiraden. Das Gespräch mit Verena vor einiger Zeit hatte sie mehr gegen ihn eingenommen, als ihr bewusst gewesen war. Kathrins Einstellung ihm gegenüber hatte sich verändert. Auch früher schon waren ihr seine Anspielungen auf Karrierefrauen und Verenas angebliche Überforderung auf die Nerven gegangen, doch bis dahin hatte sie es noch als das übliche Geplänkel zwischen den beiden abgetan.

Heute jedoch ging ihr sein Gezeter vollends gegen den Strich. Dabei war ihr durchaus bewusst, dass sie es ebenfalls für völlig ausgeschlossen hielt, dass Verena Drogen nahm. Jemand musste ihr das Zeug heimlich ins Glas getan haben – daran hegte sie keinen Zweifel. Kathrin hatte natürlich schon von Partydrogen und deren fatalen Folgen gehört, aber dass eine Frau aus ihrem nächsten Bekanntenkreis, noch dazu ihre beste Freundin, jemals Opfer eines derart hinterhältigen Übergriffs werden könnte … Angenommen Anna Conrad war die Anna, welche Verena am Telefon in einem Nebensatz erwähnt hatte? Denn wie viele Leute konnte Verena, die eher zurückhaltend war, in den letzten zwei Tagen kennengelernt haben? Also lag der Schluss nahe, dass sie Monas halbherzige Warnung in den Wind geschlagen und Anna Conrad mit auf ihr Zimmer genommen hatte … Würde sie dann so weit gehen, mit ihr zusammen Drogen zu nehmen? Eher nicht, befand Kathrin. Würde eine renommierte Medizinprofessorin und Universitätsdozentin so weit gehen, einer Kollegin Drogen ins Glas zu kippen? Und ihr hinterher auch noch Gewalt antun? Was um alles in der Welt war passiert zwischen den beiden Frauen?

Was hatte Verena am Telefon eigentlich genau zu ihr gesagt? Sie hatte gesagt, sie bräuchte ihre Hilfe. Kathrin versuchte sich an den Wortlaut des gesamten Gesprächs zu erinnern:

»Ich muss mit dir reden, ich war so dumm! Anna hat …«

»Welche Anna? Was ist mit dir?«

»Sie hat mich …«

Ja, was hatte sie? Verena hatte schluchzend abgebrochen. »Ich kann dir das nicht am Telefon erzählen. Ich war so dumm. O Gott, Kathrin, ich weiß nicht, was ich machen soll!«

Andeutungen, die alles andere als konkret waren. Anna hatte was? Sie vergewaltigt? Kathrin konnte sich mittlerweile keinen anderen Reim mehr machen. Verena war außer sich gewesen. Ich hätte sie fragen sollen, ob sie getrunken hatte, dachte Kathrin. Aber sie klang nicht, als hätte sie getrunken, und es war morgens um sieben. Wie hätte ich auf die Idee kommen sollen? Verena war einfach nur vollkommen durcheinander gewesen. Ich hätte merken müssen, dass sie nicht in der Verfassung war, sich hinters Steuer zu setzen ... Ich hätte darauf bestehen müssen, dass sie mir alles am Telefon erzählt oder wartet, bis ich zurück in Berlin gewesen wäre.

»Kathrin, bist du noch dran?«, unterbrach Stefan ihre düsteren Gedankengänge.

»Ja, sicher. Entschuldige, das Ganze geht mir sehr an die Nieren. Ich habe ein Hotel gefunden«, wechselte sie dann das Thema. »Wir treffen uns dort und reden weiter, okay?«

»Sag mir einfach den Namen und die Adresse, Kathrin. Ich will noch mal ins Krankenhaus fahren.«

Wenn sie ihn nicht davon abhielt, ins Krankenhaus zurückzufahren, würde Mona sich mit ihm auseinandersetzen müssen.

»Stefan«, sagte sie so ruhig wie möglich. »Wir sollten uns wirklich vorher im Hotel treffen und vielleicht auch kurz etwas essen. Mona hat gesagt, dass es am besten wäre, ein paar Stunden zu warten.«

»Ich will mich aber jetzt sofort um die vertauschten Blutproben kümmern und den Zuständigen ausfindig machen!«

»Okay, wie du meinst.« Entnervt beendete Kathrin das Gespräch. Sorry, Mona, oder wen auch immer Stefans Entrüstung treffen würde.

Aber Mona hatte im Moment ganz andere Sorgen. »Dr. Grafenbach! Verena Gessner ist gerade aufgewacht. Sie ist sehr unruhig.«

»Danke, ich bin unterwegs.« Auf dem Weg bat sie eine der Schwestern, ihr eine Injektion vorzubereiten.

Verenas Blick war voller Panik, aber sie entspannte sich ein wenig, als sie Mona erkannte.

Die Ärztin setzte sich zu ihr aufs Bett und ergriff ihre Hand. »Ganz ruhig, Verena, du musst ruhig liegen bleiben.«

Doch Verena stöhnte panisch auf. Sie versuchte, etwas zu sagen, was wegen des Atemschlauchs misslang. Mona sah ein, dass Verena sich so nicht beruhigen lassen würde, und jede andere Patientin hätte sie zu diesem Zeitpunkt medikamentös ruhig gestellt. Sie beugte sich tief in Verenas Gesichtsfeld. »Verena, du musst mir zuhören, okay?«, versuchte sie ihre ungeteilte Aufmerksamkeit zu bekommen. »Es ist sehr, sehr wichtig, dass du still liegen bleibst, sonst muss ich dir etwas zur Beruhigung spritzen.« Sie sah die ehemalige Freundin ernst an. »Verstehst du, was ich sage?«

Verena deutete ein Nicken an.

Mona sagte eindringlich: »Wenn du mir versprichst, dass du dich nicht aufregst, befreie ich dich für ein paar Minuten von dem Beatmungsgerät. Schaffst du das?«

Verena stimmte sofort zu.

In dem Moment kam die Schwester mit der vorbereiteten Injektion und legte sie auf den Nachttisch.

Mona sah Verenas Erschrecken. »Keine Angst, das ist eine reine Vorsichtsmaßnahme.«

»Schwester Annette, ich brauche hier eine Sauerstoffversorgung. Wir nehmen die Beatmungsmaske ab und schauen mal, ob Frau Gessner ohne klarkommt.« Mona glaubte es riskieren zu können. Verena atmete selbstständig. Der Apparat sollte nur Atemaussetzer kontrollieren und abfangen, damit sie nicht in eine kurzzeitige Atemnot geriet.

Mona wandte sich wieder Verena zu. »Hast du Schmerzen?«

Kopfschütteln.

»Du weißt, dass du einen schweren Autounfall hattest?«, fragte Mona leise.

Diesmal nickte Verena.

»Okay. Es ist deshalb so wichtig, dass du still liegen bleibst, weil sich eine gesplitterte Rippe in deinen linken Lungenflügel gebohrt hat. Wir haben operiert, verklebt und Drainagen gelegt. Aber jede Aufregung ist streng verboten, ja? Wenn du zu hastig atmest oder dich ruckartig bewegst, riskierst du weitere Verletzungen und starke Schmerzen.«

Mona unterließ es, im Fachjargon mit Verena zu reden. Sie war hier in erster Linie Patientin. Verena sollte ihren eigenen Zustand nicht in klinischer Distanz als Ärztin einschätzen. »Deshalb bin ich so streng mit dir, und deshalb liegt hier diese Injektion zu deiner Sicherheit, okay?«

Die Herausforderung lag darin, Verenas psychischen Zustand einigermaßen stabil zu halten. Ihr Erinnerungsvermögen kehrte zurück, und die Erinnerung an den Unfall allein würde schon ausreichen, um ihr einen heftigen Schock zu versetzen, vor allem wenn Verena klar wurde, welche Verletzungen sie davongetragen hatte. Sie würde über Wochen, vielleicht sogar Monate ihren Beruf nicht ausüben können.

Dazu kam das Erlebte der letzten Nacht. Die Verletzungen, die der Kollege festgestellt hatte, deuteten fraglos auf Gewalt hin. Niemand, der bei einigermaßen klarem Verstand ist, lässt so etwas freiwillig mit sich machen, hatte er gemeint. Die Frage war allerdings, wie klar Verenas Verstand zu dem Zeitpunkt tatsächlich noch war. Bei GHB kam es schließlich oft zu kurzzeitiger Verwirrtheit und Gedächtnisverlust.

Daher hatte Mona beschlossen, dass es besser war, wenn sie so schnell wie möglich herausfand, woran Verena sich erinnerte. Sie konnte dabei weder einen aufgebrachten Ehemann noch eine verschreckte Freundin gebrauchen, die beide ebenfalls noch mit den Tatsachen haderten. Sie rechnete damit, dass Stefan nach dem Besuch auf dem Polizeirevier irgendwann wieder hereinstürmen und erneut verlangen würde, dass man Verena verlegte.

Schwester Annette kam mit dem Sauerstoffgerät und bereitete es vor. Mona erhob sich von Verenas Bett, kontrollierte die Einstellungen. Wieder sah sie Verena ernst in die Augen. »Bist du bereit?«

Verena nickte.

Mona entfernte die Beatmungsmaske. Sie beobachtete scharf, ob Verena in Atemnot geriet. »Ganz ruhig durchatmen, langsam einatmen, keine Angst, es ist alles gut. Konzentrier dich – ein, aus, ein, aus.«

Die Schwester fixierte mit geübtem Griff den dünnen

Sauerstoffschlauch an der Nase und sah Mona kurz fragend an.

Mona nickte. »Einschalten.« Wieder der konzentrierte Blick, der zwischen den Monitoren und der Patientin hin- und herging. Verena atmete einigermaßen ruhig, aber ihr stand der Schweiß auf der Stirn. Ein Blick Monas zu der Schwester genügte. Sie waren ein eingespieltes Team.

Schwester Annette kam mit einem kalten feuchten Lappen zurück. Vorsichtig tupfte sie Verenas Gesicht ab, ihre Hände, die Brust, soweit sie nicht bandagiert war.

Verena lächelte dankbar, aber Mona bemerkte ihre Verlegenheit. Wie unangenehm musste der erfolgreichen Chirurgin die Rolle der hilflosen Patientin sein!

»Vielen Dank, Schwester Annette. Lassen Sie uns bitte allein, und sorgen Sie dafür, dass ich ein paar Minuten ungestört mit der Patientin habe?«

»Natürlich«, versicherte die Schwester und war schon zur Tür hinaus.

Mona drehte sich zu Verena um. »Besser? Das hast du gut gemacht«, sagte sie mit einem beruhigenden Lächeln.

Verena zog eine Augenbraue hoch. »Mona, du musst mit mir nicht reden wie mit einem kranken Pferd. Sag mir einfach, was mit mir ist. Ich glaube, ich habe kapiert, warum ich mich nicht aufregen soll.«

Mona lächelte. »So gefällst du mir schon besser.« Dann wurde sie wieder ernst. »Machen wir eine kleine Inventur, okay?«

Verena nickte angespannt.

»Dein linkes Schultergelenk und der Ellenbogen sind

gebrochen. Zwei Rippen angeknackst, eine davon hat wie gesagt deine Lunge erwischt. Milzriss, schwere Quetschungen im Brustbereich. Aber Wirbelsäule, Hüfte und Beine sind unversehrt, obwohl du auch da noch genug Prellungen abbekommen hast.«

Verena drehte den Kopf, so weit es ging. Sie musterte die Schiene an ihrem linken Arm. Er war vollständig fixiert. Sie konnte ihn nicht bewegen.

»Wie kompliziert sind die Frakturen? Werde ich wieder operieren können?« Mona sah, wie sehr Verena sich bemühte, ruhig zu bleiben. Ihr entgingen jedoch weder die aufkeimende Panik noch die Ausschläge auf dem Herzfrequenzmonitor.

»Im Moment sind deine Lunge und die anderen inneren Verletzungen dein größeres Problem. Du bist noch nicht stabil genug, um völlig aus dem roten Bereich zu sein. Ich nehme an, dass wir dich mindestens bis morgen Abend unter Intensivbeobachtung lassen. Ich werde aber Dr. Kant nachher bitten, dass er morgen früh die Röntgenbilder der Frakturen mit dir durchgeht. Ich glaube, du wirst einfach viel Geduld brauchen.«

Verena sah sie mit großen Augen an. »Das ist keine Antwort.«

»Dafür ist es auch noch viel zu früh, Verena.«

»Du sagst mir gerade, dass ich mich damit abfinden muss, vielleicht nie wieder arbeiten zu können …«

»Nein, Verena, das habe ich nicht gesagt. Ich habe gesagt, dass ich dir diese Frage im Augenblick nicht beantworten kann.«

»Wer hat mich operiert? Kant? Wenn du die Anästhesie gemacht hast, musst du doch wissen ...?«

»Ja, Kant hat operiert. Johnson war der Anästhesist. Ich war bei der OP nicht dabei.«

»Ich will mit Kant reden!«

Mona nickte. »Wie gesagt, ich werde versuchen, ihn nachher aufzutreiben.«

»Warum nicht jetzt?«

Mona musterte Verena wieder eindringlich, aber sie schien recht ruhig zu sein. Konnte sie es riskieren fortzufahren? Leise sagte sie: »Weil ich noch nicht fertig bin, Verena. Woran erinnerst du dich? Weißt du, was vor dem Unfall war und wie es dazu kam?«

Diesmal war Verenas Erschrecken deutlich. Ihr blasses Gesicht wurde noch eine Spur weißer. Sie atmete scharf ein und zuckte im selben Moment vor Schmerz zusammen.

Mona griff nach ihrer Hand.

»Keine Spritze«, keuchte Verena mühsam. »Bitte!«

Mona wartete ab, ob Verena es schaffte, sich zu beruhigen. Dann erst nickte sie kurz.

»Ich wollte mich mit Kathrin treffen ... in Magdeburg. Ich habe sie am Morgen angerufen.«

»Das hat sie mir erzählt. Und weiter?«

»Du hast mit Kathrin gesprochen?«

Mona bejahte. »Kathrin war hier. Mit Stefan. Soweit ich weiß, ist Stefan noch bei der Polizei. Kathrin sucht ein Hotel. Sie kommen später wieder her.«

»Was hat Kathrin gesagt?« Verenas Stimme klang angestrengt, fast hechelnd.

»Ruhig bleiben, Verena. Sollen wir das Gespräch verschieben – möchtest du dich ausruhen?« Mona war aufgestanden, um nach der Spritze zu greifen.

Verena schüttelte heftig den Kopf, stöhnte jedoch sofort vor Schmerzen auf. Sie versuchte, ruhiger zu atmen, was ihr aber nicht gelang. Stattdessen keuchte sie wieder auf, merkte, wie ihr die Luft wegblieb, und dann stürzten die Bilder der vergangenen Nacht auf sie ein. Wie ihr Kopf ins Kissen gedrückt wurde ... wie sich Hände von hinten um ihre Kehle legten und zudrückten. Und plötzlich fielen sämtliche Erinnerungsfetzen an den richtigen Platz. Die Erkenntnis traf sie wie ein Schlag.

Es kostete Mona nur wenige Handgriffe, ihr das Beatmungsgerät auf Mund und Nase zu drücken, es provisorisch zu befestigen und die Sauerstoffzufuhr wieder auf die Beatmungsmaske umzuleiten. Ohne Zeit zu verlieren, injizierte sie das vorbereitete Sedativum durch das dafür vorgesehene Ventil des Infusionsschlauchs. In Verenas Augen las sie nackte Panik. Woran hatte sie sich erinnert? Die Ärztin wusste, dass dieses Gespräch sie auch körperlich zu sehr anstrengte. Es hatte keinen Sinn weiterzumachen, wenn Verena sich durch die Aufregung nur schadete.

Mona setzte sich wieder zu ihr aufs Bett und ergriff erneut ihre Hand. »Wir reden später weiter, okay?«

Verena schüttelte frustriert den Kopf, doch Mona sah, wie ihr Blick bereits wegdriftete. Eine Frage brannte ihr noch auf der Zunge. »Hast du dich gestern Abend mit Anna Conrad getroffen?«, fragte sie eindringlich.

Aber Verena machte nur eine müde abwehrende Kopfbewegung, wie um die Gedanken, die in ihrem benebelten Hirn kreisten, zu verjagen. »Ich muss mit Kathrin reden«, murmelte sie mühsam. »Sag nichts zu Stefan.« Damit schlief sie ein.

Mona seufzte tief. Sie war verwirrt, doch je länger sie darüber nachdachte, umso mehr glaubte sie, dass Verena einfach nur zu benommen gewesen war, um ihre Frage zu beantworten. Oder wollte sie schlicht leugnen, sich mit Anna Conrad getroffen zu haben, weil sie sich schämte? Würde diese es also auch diesmal schaffen, sich ihrer Verantwortung zu entziehen? Mona war mittlerweile ziemlich sicher, dass die Conrad hinter dieser Geschichte steckte. Vermutlich hatte sie Verena vor dem Hotel oder an der Bar abgefangen. Ein paar schöne Worte, ein paar Tropfen in den Drink, eine Frau, die ein Abenteuer brauchte? War es wirklich so einfach? Oder verrannte sie sich da in etwas, weil sie Anna ohnehin verabscheute?

Anna Conrad war sexsüchtig – keine Frage. Und sie log, was das Zeug hielt, um die Person, auf die sie es abgesehen hatte, herumzubekommen. Mona hatte es am eigenen Leib erfahren. Und sie hatte es mitbekommen von Studentinnen und irgendwann auch von jungen Studenten. Es war ein offenes Geheimnis, wurde aber geduldet, weil die Conrad eine brillante Dozentin und hervorragende Chirurgin war.

Jemanden mit Drogen gefügig zu machen schien bislang jedoch nicht zu ihrem Repertoire zu gehören. Hatte sie vielleicht nicht nur mit Verena, sondern auch mit sich selbst experimentiert? Hatte sie die Wirkung falsch eingeschätzt, und es war mit ihr durchgegangen? Dann wiederum dachte Mona beinahe beschämt, du hast keinen Anhaltspunkt, dass Anna etwas damit zu tun hat. Verletzte Gefühle sind noch lange kein Grund für haltlose Anschuldigungen. Aber warum war die Conrad dann hier aufgetaucht? Was sollten die seltsamen Bemerkungen, dass Verena süß war und ob Mona neidisch wäre? Und zu guter Letzt, warum sonst sollte Verena Annas Namen Kathrin gegenüber erwähnt haben?

Viele Fragen, keine Antworten.

Als Mona das Zimmer verließ, kam Stefan Gessner den Gang entlanggestürmt. Anstelle einer Begrüßung blaffte er sie wütend an: »Wann wollten Sie mir eigentlich sagen, dass Verena Alkohol und angeblich Drogen im Blut hatte?«

Mona begegnete seinem Wutausbruch mit völliger Ruhe. »Vielleicht besprechen wir das nicht hier auf dem Gang?«, schlug sie vor.

Stefan nickte betreten.

Mona ging ihm voran in das Besprechungszimmer und schloss die Tür. »Möchten Sie eine Tasse Kaffee?«, fragte sie freundlich.

Er schaute Mona irritiert an, konnte offenbar nicht einordnen, warum sie trotz seiner offensichtlichen Wut so gelassen reagierte. Leicht beschämt antwortete er: »Das wäre sehr nett – vielen Dank.«

Mona stand noch einmal auf und kam mit zwei Bechern Kaffee wieder. Sie legte ihm ein Döschen Milch und ein Tütchen Zucker dazu.

»Danke.« Dann sah er sie an. »Tut mir leid, dass ich Sie so angefahren habe.«

Mona ging nicht weiter darauf ein. »Ich habe schon damit gerechnet, dass Sie mit genau dieser Frage hier wieder auftauchen würden«, sagte sie stattdessen.

Ihre Offenheit schien Stefan zu beruhigen. »Warum haben Sie es mir denn nicht gleich gesagt?«

»Vielleicht weil ich genau diese Reaktion erwartet habe und vorhin nicht den Nerv für eine weitere Auseinandersetzung hatte. Vielleicht auch, weil das tatsächlich Teil der polizeilichen Ermittlungen ist. Sowohl der Alkohol als auch die Drogen sind mittlerweile raus aus ihrem Blutkreislauf und beeinträchtigen Verenas momentanen Zustand nicht mehr. Sie haben den Kollegen lediglich bei der Narkose leichte Schwierigkeiten bereitet.«

»Dann ist es aber doch Teil der Krankengeschichte«, beharrte Stefan. Er sah sie verständnislos an.

Mona konnte ihm nicht sagen, dass sie es rein instinktiv zurückgehalten hatte, ebenso wie die Fesselspuren, die Male am Hals und die Verletzungen im Genital- und Analbereich. Und Verenas letzte Worte an sie waren eindeutig gewesen. *Sag nichts zu Stefan!* Ihr Gespür hatte sie also nicht getrogen. Ruhig sagte sie: »Nun wissen Sie es ja. Wie gesagt, auf ihren jetzigen Zustand hat das keinen Einfluss.«

Stefan sah sie zweifelnd an. »Und es besteht nicht die Möglichkeit, dass es einfach eine Verwechslung ist? Vertauschte Blutproben?«

Mona schüttelte den Kopf. »Nein, sicher nicht. Die Kollegen sind da sehr zuverlässig.«

»Wenn sich irgendwie herausstellt, dass hier geschlampt wurde, verklage ich Ihr Krankenhaus rauf und runter. Und ich verlange jetzt sofort Einsicht in die gesamte Krankenakte, Notaufnahme, OP, Intensiv.«

Mona wurde es langsam zu bunt. »Sie wissen so gut wie ich, dass ich Ihnen das nicht gestatten kann. Verena ist bei Bewusstsein, es besteht kein dringender Handlungsbedarf für Leib oder Leben. Ohne ihre Zustimmung bekommen Sie keine Akteneinsicht. Sie sind weder Verenas Arzt noch ihr Anwalt. Ärzte hat sie hier genug. Lassen Sie uns einfach unsere Arbeit machen. Wenn Sie glauben, dass sie einen Anwalt braucht, besorgen Sie ihr einen. Ich bin jedoch der Meinung, dass sie im Moment in erster Linie einen Ehemann bräuchte, der sich einfach an ihr Bett setzt und für sie da ist, wenn sie die Augen aufschlägt.« Mona funkelte Stefan beinahe wütend an.

Ihr war selbst nicht klar, warum sie sich so echauffierte. Stefans Reaktion war nicht ungewöhnlich. Die meisten Angehörigen verfielen angesichts ihrer Hilflosigkeit in irgendeine Art von Aktionismus. Stefan Gessner bildete da keine Ausnahme. Als Arzt hatte er jedoch den Drang, sich mehr in die Behandlung einzumischen als andere Berufsgruppen. Und dass er angesichts eines positiven Drogentests seiner Frau ausrastete, war auch nicht wirklich verwunderlich.

Mona atmete tief durch und sagte dann sehr viel ruhiger. »Vergessen Sie, dass Sie Arzt sind, Dr. Gessner. Verena braucht jetzt einfach einen Partner und Freund.«

Ihre kleine Standpauke schien tatsächlich zu wirken, denn

Stefan fragte etwas beschämt: »Wie geht es ihr denn überhaupt?«

Mona klärte ihn darüber auf, dass Verena aufgewacht war und nun über ihre Verletzungen Bescheid wusste. Sie sagte ihm auch, dass Verena sich wegen der Gelenkbrüche Sorgen um ihren Job machte und dass sie das Beruhigungsmittel höher dosiert hatte. Sie unterließ jedoch jeglichen Hinweis auf die gynäkologische Untersuchung und die mutmaßliche Vergewaltigung. Sollte Stefan die Abschürfungen an den Handgelenken bemerken, hatte sie vorerst keine Erklärung für ihn. Verena hatte sie zum Schweigen verpflichtet.

Aber Stefan bemerkte nichts. Durch den heftigen Aufprall hatte Verena Blutergüsse an den unwahrscheinlichsten Stellen, und man musste schon sehr genau hinsehen, um die schwachen Abschürfungen zu erkennen. Er setzte sich an Verenas Bett und betrachtete seine schlafende Frau. Der letzte Streit mit ihr lag ihm im Magen. Vor allem auch, weil sie danach nicht mehr miteinander gesprochen hatten. Er hatte eine kurze SMS bekommen. »Bin gut angekommen, werde kaum Zeit haben zu telefonieren, da mit Besprechungen und Abendprogramm ausgebucht. LG an Timmi und Dani.« Absichtlich kein Gruß an ihn, kein HDL für »Hab Dich lieb«, wie sie sonst ihre Nachrichten an ihn abschloss. Verena war diesmal richtig sauer auf ihn gewesen, und mit dieser SMS hatte sie quasi vorgebaut, dass sie die nächsten zwei Tage nicht mit ihm reden musste. Denn für einen kurzen Anruf war immer Zeit, ehe man abends zum Essen ging, und sei es vom Taxi aus. Nein, sie wollte nicht mit ihm reden, und er hatte von sich aus auch nicht angerufen.

Dieser verdammte Job! Verena rieb sich dafür auf, saß selbst zu Hause oft genug bis in die Nacht am PC und gondelte seit neuestem auch noch auf Kongressen und Presseterminen herum. Nein, so hatte er sich die nächsten Jahre nicht vorgestellt. Aber Verena ging darin auf, sprühte förmlich vor Energie. Er hatte kürzlich ein Interview in den Lokalnachrichten mit ihr gesehen, wie sie ihre neueste Errungenschaft erklärte und anführte, welche Vorteile die Anschaffung des teuren Geräts für die Patienten hatte, und auch er konnte nicht umhin, ihre Ausstrahlung zu bewundern. Gesagt hatte er es ihr nicht.

Stattdessen machten sie sich gegenseitig das Leben schwer. Und nun lag sie hier mit gebrochenen Knochen und einem nicht erklärbaren Bluttest …

Er besann sich endlich und nahm ihre Hand, strich ihr über die Wange. Sie waren nun so lange zusammen; sie war noch immer wunderschön. Er wünschte sich, dass sie einfach die Augen aufschlagen und ihm diesen unnötigen Streit verzeihen würde.

Doch den Gefallen tat Verena ihm nicht. Irgendwann wurde sie kurz wach. Sie sah ihn müde und abwesend an. Sein »Schatz, es tut mir so leid«, registrierte sie nicht. Aber ehe ihre Augen wieder zufielen, fragte sie nach Kathrin. Stefan sog hart die Luft ein.

Mona, die in dem Augenblick hinter ihm stand, dachte sich ihren Teil. Sie registrierte Stefans Bestürzung und fragte sich, ob Kathrin ihr am Nachmittag die Wahrheit erzählt hatte. Kopfschüttelnd verließ sie das Krankenzimmer. Stefan Gessner hatte sie offenbar nicht einmal bemerkt. Und was gingen sie Verena Gessners Beziehungen an, schalt sie sich.

Kathrin war am Nachmittag ebenfalls noch einmal im Krankenhaus vorbeigekommen. Nachdem Mona ihr jedoch gesagt hatte, dass Stefan bei Verena war und diese den Abend und die Nacht vermutlich einfach durchschlafen würde, hatte sie beschlossen, ihre für den Abend geplante Lesung in Magdeburg doch zu halten, wenn auch mit etwas Verspätung. Sie hatte die Abendveranstaltung zusammen mit einer befreundeten Chanson-Sängerin organisiert, die ihre Texte mit Songs untermalen wollte. Kathrin hatte den ganzen Nachmittag mit sich gehadert, ob sie absagen sollte, und sich schließlich schweren Herzens entschlossen, die Kollegin nicht im Stich zu lassen.

Aber solange Stefan an ihrem Bett wachte und Verena mit Sedativa ruhiggestellt war, konnte sie ohnehin nicht viel ausrichten. Sie war trotz aller Loyalität nicht in der Verfassung, sich einträchtig mit Stefan an Verenas Bett zu setzen. Er war ihr Ehemann, also stand es ihm zu, bei ihr zu sein. Verena hatte ihre Entscheidung vor Jahren getroffen. Kathrin konnte nicht verhindern, dass bei diesem Gedanken eine gewisse Bitterkeit in ihr aufstieg. Am nächsten Morgen wollte sie so früh wie möglich im Krankenhaus sein.

Mona hatte ihr Verenas Bitte selbstverständlich übermittelt. Sie war es auch, die ihr versichert hatte, dass es gar keinen Sinn habe, früher mit Verena reden zu wollen – sie wäre noch viel zu erschöpft von dem Eingriff und wegen der Medikamente kaum in der Lage, einen klaren Gedanken zu fassen. Dennoch hatte sie sich gesträubt, Kathrin das Ergebnis der gynäkologischen Untersuchung mitzuteilen; diesmal hatte sie sich auf ihre Schweigepflicht berufen.

Als Mona nach einer anstrengenden Doppelschicht um kurz vor Mitternacht endlich zu Hause war, schenkte sie sich als Erstes ein großzügiges Glas Wein ein. Dann setzte sie sich auf ihren kleinen Balkon und schaute nachdenklich über die Lichter der Stadt. Was für ein Tag! Gewöhnlich nahm sie ihre Arbeit nicht mit nach Hause, aber Verenas Unfall ließ sich nicht so leicht abschütteln. Natürlich zum einen, weil sie eine Verbindung zu ihr hatte. Sie hatte sich tatsächlich sehr darüber gefreut, sie in Boston und jetzt in Berlin wiederzusehen. Mona hatte Verena immer gemocht, aber sie wusste nicht einmal, ob das auf Gegenseitigkeit beruht hatte. Während ihrer Studienzeit war Mona viel mit sich selbst beschäftigt gewesen, mit ihren ersten zaghaften Erfahrungen mit Frauen in den Lesbenbars der Stadt. Etwas, das sie mit den Kommilitoninnen nicht geteilt hatte – so tief ging die Freundschaft dann doch nicht. Und sie hätte den Teufel getan, ausgerechnet die geradlinige und behütete Verena mit ihrer frischgewonnenen Selbsterkenntnis, dass sie sich zu Frauen hingezogen fühlte, zu verschrecken. Aber zumindest wurde ihr damals klar, dass Verena sie schon immer mehr als die anderen Mädels in der Clique fasziniert hatte. Was blieb ihr allerdings mehr, als sie aus der Ferne anzuschmachten? Sie wagte nicht einmal im Traum, sich auszumalen, was Verena, die ständig irgendwelche männlichen Verehrer zu haben schien, zu so einem Geständnis sagen würde.

Umso erstaunter war Mona gewesen, als Verena während der Assistenzzeit dann plötzlich mit Kathrin im Schlepptau ankam. Die Blicke, welche die beiden miteinander wechselten, hatten mit bloßer Freundschaft nichts gemein. Warum fiel das nur Mona auf? Und ja, verdammt, sie war damals eifersüchtig auf Kathrin gewesen! Was fand Verena an der verschüchterten Maus, die angeblich eine tolle Schriftstellerin war, aber so schreckhaft und stumm, dass ihre Anwesenheit meistens gar nicht wahrgenommen wurde? Doch Verenas Fürsorglichkeit Kathrin gegenüber und die Vertrautheit der beiden wurmten Mona gewaltig.

Und fünfzehn Jahre später die gleiche Konstellation? Kathrin Sanders gab es noch immer, mittlerweile weitaus selbstbewusster und faszinierender als damals, und obendrein einen attraktiven Ehemann, mit dem Verena aber offensichtlich Schwierigkeiten zu haben schien. Dazu kam ein aus dem Ruder gelaufener One-Night-Stand mit dem oder der großen Unbekannten – auch etwas, das zu der Verena, wie sie sie gekannt hatte, nicht passen wollte.

Und das war Monas nächstes Problem. Selbst wenn ihr die ganze Geschichte nicht schon allein Verenas wegen so nahe gehen würde, blieb da immer noch Anna Conrad. Zum einen war Mona sicher, dass sie diejenige war, mit der Verena am Vorabend zusammengewesen war. Wen sonst hätte Verena in dieser Nacht noch treffen können? Verena ging doch nicht mit Wildfremden aufs Zimmer. Da war das

GHB, rief Mona sich in Erinnerung. Diese Masche konnte auch ein Wildfremder abziehen …

Aber ihre Gedanken wanderten zurück zu Anna. Schließlich war dies der Name, den Verena Kathrin gegenüber erwähnt hatte. Und warum sonst wäre die Dozentin heute an Verenas Bett aufgetaucht? Anna Conrad. Die Mona mittlerweile bis aufs Blut hasste. Wieso steigerst du dich da eigentlich so hinein?, fragte sie sich nicht zum ersten Mal. Anna hatte sie nach einer kleinen Affäre schnell abserviert. Mona hatte sich von Annas Aufmerksamkeit zuerst geschmeichelt gefühlt. Bis sie erfuhr, dass Anna sie nur vorgeführt hatte. Sie hatte mit einem nicht mehr an der Uni tätigen Kollegen gewettet, wer von beiden Mona innerhalb einer Woche ins Bett bekäme. Jener Kollege war aus verletzter Eitelkeit blöd genug gewesen, Mona das brühwarm zu erzählen, und Mona war natürlich stinksauer gewesen. Was die Situation noch schlimmer machte, war die Tatsache, dass sie der Zusammenarbeit mit Anna Conrad nicht ausweichen konnte. Chirurgie und Anästhesie waren nun einmal Bereiche, die eine enge Zusammenarbeit erforderten. Mona liebte ihre Arbeit viel zu sehr, um wegen Anna Conrad das Institut zu wechseln. Sie musste sich auch eingestehen, dass es an deren fachlicher Qualifikation nichts auszusetzen gab. Aber nur weil man beruflich auf der Höhe war, musste man privat ja nicht so ein Miststück sein, dachte Mona verächtlich und merkte gleichzeitig, dass sie sich in eine gedankliche Sackgasse manövriert hatte. Anna würde sich ihretwegen wohl kaum ändern, also sollte sie sich nicht länger in ihre Abneigung hineinsteigern.

Aber wenn die Conrad nun mittlerweile tatsächlich so weit ging, einer Frau Drogen in den Drink zu geben, um sie herumzukriegen, dann war das nicht mehr so harmlos wie eine blöde Wette. Vor allem dann nicht, wenn diese Frau danach halbtot auf Monas Station landete!

Was Mona wieder zu ihrem ursprünglichen Problem zurückführte. Sie wusste nicht einmal, ob Anna Conrad tatsächlich dafür verantwortlich war! Und selbst wenn, dann besaß sie keinerlei gesicherte Informationen, was sich zwischen ihr und Verena abgespielt hatte. Halt dich einfach an die Tatsachen, ermahnte sie sich. Und jetzt geh endlich schlafen. Verena ist so gut wie außer Lebensgefahr – alles andere wird sich in den nächsten Tagen finden. Und damit schenkte sie sich noch ein Glas Weißwein ein, stellte es sich ans Bett und ging dann ins Bad, um sich die Zähne zu putzen. Müde sank sie in die Kissen und schlief ein, ohne auch nur an dem zweiten Glas Wein genippt zu haben.

KAPITEL 4

Am anderen Morgen wachte Mona wie gerädert auf. Sie hatte nicht sehr gut geschlafen, und ihr erster Gedanke galt Verena und wie es ihr wohl ging. Sie verkniff es sich, im Krankenhaus anzurufen und nachzufragen. Als sie am Abend gegangen war, war Verena stabil gewesen. Durch ihre übertriebene Sorge würde sie sich nur lächerlich machen. Trotzdem beeilte sie sich mit Dusche und Frühstück und traf bereits eine halbe Stunde vor Dienstbeginn auf der Station ein. Sie verständigte sich kurz mit Dr. Johnson, ihrem Kollegen, und setzte sich dann an Verenas Bett.

Johnson hatte ihr versichert, dass Verena eine ruhige Nacht gehabt hatte. Im Schlaf sah sie erholter aus als am Tag zuvor. Es tat Mona leid, sie zu wecken, aber sie musste den morgendlichen Routinecheck mit ihr durchgehen.

Verena blinzelte und sah sich einen Moment verwirrt um. Dann schien ihr zu dämmern, wo sie war und warum.

Mona lächelte sie an. »Wie fühlst du dich?«

Wieder kämpfte Verena mit der Beatmungsmaske, und Mona entschied, sie ihr endgültig abzunehmen.

Verena brachte ein angespanntes Lächeln zustande. »Okay, Frau Doktor. Wie lautet das Urteil? Werde ich leben?«

»Wenn du es schaffst, dich an die Anweisungen deiner Ärztin zu halten, sehe ich gute Chancen.« Monas lockerer Ton passte nicht zu ihrem ernsten Gesicht, mit dem sie Verena intensiv musterte. Dann wiederholte sie ihre Frage: »Wie fühlst du dich?«

Verena antwortete nicht. Sie wandte den Blick ab.

Mona beschloss, erst einmal den medizinischen Routineablauf durchzugehen. Nach dem Check-up, der sehr zufriedenstellend verlief, setzte sie sich an Verenas Bett. »Ich würde gerne mit dir da weiterreden, wo wir gestern aufgehört haben. Erinnerst du dich, worüber wir gesprochen haben?«

»Du meinst, ehe du mich ruhiggestellt hast.«

»Ja. Und ich glaube, als Ärztin kannst du diese Entscheidung nachvollziehen, auch wenn sie dir nicht gefällt. Du hast dich an etwas erinnert, das dich in Panik versetzt hat. Möchtest du mit mir darüber reden?«

Verena erschrak sichtlich. »Was meinst du damit?«

Mona sah sie eindringlich an. »Ich habe dir gestern nicht alles über deine Verletzungen gesagt, Verena. Und ich möchte dir ein paar Fragen stellen, die du vermutlich als sehr intim empfinden wirst. Aber ich muss dir diese Fragen stellen, damit ich verstehe, woran du dich erinnerst und wie du damit umgehst. Vor allem möchte ich, dass du weißt, dass dies hier ein absolut vertrauliches Gespräch zwischen Ärztin und Patientin ist. Einverstanden?«

Verenas Anspannung war nicht zu übersehen. Doch sie schwieg.

Dennoch schob Mona den Ärmel von Verenas Krankenhaushemd zurück und hob ihr Handgelenk an. »Weißt du, woher du diese Verletzungen hast, Verena? Du hast diese Abschürfungen an beiden Handgelenken. Am Hals hast du Abdrücke, die wie Würgemale aussehen.«

Verena schwieg weiterhin eisern.

Mona konnte nur erahnen, was hinter Verenas versteinertem Gesicht vorging, doch sie wusste, dass sie ihr die ganze Wahrheit nicht ersparen konnte. Leise fuhr sie fort: »Und das ist leider nicht alles, Verena. Im OP wurden Verletzungen im Genital- und Rektalbereich festgestellt, die wir gestern hier auf der Station noch einmal untersucht und auch dokumentiert haben.«

Verenas Blick hatte sich bei Monas Worten von schierer Ungläubigkeit zu schlichtem Entsetzen gewandelt. Doch sie antwortete nicht. Stattdessen brach sie den intensiven Blickkontakt und drehte mühsam den Kopf weg. Die Reaktion war Mona Antwort genug. Wüsste Verena nicht, was passiert war, hätte sie eher verwirrt als erschrocken reagiert.

Mona seufzte. Sehr behutsam sagte sie: »Verena, bitte glaub mir, dass dies eines der schwierigsten Gespräche ist, die ich als Ärztin jemals mit einer Freundin geführt habe. Bitte sieh mich wieder an.«

Langsam wandte Verena den Kopf. Mona hatte sie Freundin genannt, obwohl sie sich so lange aus den Augen verloren hatten. Sie sah die Wärme und das Verständnis in ihren grünen Augen. Allmählich wurde ihr bewusst, dass Mona ahnte, was passiert war.

Mona sprach leise weiter: »Nach der gynäkologischen Untersuchung waren wir uns ziemlich sicher, dass diese Verletzungen nicht aufgrund von einvernehmlichem Geschlechtsverkehr zustande gekommen sind. Liege ich damit falsch?«

Verena zuckte zusammen. Ihr blasses Gesicht lief tiefrot an. Sie schloss die Augen, um Monas eindringlichem Blick zu entgehen. Dann flüsterte sie: »Warum musst du als meine Ärztin das wissen?«

»Vielleicht möchte ich es einfach nur als deine Freundin wissen, Verena. Vielleicht möchte ich verstehen, warum du kaum ein paar Stunden, nachdem wir uns voneinander verabschiedet hatten, nicht nur mit gebrochenen Knochen und lebensgefährlichen inneren Verletzungen, sondern darüber hinaus mit den Anzeichen eines sexuellen Übergriffs auf meiner Intensivstation landest. Was ist passiert auf den paar Metern zum Hotel? Und hätte ich es verhindern können, wenn ich dich hingebracht hätte?«

Verena regte sich nicht.

»Verena!«

Mühsam öffnete Verena die Augen wieder. »Es war ganz allein meine Schuld, Mona«, murmelte sie.

»Ach, wirklich?«, begann Mona schärfer als beabsichtigt. »Du hast also beschlossen, nach Mitternacht Liquid Ecstasy einzuwerfen und mit einer unbekannten Person Sex zu haben, der ein wenig zu weit ging? Um sechs Uhr früh rufst du dann im Halbrausch deine beste Freundin an, die sich nicht erklären kann, was in dich gefahren ist, und setzt dich betrunken und unter Drogeneinfluss ins Auto?«

Nun hatte sie Verenas Aufmerksamkeit wieder. »Liquid Ecstasy? Ich verstehe nicht ...«

Mona nickte. »Deiner Reaktion entnehme ich, dass du es nicht gemerkt hast. Vermutlich hat es dir also jemand in ein Getränk gemixt. Mit wem warst du zusammen?«

Verenas Gedanken rasten. Anna hatte ihr ein Glas Wein bestellt, und später war sie mit dem Champagner angekommen. Sie hatte ihr mehrmals nachgeschenkt, und sie, Verena, hatte sich gewundert, dass sie so schnell betrunken war. Hatte Anna Conrad ihr tatsächlich etwas in den Champagner getan? Sie machte die Augen wieder zu.

»Verena, bitte!«

Sie spürte eine Hand an ihrer Wange. Niemals würde sie Mona, die sie auch noch gewarnt hatte, erzählen können, was passiert war! »Wo ist Kathrin?«, murmelte sie mit zusammengepressten Lidern.

Mona gab auf. »Sie müsste bald hier sein.«

Kathrin hatte nach einem langen Telefonat mit Carmen beschlossen, die Nacht in Magdeburg zu verbringen und erst am nächsten Morgen nach Berlin zurückzufahren. »Es hat keinen Sinn, wenn du jetzt auch noch einen Unfall baust, Kathrin«, hatte Carmen gesagt, und Kathrin wusste, dass sie recht hatte. Zum Glück hatte sie an diesem Abend keine Lesung, sie musste erst in zwei Tagen in Halle sein. Bis dahin würde sie klarer sehen, wie es Verena ging. Fest stand, dass sie so bald wie möglich mit ihr reden musste, nein: wollte.

Auf der Intensivstation traf sie auf Mona. »Warum bist du schon wieder im Dienst?«, fragte Kathrin. »Du warst doch gestern ewig lange da.«

»Pech mit dem Dienstplan«, log Mona und wusste selbst nicht, warum sie Kathrin vorenthielt, dass sie absichtlich getauscht hatte. Dann schenkte sie ihr ein warmes Lächeln. »Ich glaube, du wirst sehnsüchtig erwartet. Verena hat bereits nach dir gefragt.«

Kathrin atmete auf. »Geht es ihr besser? Wie lange kann ich bei ihr bleiben?«

»Ja, sie ist wesentlich stabiler. Und du kannst bleiben, so lange du willst. Es ist nur wichtig, dass sie sich nicht allzu sehr aufregt, aber wir beobachten das auch und könnten im Notfall entsprechend schnell reagieren. Ich glaube, für Verena ist am wichtigsten, dass sie mit dir endlich über vorgestern Nacht reden kann.« Sie erwähnte nicht, dass sie bereits versucht hatte, mit Verena zu sprechen; sie hoffte nur inständig, dass Kathrin mehr Erfolg hatte. Aber Verena hatte ja schließlich nach ihr verlangt.

Kathrin nickte.

»Bitte warte später auf mich, Kathrin. Ich möchte noch mit dir sprechen, ehe du gehst.« Damit hielt Mona ihr die Tür auf.

Verena sah Kathrin angespannt entgegen. Diese lächelte sie froh an und gab ihr einen leichten Kuss auf die Wange. »Du siehst um Welten besser aus als gestern. Ich dachte, du wärst tot, als ich dich hier so leichenblass liegen sah.«

»Dann hätten sie sich wohl kaum die Mühe gemacht, mich so zu verkabeln.« Verena brachte ein kleines Grinsen zustande. »Danke, dass du gekommen bist«, sagte sie leise.

Kathrin sah sie fragend an. »Wie geht es dir?«

»Ganz okay, glaube ich.«

»Ganz okay?«, wiederholte Kathrin. »Wem versuchst du was vorzumachen?« Sie zog sich einen Stuhl ans Bett.

»Danke für den freundlichen Zuspruch.« Verena lächelte ironisch.

Kathrin begriff, dass Verena versuchte, das anstehende Gespräch hinauszuzögern. Sie nahm Verenas Hand in ihre beiden Hände und hielt sie sanft fest. Ihre Finger waren noch immer eisig. »Ist dir kalt?«, fragte sie besorgt. »Soll ich die Schwester um eine zusätzliche Decke bitten?«

»Nein, es geht schon.«

Kathrin sah mitfühlend in Verenas Augen, musterte das noch immer blasse Gesicht. »Mona hat mir ausgerichtet, dass du mit mir reden wolltest. Und nach dem seltsamen Telefonat vor deinem Unfall bin ich brennend daran interessiert, was du mir erzählen wolltest«, begann sie vorsichtig. »Ehrlich gesagt, mache ich mir fürchterliche Sorgen um dich.«

»Ich weiß nicht, wie ich anfangen soll«, gestand Verena zögerlich.

»Okay. Wer ist Anna? Du wolltest mir etwas über eine Anna erzählen, und du klangst mehr als nur verstört. Ich mache mir die ganze Zeit Vorwürfe, dass ich dich davon hätte abhalten sollen, dich ins Auto zu setzen. Aber ich wäre nie im Leben darauf gekommen, dass du morgens um sieben Drogen und Alkohol im Blut haben könntest.«

Verena erschrak. »Hat Mona dir das gesagt?«

»Ja, aber ich bin sicher, sie hat es schon bereut, denn sie hat damit gegen ihre Schweigepflicht verstoßen. Allerdings war sie gestern Nachmittag wohl ebenfalls ein wenig geschockt.«

»Und Stefan?«

»Stefan weiß es von der Polizei. Als ich das letzte Mal mit ihm gesprochen habe, wollte er das Krankenhaus verklagen, weil er meinte, sie hätten die Blutproben vertauscht.«

Verena seufzte.

»Okay, Süße. Was wolltest du mir in Magdeburg erzählen?«

»Du wirst mich vermutlich für sehr dumm halten«, begann Verena unsicher. Sie erinnerte sich plötzlich daran, wie Kathrin ihr schon einmal vorgeworfen hatte, sie würde nicht dazu stehen, dass sie Frauen attraktiv fand.

Kathrin sah sie eindringlich an. »Hör auf, dir so einen Unsinn einzureden, Verena. Du hast mit mir schon genug Mist durchgemacht. Glaubst du ernsthaft, ich würde dich für irgendetwas, was dir zugestoßen ist, verurteilen? Egal wie du da hineingeraten bist – du hast sicher nicht verdient, was passiert ist. Aber ich kann dir nur beistehen, wenn du dich mir anvertraust. Bisher habe ich aber nur ein paar vage Andeutungen von dir, ein paar seltsame Verdachtsmomente von Mona und einen Bluttest, der nicht zu dir passt. Also, wer ist Anna? Und vor allem, was hat sie dir angetan?«

Verena schloss die Augen. Leise begann sie zu erzählen. Von Anna Conrads Versuch, sie gleich am ersten Abend anzumachen; davon, wie sie nach dem Essen mit Mona an der Hotelbar auf sie gewartet hatte, wie Verena schließlich schwach geworden war und sie mit aufs Zimmer genommen hatte; dass sie glaubte, sie wäre ungewöhnlich schnell betrunken gewesen und schließlich, wie aus einem vermeintlich zärtlichen Sexabenteuer plötzlich eine brutale Vergewaltigung wurde.

Verena hatte nicht weinen wollen, aber sie konnte nicht

verhindern, dass ihr die Tränen kamen. Kathrin stand von ihrem Stuhl auf und setzte sich neben Verena auf die Bettkante. Sie hatte ihrem Bericht schweigend und fassungslos gelauscht, und obwohl sie sich nach Monas Andeutungen am Vortag bereits etwas Ähnliches gedacht hatte, war es ein Schock, es von der Freundin ungeschminkt bestätigt zu bekommen. Sie legte ihre Wange an Verenas, barg deren Kopf in ihren Händen und beruhigte sie sanft, während Verena leise weinte. Keine sagte etwas.

So fand Stefan sie beide vor, als er ins Zimmer trat. Hinter ihm Mona, die ihm gesagt hatte, dass Kathrin bereits bei seiner Frau war. Kathrin fuhr unwillkürlich hoch. Stefan sah entgeistert von ihr zu seiner weinenden Frau.

»Was ist hier los?«, fragte Stefan mit bemüht ruhiger Stimme.

Kathrin stand auf, nicht jedoch ohne Verena noch einmal über die Wange zu streichen. Stefan starrte sie feindselig an. Er hatte nicht vergessen, dass seine Frau am Abend zuvor als Erstes nach Kathrin gefragt und seine Entschuldigung einfach überhört hatte.

Kathrin sah ihm nachdrücklich in die Augen. »Stefan, bitte glaub mir, das hier ist nicht annähernd, was dir anscheinend gerade durch den Kopf geht. Kannst du mir bitte noch ein paar Minuten mit Verena und Mona allein geben?«, bat sie dann. »Ich erkläre es dir später. Eine von uns wird es dir erklären. Aber es ist wichtig – bitte.«

Stefan erwiderte ihren Blick. Verletzter Stolz und unterdrückte Wut spiegelten sich in seiner Miene. »Ich bin gespannt, Kathrin«, sagte er und ging steif aus dem Zimmer.

Mona trat ans Bett, checkte die Monitore, Verenas Puls.

Kathrin sah wortlos zu. Sie hatte noch nicht ein Wort zu Verenas Bericht über die Lippen gebracht.

»Du schießt mir hoffentlich nicht wieder ein paar Milligramm Diazepam in die Infusion«, sagte Verena misstrauisch zu Mona.

»Nicht solange du nicht wieder anfängst, panisch nach Luft zu schnappen, meine Liebe«, antwortete Mona leichthin. Sie war fertig mit ihrem Check-up. Überhaupt war sie ja erst vor einer knappen Stunde zur Morgenvisite hier gewesen. Sie sah Kathrin fragend an. »Was genau bereden wir hier?«

Kathrin atmete tief durch und sah beinahe entschuldigend auf Verena. »Verena hat deinen Verdacht bestätigt, Mona. Was passiert jetzt?«

Mona atmete scharf ein. Also doch! Aber ihr war nichts anzumerken, als sie betont ruhig sagte: »So gern ich etwas gegen Anna Conrad unternehmen würde – das ist allein Verenas Entscheidung, Kathrin.«

»Sagst du mir jetzt wenigstens, ob die Untersuchung verwertbare Spuren ergeben hat?«

»Wenn Verena nichts dagegen hat – ja.« Beide sahen Verena abwartend an.

»Du kannst Kathrin meinetwegen alles erzählen, Mona. Solange du Stefan nichts sagst.«

Kathrin sah sie kopfschüttelnd an. »Du kannst doch Stefan das alles nicht verschweigen, Verena! Egal welche Probleme ihr in letzter Zeit hattet, du kannst ihn hier nicht ausschließen. Er macht sich Sorgen um dich.« Und er ist mal wieder eifersüchtig auf mich, dachte sie, biss sich aber auf die Zunge. Das war jetzt vermutlich eines der geringeren Probleme.

Sie drehte sich entnervt zu Mona um. »Warum sagst du denn nichts, verdammt?«

Mona hob die Augenbrauen. »Zurück zu deiner ursprünglichen Frage, Kathrin. Ich kann dir, besser gesagt euch beiden, bestätigen, dass das Labor Fremd-DNA unter Verenas Fingernägeln gefunden hat. Wenn es sich um Annas handelt, kriegst du sie dran.«

»Na also!«, rief Kathrin.

Aber Verena schüttelte nur den Kopf. »Nein!«, sagte sie leise, aber bestimmt.

»Was – nein?«, fragte Kathrin verständnislos. »Soll das heißen, du willst dieses Miststück damit davonkommen lassen, dass sie dir Drogen in dein Getränk kippt und dich dann vergewaltigt?«

Verena war bei ihrem Ausbruch zusammengezuckt. »Hör auf, Kathrin, bitte! Bitte, hör auf.«

»Aber …«

Diesmal unterbrach Mona sie: »Kathrin, komm runter. Eines nach dem anderen, okay? Wir sollten Verena nicht zu viel zumuten. Ich verstehe deine Wut, aber das ist nicht dein Kampf. Und vor allem ist es nicht der richtige Zeitpunkt. Ich sagte vorhin, keine Aufregung für Verena.«

Kathrin nickte langsam. »Tut mir leid.« Dann sah sie Verena mit einem geradezu jämmerlichen Blick an. »Bitte verzeih mir, Verena! Ich kann damit gerade nicht umgehen. Ich warte draußen auf dich, Mona, und ich komme heute Nachmittag noch einmal vorbei ... sofern Stefan mich in der Zwischenzeit nicht mit seinen Blicken erdolcht hat«, murmelte sie. Damit gab sie Verena einen leichten Abschiedskuss auf die Wange und wandte sich zum Gehen.

Mona sah ihr an, wie durcheinander sie war. Doch Verena selbst hielt Kathrin zurück. »Kathrin, warte!«, rief sie leise.

Kathrin drehte sich noch einmal zu ihr um.

»Ich glaube, du hast recht. Jemand muss es Stefan sagen, aber ... ich kann das nicht.«

»Möchtest du, dass ich mit ihm rede? ... oder Mona?«, fragte Kathrin zögernd.

»Das ist mir egal. Ich weiß ohnehin nicht, wie sich das auf unsere Beziehung auswirken wird ... Ich weiß nicht, wie ich ihm je wieder in die Augen sehen soll, geschweige denn ...«

»Du kannst doch nichts für das, was Anna dir angetan hat, Verena!«, versuchte Kathrin es noch einmal.

»Ich allein bin dafür verantwortlich, dass ich sie mit auf mein Zimmer genommen habe. Ich hätte nicht ... Sie hat erst am Schluss die Kontrolle verloren.« Dass Anna das Ganze geplant haben könnte, mochte Verena nicht wahrhaben.

»Ich glaube nicht, dass deine Selbstvorwürfe in dieser Form gerechtfertigt sind«, wandte Mona ein. »Die Drogen allein fallen unter Nötigung, vom Rest ganz zu schweigen. Aber ich denke, du solltest dich jetzt ein bisschen ausruhen. Und ich stimme Kathrin zu, dass es besser ist, wenn dein Mann wenigstens in groben Zügen erfährt, was passiert ist. Wenn es dir recht ist, reden wir jetzt gemeinsam mit ihm. Dann hast du ein paar Minuten, um etwas zur Ruhe zu kommen. Einverstanden?«

»Ja«, murmelte Verena.

Mona warf einen letzten Blick auf die Monitore. Dann legte sie Kathrin eine Hand auf die Schulter. »Komm«, sagte sie. »Bringen wir es hinter uns«, fügte sie leise hinzu.

Kathrin sah sie erstaunt an. Ihr schien, Monas Sympathie für Stefan Gessner hielt sich in Grenzen.

Stefan sprang sofort auf, als er die beiden kommen sah. »Kann ich jetzt endlich zu meiner Frau?«

»Nein«, antwortete Mona kurzangebunden. »Wir müssen erst etwas Wichtiges besprechen. Bitte kommen Sie mit in mein Büro.« Sie ging ohne ein weiteres Wort voraus.

Mona deutete auf die beiden Besucherstühle vor ihrem Schreibtisch. Sie setzte sich und sah Stefan ernst an. »Als Erstes möchte ich Ihnen sagen, dass dieses Gespräch mit Verenas ausdrücklicher Genehmigung stattfindet. Ich habe Ihnen gestern Abend nicht alles über ihren Zustand gesagt.« Sie hob die Hand zum Zeichen, dass er sie nicht unterbrechen sollte. Dann klärte sie ihn sehr sachlich über Verenas Verletzungen auf, erwähnte deren panischen Anruf bei Kathrin sowie ihren Verdacht, dass man Verena die Drogen ohne ihr Wissen verabreicht hatte. Sie berichtete von dem Ergebnis der gynäkologischen Untersuchung und dem damit naheliegenden Verdacht, dass ein Verbrechen vorlag.

Stefan sagte erst einmal gar nichts.

Mona ließ ihm Zeit, das Gehörte zu verdauen.

Er saß schockstarr da und war offensichtlich nicht in der Lage, Monas Worte einzuordnen. Schließlich brachte er hervor: »Vergewaltigt? Doch nicht Verena! Wie soll das denn passiert sein?« Dann fiel ihm ein: »Haben Sie die Polizei eingeschaltet?«

»Ohne Verenas Einverständnis darf ich das gar nicht«, antwortete Mona sehr geduldig.

Er sprang auf. »Ich muss zu ihr …«

»Bitte warten Sie, das ist noch nicht alles«, hielt Mona ihn zurück. »Bitte.« Sie sah ihn eindringlich an. »Setzen Sie sich wieder.«

»Wenn ich den Kerl finde, breche ich ihm alle Knochen!«

Kathrin warf Mona einen kurzen Blick zu. »Es war kein Mann, Stefan. Es war eine Frau, die ihr das angetan hat.«

»Wie bitte? Was redest du da für einen Unsinn?«

Kathrin hielt seinem Blick stand. »Das ist leider kein Unsinn. Sie hat mir vorhin die ganze Geschichte erzählt. Das war, ehe du ins Zimmer geplatzt bist und wer weiß was vermutet hast.« Sie schaffte es nicht, den Vorwurf aus ihrer Stimme zu nehmen.

Stefan überhörte es. Er war zu aufgebracht. »Kennt Verena sie?«

Kathrin nickte, fand aber, dass sie damit genug gesagt hatte. Alles Weitere sollte Verena ihm selbst erzählen.

»Wir müssen zur Polizei!«

»Genau das will Verena aber im Augenblick nicht«, meldete Mona sich wieder zu Wort.

»Natürlich nicht – sie ist gar nicht in der Verfassung. Aber ich werde …«

»Herr Dr. Gessner, ich habe es Ihnen gestern schon einmal gesagt: Sie sind Verenas Ehemann, nicht ihr Anwalt. Sie sollten ihren Willen respektieren.«

Aber Stefan rastete aus. Er wurde laut. »Sie ist doch verdammt noch mal gar nicht in der Lage zu beurteilen, was getan werden muss. Ja, Sie haben mir gesagt, ich soll ihr beistehen. Ich war die verdammte halbe Nacht bei ihr, aber sie will gar nicht mit mir reden, stattdessen fragt sie nach Kathrin. Kathrin hier, Kathrin da. Ich habe das so satt! Was läuft da eigentlich zwischen euch?«

Kathrin starrte ihn einen Moment lang sprachlos an. »Du bist ein solcher Idiot!«, stieß sie dann wütend hervor.

Mona war aufgestanden. »Dr. Gessner, glauben Sie nicht, es ist vollkommen normal, wenn eine Frau das Bedürfnis hat, so ein Erlebnis zuerst mit einer sehr guten Freundin zu besprechen?«

Doch nun ging Stefan auf Mona los. »Sie wissen doch gar nicht …! Sie haben doch gestern alles mit Kathrin ausgekaspert und dann versucht, mir ein schlechtes Gewissen einzureden. Sie wären verpflichtet gewesen, mir zu sagen …«

»Irrtum. Ich bin Ihnen gegenüber zu gar nichts verpflichtet. Ich bin einzig Verena verpflichtet. Und Sie hören bitte auf, so herumzubrüllen. Das hier ist eine Intensivstation.«

Kathrin bewunderte Monas Gelassenheit.

Stefan sprang wütend auf. »Ich will mit Verena sprechen.«

Mona stellte sich ihm in den Weg. »Ich lasse Sie so auf keinen Fall zu Verena. Regen Sie sich erst mal ab.«

»Sie hindern mich nicht daran, meine Frau zu sehen! Das wagen Sie nicht!« Stefan baute sich drohend vor ihr auf.

Mona war fast einen Kopf kleiner als er, aber sie hielt seinem Blick stand, ohne mit der Wimper zu zucken. Gefährlich leise sagte sie: »Sehen Sie den kleinen roten Knopf am Telefon? Wenn ich den drücke, ist in zwei Minuten der Sicherheitsdienst da. Wollen Sie es tatsächlich darauf ankommen lassen?« Sie gewann auch dieses Duell mit den Augen.

Betont ruhig fuhr sie fort: »Gut, ich schlage vor, alle atmen tief durch, und dann setzen wir uns noch einmal.«

Kathrin sah, wie Stefans Halsschlagader bebte. Sie starrte ihn verständnislos an. Noch nie hatte sie ihn derart ausflippen sehen. Mona setzte sich anscheinend gelassen hinter ihren Schreibtisch und schenkte ihr ein kurzes, beruhigendes Lächeln.

»Dr. Gessner?«, sagte sie dann knapp. Er schien aus einer Art Erstarrung zu erwachen und setzte sich tatsächlich. Eine Entschuldigung brachte er nicht über die Lippen, registrierte Kathrin. Dennoch atmete sie auf.

Mona musterte sein rotes Gesicht. »Ich kann verstehen, dass dies ein weiterer Schock für Sie ist. Aber vielleicht versetzen Sie sich einmal in Verenas Lage. Ihre Welt war bis vorgestern Abend vollkommen in Ordnung. Gestern Nachmittag wacht sie auf, gefesselt an ein Krankenhausbett, und im Laufe der nächsten Stunden stürmen Erinnerungen auf sie ein, die sie irgendwie einordnen muss. Ich brauche Ihnen als Arzt doch nicht zu erklären, was in den ersten Stunden nach dem Aufwachen in einem Unfallopfer vorgeht. Dazu kommt, dass sie mit dem Erlebten der vorangegangenen Nacht klarkommen muss. Finden Sie da nicht, es ist etwas viel verlangt, dass sie noch auf Ihre Befindlichkeiten Rücksicht nehmen soll? Es muss doch ihr überlassen bleiben, wem sie sich in dieser Situation anvertrauen möchte. Und es bringt rein gar nichts, wenn Sie sich jetzt mit Kathrin einen Konkurrenzkampf um Verenas Vertrauen liefern.«

Stefan starrte vor sich hin. Dann sah er Kathrin an. »Kann ich dich kurz allein sprechen, Kathrin?«

Kathrin zögerte merklich. In Anbetracht seiner erst knapp verrauchten Wut fragte sie misstrauisch: »Was willst du von mir? Mir den Kopf abreißen?«

»Ich werde dich nicht anschreien, ich ... Dr. Grafenbach, würden Sie uns kurz allein lassen?« Er sah Mona bittend an.

Aber Mona verstand Kathrins Zögern. So wie der Mann sich gerade aufgeführt hatte ... »Ehrlich gesagt ungern, so wie Sie eben hier ausgerastet sind«, antwortete sie sehr direkt. Kathrin dachte anerkennend, dass Mona Grafenbach durchaus Biss hatte.

Stefan nickte etwas beschämt. Zögernd begann er zu sprechen: »Verena und ich hatten in letzter Zeit so unsere Probleme. Wir hatten uns ziemlich gestritten, ehe sie am Montag früh geflogen ist. Wir haben nicht einmal miteinander telefoniert, und das Erste was ich von ihr höre, ist dieser Anruf von der Polizei. Ich wollte einfach irgendetwas für sie tun – ich habe mich so hilflos gefühlt. Und dann konnte ich noch nicht einmal mit ihr reden, weil sie gestern noch viel zu schwach war. Und das Einzige, was sie dann sagt, ist, dass sie dich sehen will, Kathrin. Tut mir leid, ich habe vorhin einfach die Nerven verloren. Auch Ihnen gegenüber, Dr. Grafenbach.«

Kathrin hielt es nicht mehr auf ihrem Stuhl. Sie stand auf. »Weißt du, ich habe diese ständigen Eifersüchteleien einfach satt, Stefan. Es tut mir leid, wenn du nicht damit klarkommst, dass Verena und ich so vertraut miteinander sind. Und es tut mir noch viel mehr für Verena leid, dass du ihre Karriere hinten und vorne boykottierst, statt ihr zur Seite zu stehen. Kein Wunder, dass sie …« Sie hielt abrupt inne.

»Kein Wunder, dass sie was?«, fragte Stefan feindselig.

»Leute! Dieses Gespräch ist gerade absolut nicht hilfreich«, ging Mona dazwischen. »Wir sind doch hier nicht im Kindergarten. Was ist eigentlich los mit euch? Könnt ihr euren Hahnenkampf bitte auf einen anderen Zeitpunkt vertagen?« Die Ärztin sah kopfschüttelnd von einer zum anderen. Endlich entschuldigte Stefan sich für seinen Ausraster, da setzte Kathrin einen drauf, indem sie ihn ihrerseits angriff.

Kathrin sah sie nur kurz an. »Tut mir leid – ich muss hier raus.« Damit griff sie nach ihrer Tasche und verließ den Raum, ohne sich noch einmal umzuwenden.

Mona zog die Augenbrauen hoch und sah Stefan an.

»Sehr gereizt, die Dame«, sagte der mit einem boshaften Lächeln.

»Da ist sie ja in guter Gesellschaft«, entgegnete Mona trocken und verkniff sich jeden weiteren Kommentar über das offensichtlich angespannte Verhältnis zwischen den beiden. Sie hatte beschlossen, Kathrin nicht hinterherzugehen. Eines nach dem anderen. Sie hoffte, dass Kathrin so vernünftig war, nicht direkt bei Anna Conrad aufzukreuzen. Zumindest hatte Verena nun die Chance gehabt, mit Kathrin allein zu sprechen. Die nächste Herausforderung war, Stefan klarzumachen, dass er Verena nicht mit seinem Aktionismus unter Druck setzen sollte, und ihn davon abzuhalten, etwas gegen ihren Willen zu unternehmen.

Stefan antwortete nicht, aber zumindest schluckte er seinen Ärger hinunter.

»Mir liegen noch zwei Dinge am Herzen, Dr. Gessner«, fuhr Mona fort. Dann warnte sie ihn eindringlich davor, Verena zu bedrängen. Sie teilte ihm noch den Befund des gerichtsmedizinischen Instituts mit und erklärte, dass es in Sachen Anzeige auf ein paar Tage mehr oder weniger nicht ankäme. »Letztendlich ist es wichtig, dass Verena erst einmal körperlich zu Kräften kommt«, schloss sie ihren Bericht ab.

Stefan nickte langsam. »Sicher. Das ist der gleiche Ratschlag, den ich als Arzt auch geben würde.«

Mona atmete erleichtert auf. Stefan Gessner schien langsam wieder seinen Sinn für die Realität zu entdecken. »Der zweite Punkt ist etwas delikater.« Sie schaute ihm beinahe streng in die Augen. »Ich möchte Sie bitten, vorsichtig zu sein, mit wem Sie hier über die Ergebnisse des Drogentests und den Befund der Gerichtsmedizin sprechen.«

Wie erwartet sah er sie erstaunt an.

»Ich überlasse es Verena, Ihnen Details zu erzählen, aber ich sage Ihnen, dass ich die verantwortliche Person momentan nicht aufschrecken möchte. Ich habe Verenas Akte sperren lassen, so dass nur mein Vorgesetzter und ich Zugriff haben. Sonst weiß außer einer Pflegerin und dem untersuchenden Gynäkologen niemand, was wir festgestellt und vor allem auch dokumentiert haben. Dabei würde ich es gern belassen, bis Verena sich eventuell entschließt, von sich aus etwas zu unternehmen.«

»Sie meinen, die verantwortliche Person ...«

»... könnte Teil dieses Klinikbetriebs sein, ja – leider.«

»Wer?«

Mona schüttelte den Kopf. »Wie gesagt, das möchte ich Verena überlassen. Und ich möchte vor allem auch vermeiden, dass Sie in Ihrer Wut hier rausstürmen und versuchen, sie zur Rede zu stellen.«

»Sie hat Ihnen gesagt, wer das war?«

»Nein. Ich hatte lediglich einen Verdacht. Kathrin hat ihn mir vorhin im Beisein Verenas bestätigt. Ich bin nicht sicher, ob Verena darüber sehr glücklich war. Aber ähnlich wie Sie war Kathrin wahrscheinlich einfach zu geschockt, um groß darüber nachzudenken. Ich wollte sie eigentlich zur selben Vorsicht mahnen wie Sie.«

»Ich hätte Kathrin nicht so angehen sollen«, sagte Stefan mit später Einsicht. »Wir haben normalerweise gar kein Problem miteinander.«

Mona hütete sich, dazu eine Bemerkung zu machen. »In Verenas Interesse wäre es vermutlich gut, Sie würden sich mit Kathrin aussprechen«, sagte sie diplomatisch.

Stefan sah sie nachdenklich an, aber dann konnte er sich die Frage nicht verkneifen. »Sie kennen meine Frau vom Studium, nicht wahr? Kannten Sie auch Kathrin?«

»Ja, aber eher vom Sehen. Wahrscheinlich habe ich in den letzten zwei Tagen mehr Worte mit ihr gewechselt, als in der ganzen Zeit damals.« Mona tat ihm nicht den Gefallen, mehr dazu zu sagen.

Er stand auf. »Kann ich jetzt zu Verena?«

»Sicher. Wenn Sie sich an das halten, was ich Ihnen vorhin gesagt habe.«

Mona ging ihm voran. Vor der Tür zum Krankenzimmer sagte sie: »Bitte warten Sie kurz.«

Verena hatte die Augen geschlossen. Als sie ein Geräusch hörte, sah sie müde auf. Mona trat zu ihr ans Bett.

»Wie hat Stefan reagiert?«

»Er hat sich beruhigt. Er möchte dich sehen. Ist das okay für dich?«

Verena schwieg.

»Ich habe kein Problem damit, ihn wegzuschicken.«

»Nein, irgendwann muss ich ja mit ihm reden.«

»Er hat vorhin gesagt, ihr hättet gestritten, ehe du nach Berlin geflogen bist.«

»Ja, und nicht zum ersten Mal.« Sie sah vor sich hin. »Glaubst du, ich hätte mich von Anna einlullen lassen, wenn …?« Sie hob die Hand an den Mund, biss sich auf den Knöchel.

»Das entschuldigt nichts von dem, was sie getan hat.«

»Nein, aber ich hätte es gar nicht erst soweit kommen lassen.«

Mona strich ihr spontan über die Wange. »Hör auf damit, Verena.«

Der Blick, den Verena auffing, zeigte wieder diese tiefe

Wärme und das Verständnis, das weit über ärztliche Anteilnahme hinausging.

Mona stand auf. »Ich gebe deinem Mann Bescheid. Wenn irgendwas ist – hier ist der Notrufknopf, okay? Eine Schwester oder ich selbst werden sofort zur Stelle sein.« Sie schenkte Verena noch ein kurzes Lächeln.

Stefan setzte sich auf den Stuhl und sah Verena forschend ins Gesicht. Er legte seine Hand vorsichtig auf ihre, darauf bedacht, ihr nicht an der Einstichstelle der Infusionsnadel wehzutun.

»Wie fühlst du dich, Schatz?«

»Ich verstehe endlich, warum Leute keine klare Antwort auf diese Frage geben können. Zerschlagen, müde. Wütend darüber, dass ich mich nicht bewegen kann. Ich habe eine Scheißangst, was mit meinem Arm ist. Und ich bin so wütend auf mich selbst, dass es überhaupt passiert ist – dass ich so dumm war …« Verena brach kraftlos ab und wandte den Kopf zur Seite.

Stefan nahm ihre noch immer kalten Finger in die Hand. »Mona hat mir erzählt, was sie festgestellt hat – was du durchgemacht hast, Schatz.«

Sie seufzte. Er sah, welche Mühe es sie kostete, den Kopf zu wenden und ihm in die Augen zu sehen. »Ich kann nicht darüber sprechen, Stefan. Ich will nie wieder daran denken. Bitte versuch, das zu verstehen oder wenigstens zu respektieren …«

Verena sah, wie sich ein Schatten über sein Gesicht legte. Früher hatten sie alles gemeinsam besprochen. Egal wie persönlich, hatten sie alle Sorgen und Nöte miteinander geteilt. Doch diesmal hatte sie eine Mauer gezogen und ließ Stefan keine Chance, dahinter zu sehen. Mit brutaler Deutlichkeit nahm sie wahr, wie sehr es ihn verletzte, dass sie ihn ausschloss.

»Vielleicht später«, sagte er lahm und ließ ihnen beiden somit einen kleinen Ausweg.

Verena schloss die Augen. Sie wusste, dass es kein Später geben würde. Niemals würde sie Stefan anvertrauen, was sie Kathrin am Morgen erzählt hatte. Sie hatte längst beschlossen, nie wieder darüber zu sprechen. Mit niemandem.

»Ich war gestern bei der Polizei, Verena. Du wirst eine Anzeige bekommen wegen Fahrens unter Alkohol- und Drogeneinfluss. Du solltest dir überlegen, selbst Anzeige zu erstatten, sonst verlierst du womöglich deinen Führerschein.«

»Mit dem Arm kann ich in den nächsten Wochen sowieso nicht fahren.«

»Aber …«

»Nein! Das habe ich Kathrin vorhin auch schon gesagt. Lasst mich in Ruhe damit, verdammt!« Sie zuckte vor Schmerz zusammen, weil der heftige Ausbruch ihr einen Stich in der verletzten Lunge versetzte.

»Schon gut. Bitte entschuldige«, lenkte Stefan ein. »Lassen wir das. Vorerst ist viel wichtiger, dass du hier raus und wieder auf die Beine kommst.«

Verena beschloss, das Thema zu wechseln. »Was machen die Kinder?«

»Sie lassen dich ganz lieb grüßen. Timmi übernachtet bei Tatjana, und Dani ist wahrscheinlich froh, dass sie mal sturmfreie Bude hat. Aber sie machen sich natürlich große Sorgen und hoffen, dass du bald nach Hause kommst.«

»Das kann noch dauern. Ich muss mit dem Chirurgen sprechen!«, sagte Verena plötzlich übergangslos. »Ich muss wissen, was mit meinem Arm ist. Und ich will von hier weg nach München. Mona hat mir gestern versprochen, dass sie Dr. Kant Bescheid gibt.«

»Soll ich mal nachfragen?«, bot Stefan an, froh bei der Aussicht, irgendetwas tun zu können.

Verena nickte enthusiastisch.

Stefan stand auf und suchte nach Mona. Er fand sie in ihrem Büro. »Darf ich kurz stören?«

»Sicher.«

Er richtete ihr Verenas Bitte aus, und sie bestätigte ihm, dass Dr. Kant bereits unterwegs sei. Dann schob sie noch eine Warnung hinterher: »Eigentlich war das alles heute Morgen schon zu viel Aufregung für sie, aber andererseits ist sie wahrscheinlich ruhiger, wenn sie weiß, wie es um sie steht. Danach braucht sie aber absolute Ruhe, und ich würde auch Sie bitten …«

»Schon klar, ich verschwinde danach«, sagte Stefan handzahm. Er ging langsam zu Verenas Zimmer zurück. Durch die Glasscheibe sah er bereits, dass sie die Augen geschlossen hatte. Mona hatte schlicht recht. Sie war noch viel zu schwach.

Er trat leise ein, aber sie hörte ihn doch. »Er ist auf dem Weg.«

Verena nickte. »Wenn ich gleich noch die Augen offenhalten kann. Diese verdammten Tranquilizer! Kannst du mir mal das Krankenblatt geben? Ich will wissen, womit Mona mich so vollpumpt.«

Stefan tat ihr den Gefallen. »Frau Dr. Grafenbach wird nicht erfreut sein, wenn du dich in die Behandlung einmischst. Sie ist da ein wenig eigen.« Sie sahen sich beide grinsend an und prusteten dann los, was Verena einen weiteren schmerzhaften Aufschrei bescherte. Dennoch hatte ihnen der gemeinsame Heiterkeitsausbruch gutgetan. Das Eis schien gebrochen, und die alte Vertrautheit stellte sich langsam ein.

Das bemerkte auch Mona, als sie kurze Zeit später mit Dr. Kant im Schlepptau ins Zimmer kam. Die Anspannung war aus Verenas Gesicht gewichen, Stefan saß weniger steif auf dem Stuhl.

»Darf ich vorstellen: Herr Dr. Kant. Ich glaube, ihr kennt euch von Verenas Vortrag am Montag.« Sie nahm Verena das Krankenblatt aus der Hand. »Wie Sie sehen, versucht Frau Dr. Gessner bereits wieder, ihre Behandlung selbst zu übernehmen.«

»Ich wollte nur wissen, welchen Cocktail du mir gebraut hast, weil ich kaum noch die Augen offenhalten kann.«

Dr. Kant lächelte. »Dass Sie einen Tag nach einer mehrstündigen OP noch nicht wieder voll auf dem Damm sind, können Sie offensichtlich ebenso wenig verkraften wie die Tatsache, dass Sie gestern nicht selbst das Messer wetzen durften, um Hand an sich zu legen. Die Chirurgen in München sind anscheinend mindestens genauso von sich eingenommen wie wir hier. Ich habe mir erlaubt, Sie wieder zusammenzuflicken, Kollegin. Sie waren etwas unpässlich.

Und nun wollen Sie vermutlich kontrollieren, ob ich das zu Ihrer Zufriedenheit getan habe?«

Verena schaffte es immerhin, bei seiner Witzelei die Mundwinkel nach oben zu ziehen. »Das auch, aber vor allem interessiert mich meine Prognose. Wann kann ich wieder operieren? Kann ich überhaupt wieder ... arbeiten?« Sie brach ab, sah ihn angespannt an.

Dr. Kant legte einen Umschlag mit Röntgenbildern auf den Beistelltisch und zog sich den Stuhl heran, auf dem Stefan eben noch gesessen hatte.

»Zu Ihrer letzten Frage: Ja! Ich bin absolut zuversichtlich, dass Sie wieder am OP-Tisch stehen werden.« Er gab Verena ein paar Sekunden, um die Nachricht zu verarbeiten. Sie atmete erleichtert auf. »Zu Ihrer Frage nach dem Wann brauchen wir allerdings ein bisschen Geduld.«

»Sprechen Sie von mehreren Monaten?«, fragte sie erschrocken nach.

Er hob die Hand. »Keine Panik, okay. Ich schlage vor, wir gehen in aller Ruhe die Unterlagen durch. Dann können Sie sich selbst ein Bild machen, ja?«

Dr. Kant nahm sich die Zeit, Verena die einzelnen Schritte der OP zu erklären; er zeigte ihr die Röntgenbilder, und gemeinsam fachsimpelten sie über die weitere Therapie und geeignete Reha-Maßnahmen. Verena entspannte sich zusehends.

»Fühlen Sie sich jetzt etwas besser?«, fragte der Chirurg schließlich. Er sah sie ernst an. »Wahrscheinlich liegen ein paar lange, harte Wochen vor Ihnen, aber ich glaube, es hätte wesentlich schlimmer kommen können, oder?«

Verena stimmte ihm zu. »Danke!«, sagte sie dann ehrlich. »Ich hatte wirklich Angst. Vielen Dank für Ihre Geduld und dass … Sie das so gut hinbekommen haben.« Sie sah etwas verlegen an ihm vorbei, weil sie nicht sicher war, wie der Kollege ein Lob von ihr aufnehmen würde.

Aber der strahlte nur breit. »Es war mir ein Ehre, Frau Kollegin. Sie können mich ja bei Gelegenheit weiterempfehlen.«

»Okay.« Mona stand auf. »Dann darf ich die Herren bitten, uns kurz alleinzulassen. Du brauchst Ruhe, Verena. Vorerst reicht's.«

Dr. Kant verabschiedete sich. Stefan gab Verena einen Kuss auf den Mund. »Schlaf ein wenig, Schatz. Ich warte draußen noch kurz, Dr. Grafenbach.«

»Mixt du mir jetzt wieder was in die Infusion?«

Mona hatte ein Auge auf die zahlreichen Monitore, während sie lächelnd sagte: »Ich glaube nicht, dass das nötig sein wird, Verena. In spätestens zehn Minuten bist du eingeschlafen. Im Augenblick bestimmt dein Körper dein Tempo, und das ist auch gut so.« Sie sah in Verenas zweifelnde Augen und wies auf das Krankenblatt. »Nimm deinen Namen da oben weg und stell dir deine Fallgeschichte vor. Die Ganze – auch das, was hier nicht steht. Und dann sag mir nochmal, dass du allen Ernstes die Medikation in Frage stellst.« Ihre Stimme war sehr ernst, als sie weitersprach. »Du bist noch lange nicht so fit, wie du glaubst, sonst lägst du auf Station und nicht hier.«

»Wann kann ich denn auf Station? Und, vor allem, wann kann ich hier weg? Ich will nach München, weg von hier …

Ich will nicht, dass Anna Conrad hier auftaucht …«

»Ich glaube, das wäre nicht sehr schlau von ihr«, erwiderte Mona und hoffte, dass ihr beruhigendes Lächeln überzeugend war. Sie konnte Verena ja schlecht sagen, dass genau das bereits passiert war.

»Weiß sie, was du festgestellt hast? Weiß sie von dem Bluttest?« In Verenas Stimme schlich sich wieder Panik ein, die Kurve auf dem Herzfrequenzmonitor begann zu flattern.

Genau das ist der Grund für die Sedativa, dachte Mona, sagte aber nichts. Und sie hatte sich ja ebenfalls gefragt, wie viel Anna wusste. Sie versicherte nun auch Verena, dass sie ihre Akte habe sperren lassen und die Kolleginnen und Kollegen zu Stillschweigen verpflichtet hatte.

Die Kurve auf dem Monitor schlug weiter aus. »Ich bin sicher, dass sie in ihrer Position unter einem Vorwand an die Informationen herankommt, wenn sie es darauf anlegt«, beharrte Verena mit schwacher Stimme, aber stur.

Das wusste natürlich auch Mona. Aber statt einer Antwort legte sie Verena sehr sanft den Finger auf den Mund. »Ich verstehe deine Angst, Verena. Aber entweder du schaffst es jetzt, dich etwas zu beruhigen, oder ich drehe die Dosis tatsächlich wieder höher. Schlaf jetzt.«

Mona stand auf. »Ich schaue in fünf Minuten noch mal nach dir, okay?«

Und Verena schloss tatsächlich gehorsam und erschöpft die Augen.

KAPITEL 5

Nach Dienstschluss machte Mona sich auf den Weg zum Sony-Center, wo sie sich mit Kathrin zu einem späten Mittagessen verabredet hatte. Am Vormittag hatte sie Kathrin sofort angerufen, nachdem sie Stefan bei Verena zurückgelassen hatte.

»Du tust hoffentlich nicht das, was ich befürchte?«

»Und das wäre?«, fragte Kathrin kurzangebunden. Sie war noch immer wütend. Auf Stefan, auf sich selbst, weil sie so unbeherrscht reagiert hatte, und auf die Situation ganz allgemein.

»Ich hoffe, du kratzt nicht gerade einer gewissen Person die Augen aus«, sagte Mona und gab sich unbekümmert.

»Nein, du hast mir ja klargemacht, dass das nicht mein Kampf ist. Ich pflege mich an ärztliche Anweisungen zu halten.« Sie schaffte es nicht, die Spitze aus ihren Worten zu nehmen.

»Warum bist du weggelaufen?«

»Die Frage ist rhetorisch, oder? So wie Stefan sich aufgeführt hat … Ich muss mir das nicht bieten lassen, nicht mal für Verena.«

»Das verstehe ich ja, aber du bist ihn angegangen, als er sich endlich entschuldigt hat.«

»Ja, da hab ich halt die Nerven verloren, mein Gott. Was interessiert dich das überhaupt?«

Das hatte Mona sich auch schon gefragt. »Okay, vielleicht geht mich einiges von dem, was ich heute mitbekommen habe, nichts an, Kathrin. Aber ich habe mir auch ein klein wenig Sorgen um dich gemacht. Und auch darum, dass du vielleicht wirklich bei Anna Conrad aufkreuzt und über sie herfällst.«

»Ich bin weder so dumm noch so impulsiv. Du kennst mich kaum, Mona.«

Kathrin schien immer noch verärgert, und aus irgendeinem Grund lag Mona daran, das aus der Welt zu schaffen. Sie atmete tief durch. »Dann lass uns das ändern, Kathrin.« Und so hatte sie das Treffen nach Feierabend vorgeschlagen, dem Kathrin etwas verhalten zugestimmt hatte.

»Wie geht's Verena?«, fragte Kathrin als Erstes, als sie sich zu Mona an einen Tisch vor dem Café Alex setzte.

»Besser. Sie kann morgen früh definitiv auf Station verlegt werden.«

»Kann ich heute Abend noch einmal zu ihr? Und zwar ohne Stefan zu begegnen?«

»Ich kann dir nicht versprechen, dass er nicht bei seiner Frau ist, Kathrin. Er ist kurz nach Mittag gegangen. Ich dachte, er wollte sich mit dir aussprechen?«

Kathrin zuckte mit den Schultern. »Ich bin nicht ans Handy gegangen.«

Mona sah sie neugierig an. Ihr lagen hundert Fragen auf der Zunge, die sie nicht stellen konnte, weil sie in die Privatsphäre von Menschen eindrangen, die sie nicht näher kannte. Und dennoch wollte sie unbedingt mehr in Erfahrung bringen.

Kathrin rührte in ihrem Cappuccino und erwiderte Monas fragenden Blick milde lächelnd. »Warum sitzen wir hier, Mona?«

»Was?« Die direkte Frage warf Mona aus der Bahn, weil sie da ansetzte, worüber sie gerade nachgrübelte. Durchschaute Kathrin sie tatsächlich so gründlich?

»Okay, Mona. Du hast mit Verena studiert, und ihr habt einen Teil eurer Assistenzzeit miteinander verbracht. Ihr trefft euch nach fast fünfzehn Jahren zufällig in Boston wieder, geht aber auseinander, ohne euch weiter zu verabreden. Dann begegnet ihr euch hier in Berlin wieder und diese schreckliche Geschichte passiert. Das erklärt, warum du dich mehr, als es deine Pflicht als Ärztin wäre, für Verena engagierst. Aber es erklärt mir nicht dein Interesse an Verenas unmittelbarer Umgebung, an der Beziehung zwischen Verena und Stefan, Verena und mir und somit notgedrungen zwischen uns dreien. Und es erklärt auch nicht, was genau du gegen Anna Conrad hast.«

Mona senkte ertappt den Blick. Sie trank einen Schluck Cappuccino. »Du hast recht. Es war ein Fehler. Ich gehe besser. Tut mir leid, dass ich dir die Zeit gestohlen habe.« Sie winkte nach dem Kellner und suchte ihre Sachen zusammen.

Aber Kathrin legte ihr die Hand auf den Arm. »Kein Grund zur Flucht, Mona. Spiel einfach mit offenen Karten. Worum geht's hier wirklich? Um Verena oder um Anna Conrad? Oder irgendwie um beide?«

Die Ärztin war erstaunt über Kathrins Offenheit. »Du bist so anders als früher, Kathrin.«

»Ja«, antwortete Kathrin ebenso offen wie zuvor. »Und

das ist zu einem großen Teil Verenas Verdienst. Aber ehe ich entscheide, was ich dir darüber erzählen möchte, würde ich gern verstehen, was du von Verena willst – oder von wem du eigentlich etwas willst.«

Der Kellner kam an den Tisch. »Wir nehmen noch mal das gleiche«, antwortete Kathrin für sie beide.

Als er wieder verschwunden war, sagte Mona leise. »Ich will nichts von Verena, jedenfalls nicht, was du denkst. Sie hat mich einfach schon immer fasziniert … Ich habe mich gefreut, als ich sie in Boston und dann hier in Berlin wiedergesehen habe. Es ist ein bisschen schade, dass wir uns so lange aus den Augen verloren hatten.«

Kathrin lächelte vielsagend. »Sie war sozusagen dein Jugendschwarm und ist es irgendwie noch. Aber damals hat Verena es nicht kapiert, und heute gibt es einen eifersüchtigen Ehemann und eine zickige Ex-Freundin, und du kannst das alles nicht so ganz einordnen«, fasste sie zusammen.

Mona wurde rot und verzog säuerlich das Gesicht. »Schön, dass du dich auf meine Kosten amüsierst.« Der Kellner kam mit den Getränken. »Ich hätte gern die Rechnung«, sagte sie wütend.

Der Kellner hob die Augenbrauen. »Sehr wohl, die Damen.« Er verschwand wieder.

»Ich mache mich nicht über dich lustig, Mona. Ich bin vielleicht manchmal etwas direkt, aber ich glaube, da stehst du mir in nichts nach. Kann es sein, dass du mir das so übelnimmst, weil ich der Wahrheit näher gekommen bin, als dir lieb ist?«

Mona biss sich auf die Lippen, sah abwesend auf das Treiben um sich herum. Von irgendwoher erschallte laute Musik. Ein paar Kids rasten mit ihren Skateboards durch die Menge. Langsam hob sie den Kopf und begegnete Kathrins abwartendem Blick. »Und wenn?«, sagte sie dann herausfordernd. »Willst du mir sagen, ich soll die Finger von ihr lassen, weil du ältere Rechte hast und schon in den Startlöchern stehst, sobald sie ihren Mann in die Wüste geschickt hat?«

»Mona!« Kathrin war nun ebenfalls genervt. »Ich habe dir doch schon gesagt, dass Verena und ich nichts miteinander haben. Meine Güte, was ist eigentlich los? Verena wäre gestern beinahe gestorben, und alle Welt hat nichts Besseres zu tun, als mir ein Verhältnis mit ihr zu unterstellen!«

»Was ist es denn dann, verdammt! Du benimmst dich doch genau so. Und sie tut es auch!«

Kathrin hatte sich wieder in der Gewalt. Sehr ruhig sagte sie: »Okay, Mona. Selbst wenn es so wäre. Was ginge es dich an? Du hast noch nicht auf meine ursprüngliche Frage geantwortet. Was willst du von Verena? Du willst etwas von mir wissen, aber du sagst mir nicht warum. Weshalb sollte ich dir etwas anvertrauen, wenn du umgekehrt nicht dazu bereit bist?«

Mona erkannte die plötzliche Härte in Kathrins Augen. So verteidigte eine Löwin ihr Junges. Was war das zwischen ihr und Verena? Sie lehnte sich im Stuhl zurück. Ihr Instinkt riet ihr zu gehen. Was brachte es, sich hier mit Kathrin Sanders anzulegen? Was brachte es, sich zwischen die beiden zu drängen? Und in der Tat – was wollte sie von Verena? Die ging sie gar nichts an. In ein paar Tagen würde sie nach München verlegt, und wie es aussah, wollte sie nichts gegen Anna Conrad unternehmen. Sie würde sich erholen und ihr beschauliches Leben in München fortsetzen und Mona ihr chaotisches in Berlin. Vielleicht trafen sie sich irgendwann einmal auf einem Kongress wieder. Vergiss Verena. Vergiss deinen Stress mit Anna.

Dennoch schaffte sie es nicht aufzustehen. Und hatte nicht Kathrin selbst sie davon abgehalten zu gehen? Mona gab sich einen Ruck. »Versprichst du mir, dass du mich nicht auslachst?« Sie fühlte sich plötzlich sehr schüchtern.

»Was denkst du eigentlich von mir?« Die Frage war provokant und scharf, aber Kathrins Lächeln stand in Widerspruch zu ihrem Ton.

»Ja, es stimmt. Ich habe immer für Verena geschwärmt. Und natürlich hat sie es nicht kapiert, unbedarft wie sie in der Hinsicht war. Und ich wäre nicht im Traum drauf gekommen, ihr das zu sagen oder sie das auch nur spüren zu lassen.« Sie beschloss, Kathrin endlich in die Augen zu sehen. »Ich war sehr verwundert, als du plötzlich an ihrer Seite aufgetaucht bist. Ich habe geahnt, dass es mehr war als Freundschaft, konnte es aber nicht einordnen. Eine Beziehung mit einer Frau passte einfach nicht zu ihr. Und als ich sie in Boston traf, habe ich mich einfach sehr gefreut und ich hatte das Gefühl, sie auch.« Sie lächelte. »Und ich glaube, ich habe sie tatsächlich ein wenig verunsichert, als ich ihr bei der Gelegenheit erzählt habe, dass ich schon damals auf Frauen stand und sie das nie begriffen hat.«

Kathrin musste ebenfalls lächeln, als sie an ihr Gespräch mit Verena zurückdachte. »Ja, das hast du in der Tat, Mona.« Ihr fiel wieder ein, wie Verena dabei ausgesehen hatte, die Augen träumerisch in die Ferne gerichtet. Wie sie selbst sie damit aufgezogen hatte, dass Mona ihr gefiel und Verena dies sofort vehement abgestritten hatte.

Mona war überrascht. »Sie hat mit dir darüber gesprochen?«

»Ja. Gleich nachdem sie aus Boston zurück war.«

Es dauerte etwas, bis die Bedeutung dessen, was Kathrin gerade gesagt hatte, wirklich bei Mona ankam. Wenn Verena mit Kathrin darüber gesprochen hatte, hatte das Treffen mit Mona auch für sie eine gewisse Bedeutung gehabt, oder etwa nicht?

Sie sah Kathrin unsicher an. »Habe ich damit deine Frage hinreichend beantwortet?«

»Was ist mit Anna Conrad?«, fragte diese unerbittlich weiter.

Mona seufzte auf. »Ich bin nicht sicher, ob ich die peinlichste Episode meines Lebens vor dir ausbreiten will.«

»Ich möchte lediglich wissen, wieso du bereits wenige Stunden nach dem Unfall überzeugt warst, dass sie es war, auf die Verena getroffen war. Und wieso du das so persönlich genommen hast oder noch nimmst.« Kathrin schenkte ihr ein knappes Lächeln. »Bitte glaub mir, dass mir nichts daran liegt, dich in irgendeiner Form bloßzustellen.«

Mona seufzte noch einmal tief. Dann erzählte sie Kathrin in knappen Worten die Geschichte mit der Wette, aber auch, wie sie immer wieder mitbekam, dass Anna Studentinnen anbaggerte. »Es macht mich einfach wütend, dass sie sich das herausnehmen kann und das auch tut. Ich meine, einen Mann hätte das in der heutigen Zeit längst den Kopf gekostet. Aber bei einer Frau nimmt es niemand so richtig ernst. Und sie weiß das und nutzt es aus.«

»Ja, wir kämpfen noch immer um Gleichberechtigung. Nicht mal in Sachen sexuelle Belästigung werden wir ernst genommen, selbst wenn die Täterinnen Frauen sind.«

»Ich finde das nicht witzig!«

»Es sollte auch kein Witz sein. Denn das Problem ist genau, wie du eben gesagt hast. Es wird nicht ernst genommen. Ich verstehe sogar Verenas Wunsch, es einfach unter den Tisch fallenzulassen, obwohl ich mir wünschte, sie täte es nicht.«

»Vielleicht überlegt sie es sich noch.«

»Mag sein, aber ich glaube es nicht. Sie ist zwar bei anderen stets die Erste, die für Verarbeitung und Offenheit plädiert, aber bei sich selbst legt sie andere Maßstäbe an. Sie denkt, sie muss mit allem allein fertigwerden. Wie ich sie kenne, hat sie bereits beschlossen, sich nie wieder damit zu befassen. Immerhin hat sie es mir erzählt. Ich fürchte, Stefan wird sich diesmal die Zähne daran ausbeißen, und es wird ihn umbringen.«

Mona sah Kathrin fragend an, traute sich jedoch nicht so recht, ihre Frage auszusprechen. Sie hatte keine Lust, sich eine weitere Standpauke von Kathrin abzuholen.

Doch diesmal beantwortete Kathrin ihre unausgesprochene Frage von sich aus. »Ich kann dir nicht genau sagen, was zwischen den beiden los ist, Mona. Ich habe Verena noch nie so verschlossen erlebt wie in der letzten Zeit. Vor einigen Wochen habe ich sie regelrecht in die Ecke gedrängt, weil ich nicht mehr an sie rankam. Sie schiebt es auf den neuen Job und dass Stefan ihr wegen der vielen Arbeit ständig in den Ohren liegt, statt sie zu unterstützen. Allerdings habe ich das Gefühl, dass das nicht alles ist. Tatsache ist, dass sie vermutlich gerade in ihrer größten Krise stecken, und das ist natürlich auch genau das, was du mitbekommst. Dass Verena Stefan nicht mal sehen wollte, entspricht absolut nicht ihrem normalen Verhältnis. Und dass sie sich solche Vorwürfe macht, liegt vermutlich daran, dass sie sich zu einem Seitensprung hat hinreißen lassen, und zwar mit einer Frau. Deshalb wollte sie Stefan nichts von der Geschichte erzählen, und deshalb sucht sie die Schuld vor allem bei sich. Und wenn Stefan zwei und zwei zusammenzählt, wird er das auch kapieren.«

»Anna Conrad betrachtet es als Herausforderung, eine Heterofrau rumzukriegen. Wer weiß, was sie Verena erzählt hat – von wegen jede Frau wünscht sich, mindestens einmal im Leben mit einer Frau zu schlafen und solchen Mist. Dazu kommen die Drogen.«

»Ja, so siehst du das. Verena sieht das eben ganz anders.«

»Und du weißt das alles so genau, weil du ihr wandelndes Gewissen bist?« Mona klang nicht direkt spöttisch, aber zumindest sehr skeptisch.

Doch Kathrin ging nicht auf ihren Ton ein. »Nein, Mona, das alles weiß ich, weil Verena und ich vermutlich durch mehr Höhen und Tiefen gegangen sind, als du dir vorstellen kannst.«

Monas Blick war noch immer voller Zweifel. Sie war sich nicht sicher, was sie mit Kathrins Worten anfangen sollte. Sie war sehr ernst, aber keineswegs abweisend. Es klang auch nicht so, als ob sie Mona davon abhalten wollte, sich mit Verenas Geschichte ... ja, was? ... auseinanderzusetzen? Was versuchte sie ihr zu vermitteln? Dazu kamen Zweifel an ihren eigenen Motiven. Was tat sie, die Ärztin Mona Grafenbach, hier eigentlich? Sie traf sich mit der engsten Vertrauten einer Patientin außerhalb der Klinik, um sie über Dinge auszuhorchen, die mit der akuten Krankengeschichte nichts zu tun hatten. Selbst ein freundschaftliches Interesse war weit hergeholt, oder nicht? Verena hatte eine sehr gute Freundin, sie hatte einen Ehemann, und sie, Mona, hatte sie nicht davon abhalten können, mit Anna Conrad ins Bett zu steigen. War sie eifersüchtig? Wenn ich gewusst hätte, dass Verena zu haben war, hätte ich mich dann nicht bloß mit einem Abendessen zufriedengegeben?, fragte sie sich. Und hatte Kathrin nicht am Vortag genau das vermutet? Schließlich hatte sie Mona sehr direkt gefragt, ob sie mit ihr zusammen gewesen war.

Kathrin hatte während der letzten Minuten leicht amüsiert Monas Mimik beobachtet. Es war offenkundig, dass die Ärztin sich unwohl fühlte. Und Kathrin war hin- und hergerissen, ob sie ihr noch mehr erzählen sollte. Doch sie entschied sich dagegen. Vielleicht interpretierte sie ja selbst zu viel in dieses Treffen und in Verenas anfängliche Reaktion auf Mona hinein. Sie hatte kaum mit ihr darüber gesprochen – Verena hatte auf ihre Anspielung geradezu ärgerlich reagiert. Sie sollte aufhören, sich als Kupplerin zu betätigen. Und wenn, tat sie das, um Stefan eines auszuwischen? Seit wann hatte sie sich so auf ihn eingeschossen? Sie hatten es doch sonst auch geschafft, sich gegenseitig zu akzeptieren?

Doch wenn sie ehrlich war, wusste sie genau, warum sie so gereizt auf ihn reagierte. Seit Verenas Seitensprung mit Carmen stand sie, Kathrin, bei Stefan unter Generalverdacht. Was vorher eine abstrakte Episode aus Verenas Vergangenheit gewesen war, war plötzlich zu einer reellen Gefahr geworden. Vor allem Verenas Zweifel, ob sie sich nicht doch mehr zu Frauen hingezogen fühlte. Stefan hatte sich ihrer sehr sicher gefühlt. Er hatte gedacht, wenn Verena mit Carmen schlafen würde, wäre alles überstanden, wie ein Fieberschub. Hinterher musste er feststellen, dass es das Feuer offensichtlich erst recht wieder angefacht hatte. Alles, was Verena nach ihrer Beziehung mit Kathrin in eine Schublade gesperrt hatte, deren Schlüssel sie wegwarf, war hervorgebrochen. Und schlagartig wurde Kathrin noch etwas anderes klar: Die Beziehung zwischen Stefan und Verena hatte damals einen tiefen Riss bekommen. Sie kaprizierten sich vermutlich nur deshalb auf Verenas Job, weil sie mit der anderen Sache nicht umgehen konnten.

Noch ein Grund mehr, hier nicht mit Mona zu sitzen und ihr Einblicke in Verenas Gefühlswelt zu geben, oder? Man unterminierte schließlich nicht bewusst die Ehe seiner besten Freundin …

Mona schien ebenfalls aus ihren Überlegungen erwacht. Sie setzte gerade zu einer Frage an, als ihr Handy klingelte.

Kathrin sah, wie ihr die Gesichtszüge entgleisten.

»Das war mein Kollege Johnson. Anna Conrad ist anscheinend noch mal bei Verena aufgetaucht.« Sie warf ein paar Euro auf den Tisch und sprang auf.

»Warte, ich komme mit!«

Schwester Maria rief ins Ärztezimmer: »Dr. Johnson, irgendwas ist bei Frau Gessner los. Der Herzmonitor blinkt wie verrückt. Die anderen Geräte geben auch Alarm.« Sie war schon auf dem Weg, Johnson folgte ihr. Er traute seinen Augen nicht. Durch das Fenster zu Verenas Zimmer sah er Anna Conrad an ihrem Bett stehen. Nach allem, was Mona ihm erzählt hatte, fand er es ziemlich kaltschnäuzig von ihr, hier aufzutauchen. Und was wollte sie von seiner Patientin? Sie einschüchtern?

Er riss die Tür auf und trat neben das Bett, so dass Anna Conrad aus Verenas Blickfeld war. Dann wandte er sich um. »Frau Professor, welch seltener Besuch! Aber ich glaube, ich muss Sie bitten zu gehen. Es regt meine Patientin zu sehr auf.«

Anna nickte majestätisch. »Sicher, ich wollte nur sehen, wie es ihr geht. Ich war sehr entsetzt, als ich die Nachricht von Verenas Unfall hörte. Ihre Vorträge waren hervorragend.«

»Ich weiß. Der Kollege Kant war dabei, er war auch sehr angetan. Dürfte ich Sie nun trotzdem bitten …« Er wies mit dem Kopf zur Tür und wandte sich bereits zu Verena um.

Die sah dankbar zu, wie sich die Tür hinter Anna Conrad schloss.

Johnson gab Schwester Maria Anweisung, eine Injektion vorzubereiten.

»Was wollte sie von Ihnen?«

Verena sah ihn mit schreckgeweiteten Augen an.

Er setzte sich zu ihr ans Bett. »Ich weiß von Mona Bescheid. Keine Angst, auch ich bin Ihr Arzt.«

»Mona hat mir versprochen, dass sie hier nicht reinkommen würde.« Verenas Stimme zitterte.

»Ja. Das hätte nicht passieren dürfen. Es tut mir sehr leid. Möchten Sie mir sagen, was sie von Ihnen wollte?«

Verena schien noch immer unter Schock zu stehen.

»Wollte Sie wissen, ob Sie die Polizei einschalten?«

»Ich habe ihr gesagt, dass ich nichts unternehmen werde.«

Johnson schüttelte den Kopf. »Diese Frau ist unmöglich.«

Schwester Maria kam mit der Injektion zurück. Verena starrte auf die Spritze. »Nicht, bitte – bitte nicht!«

Johnson schüttelte den Kopf. »Ihr Herz rast, Ihr Kreislauf ist gerade in den Keller geschossen – das kann ich nicht riskieren, Kollegin. Ganz ruhig. Ihnen geht's gleich besser.«

Verena sah angespannt zu, wie er die Injektion setzte. Ihre Augen füllten sich mit Tränen. »Ich will hier weg.«

Er nahm ihre Hand. »Darüber reden wir morgen. Ich denke, bis dahin sind Sie soweit stabil, dass wir über Ihre Verlegung nachdenken können, okay? Mona und ich werden das morgen früh gemeinsam entscheiden.«

»Wo ist Mona?«

»Ich werde sie jetzt anrufen. Und ich kümmere mich darum, dass außer Ihrem Mann und Frau Sanders niemand zu Ihnen kann. Das verspreche ich Ihnen. Versuchen Sie, ein wenig zu schlafen.«

»Dafür haben Sie doch gerade schon wieder gesorgt, oder?

Ich muss mal mit unserer Intensivabteilung in München reden, ob die unsere Patienten auch so vollpumpen.« Ihr Kopf rutschte seitlich weg. Ihre Augen fielen langsam zu.

»Da bin ich mir ganz sicher, Frau Kollegin. Und erzählen Sie mir nicht, das wüssten Sie nicht.«

»Ich werde das ändern …«, erwiderte sie mit einer gewissen Sturheit in der Stimme.

»Tun Sie das. Damit werden Sie sich bei Ihren Anästhesisten unheimlich beliebt machen.« Johnson grinste, aber Verena antwortete nicht mehr.

Mona traf mit Kathrin etwa fünfzehn Minuten nach Johnsons Anruf in der Klinik ein. Der Arzt sah Kathrin irritiert an. »Kann ich dich bitte allein sprechen, Mona?«

Die nickte kurz.

»Kann ich zu Verena?«, fragte Kathrin dazwischen.

Johnson überlegte kurz. »Ja, aber bitte wecken Sie sie nicht auf.«

»Natürlich nicht!« Damit drehte Kathrin sich um.

Johnson hielt Mona die Tür auf. Sie setzten sich in sein Büro.

Mona tobte. »Wie ist die hier reingekommen? Sie hat doch den Code nicht. Und alle hier hatten eine eindeutige Anweisung, was Anna Conrad anging!«

»Die Lernschwester. Anna Conrad hat sie eingeschüchtert. Ich habe es nicht mitbekommen, weil ich gerade Pause gemacht habe.«

Mona seufzte. »Sie hat das abgepasst! Und sie kann ziemlich einschüchternd sein. Was wollte sie?«

»Offensichtlich herausfinden, ob Frau Gessner etwas unternehmen will. Sie hat mir noch verraten, dass sie der Conrad gesagt habe, sie würde sie nicht anzeigen.«

»Die ist wirklich dreist!«

Johnson sah nachdenklich drein. »Ich bin noch immer schockiert über die ganze Geschichte. Wenn sie tatsächlich stimmt …« Als er Monas wütenden Blick sah, beeilte er sich hinzuzufügen: »Und ich bin sehr geneigt, sie zu glauben, Mona. Wenn die Conrad also tatsächlich so weit geht, einer Kollegin GHB in den Drink zu kippen, um sie rumzukriegen … Was kommt als Nächstes? Dreht sie langsam durch?«

»Frag mich … Aber wir können nichts unternehmen – denk an unsere Schweigepflicht.«

»Ja. Aber was heißt das eigentlich für uns? Wir arbeiten ja regelmäßig mit ihr zusammen …« Er sah Mona an. »Du kennst doch Verena Gessner. Kannst du sie nicht davon überzeugen, sie anzuzeigen, sobald sie sich etwas erholt hat?«

»Keine Ahnung. Ich habe nicht viel Hoffnung.« Sie hatte es selbst schon geahnt, und das Gespräch mit Kathrin hatte ihr letzte Gewissheit gegeben.

Mona und Dr. Johnson entschieden am nächsten Tag, dass Verena nach München verlegt werden konnte.

Verena war sichtlich erleichtert, bis Mona ihr sagte, dass sie noch eine gynäkologische Untersuchung für erforderlich hielt. Mit versteinertem Gesicht ließ Verena die Untersuchung und die anschließende Wundversorgung über sich ergehen.

Mona blieb bei ihr und sah, wie Verena Tränen und Scham hinunterschluckte. Sie versuchte sie zu beruhigen, indem sie ihre Hand nahm, aber Verena entzog sie ihr und weigerte sich, Mona anzusehen. Obwohl Mona ihre Verlegenheit verstand, wusste sie doch, dass sie ihr eine Sache nicht ersparen konnte.

Als der Gynäkologe gegangen war, setzte sie sich zu ihr ans Bett. »Siehst du mich bitte mal an, Verena?«

Die Ärztin beobachtete, wie Verena ihr widerwillig den Kopf zuwandte. Mona schaute ihr ernst ins Gesicht. »Dir ist klar, dass deine Verletzungen in München versorgt werden müssen? Ich muss sie eigentlich in die Überweisungspapiere mit aufnehmen.«

Verena erschrak. »Bitte tu das nicht! Das Letzte, was ich gebrauchen kann, ist, dass die Kolleginnen und Kollegen dort mitbekommen ... Nein, Mona. Bitte, tu mir das nicht an!«

Mona nickte verständnisvoll. »Gibt es jemanden an eurer Klinik, dem du dich anvertrauen kannst?«

Verena überlegte angestrengt. Dann fiel ihr jemand ein. »Ja. Wir haben eine neue Ärztin in der Gynäkologie. Sie ist sehr zuverlässig. Ich komme hervorragend mit ihr aus.«

»Gut. Wenn du mir versprichst, dass du dich an sie wendest, lasse ich die Verletzungen im Genital- und Rektalbereich aus deinen Papieren raus.« Monas Blick war immer noch sehr nachdrücklich. »Aber ich werde sie anrufen, um herauszufinden, ob du das auch getan hast, okay? Wie heißt sie?«

»Marina Uhmann.«

»Und du redest gleich morgen mit ihr – versprochen?«

»Ja«, versicherte Verena.

Die Fahrt konnte noch für den frühen Nachmittag organisiert werden, so dass Verena am selben Abend als Patientin in ihrer eigenen Klinik eingeliefert wurde. Als die Pfleger kamen, um Verena abzuholen, fragte sie Mona beinahe schüchtern: »Besuchst du mich mal, wenn ich den ganzen Mist hier hinter mir habe? Ich will mich bei dir bedanken.«

Mona lächelte. »Vielleicht besuche ich dich in der Reha, wenn du einen schönen Platz irgendwo in einer Alpenklinik aussuchst …«

Verena verbrachte zwei Wochen im Krankenhaus und eineinhalb Wochen zu Hause, dann konnte die Reha beginnen. Ihr Chef persönlich hatte dafür gesorgt, dass sie frühestmöglich einen Platz in der besten Rehaklinik in der Nähe des Chiemsees bekam. »Meinhard hat den Klinikleiter dort schon angerufen, als du von Berlin aus hierher unterwegs warst«, vertraute ihr Karsten Groß, ihr Stellvertreter, an. »Und dann musste ich mehrmals am Tag nachfragen, ob sie dich nun endlich einschieben können.«

»Na toll! Da habt ihr mich ja richtig eingeführt. Denen gehe ich schon auf die Nerven, ohne dass sie mich kennen.« Aber sie konnte sich ein Lächeln nicht verkneifen, und sie war dankbar, dass die Kollegen Himmel und Hölle in Bewegung gesetzt hatten, damit sie so schnell wie möglich mit den Reha-Maßnahmen beginnen konnte.

Karsten grinste. »Meinhard hat ein wenig mit dir angegeben, damit sie gebührend beeindruckt sind.«

»Das wird ja immer besser!« Verena wurde rot.

Sie wich jedoch standhaft allen Fragen über den Unfallhergang aus. Und sie weigerte sich, mit Stefan oder Kathrin über die Vergewaltigung, über psychotherapeutische Maßnahmen oder gar über eine Anzeige zu reden. Kathrin und Stefan schafften es sogar, ihre Differenzen soweit beizulegen, dass sie einen gemeinsamen Versuch starteten, mit Verena zu sprechen. Die registrierte jedoch nur fassungslos und wütend, dass ihre Freundin sich offensichtlich mit ihrem Ehemann gegen sie verbündete. Verena zog sich auch von Kathrin vollständig zurück. Die musste stumm zusehen, wie sehr die Freundin litt, konnte aber nichts ausrichten.

Während sie zu Hause mit Stefan nur das Nötigste redete und Kathrins Anrufe mit knappen Sätzen parierte, bemühte Verena sich umso mehr, Zeit mit Tim und Dani zu verbringen. Sie setzte sich zu Tim, wenn er seine Hausaufgaben machte. Auch wenn er selten Hilfe benötigte, genossen sie die gemeinsamen Stunden, in denen Verena ihn Vokabeln abfragte oder sich mit ihm in eine Textaufgabe verbiss, als seltenen Luxus. Sie hatte das Gefühl, dass er manchmal mit Absicht etwas fragte, das er eigentlich längst wusste.

Dani war super hilfsbereit, was die kleinen Dinge des Alltags anbetraf, die Verena mit ihrem gebrochenen und noch immer starr fixierten Arm nicht erledigen konnte. Verena konnte sich nicht einmal eine Flasche Wasser öffnen oder Strümpfe anziehen. Gemeinsam guckten sie sich ein paar DVDs an, die Dani ausgeliehen hatte. Einmal sah Dani sie mitten im Film von der Seite aus an. »Mam, ist mit dir außer deinem Arm eigentlich alles in Ordnung?«

Verena blinzelte. »Was meinst du, Schatz?«

Dani musterte sie einen Augenblick. »Ich weiß nicht, du bist manchmal seltsam. Fast abwesend. Du hast doch gerade gar nicht zugehört. Du starrst einfach nur vor dich hin.«

Verena schluckte. »Ich bin es einfach nicht gewohnt, herumsitzen zu müssen und kaum was tun zu können. Es macht mich verrückt. Sorry, wenn ich manchmal etwas ungenießbar bin.«

Dani winkte ab. »Schon okay.«

Verena atmete auf.

Einen Tag vor Verenas Abfahrt in die Reha beschloss Kathrin, ihr einen spontanen Besuch abzustatten. Sie hoffte, dass Verena ihr die Tür nicht gleich wieder vor der Nase zuschlagen würde. Verena machte bereits nach dem ersten Klingeln selbst auf.

Kathrin legte den Kopf schief. »Darf ich reinkommen? Oder bist du noch immer so sauer auf mich, dass wir uns nicht einmal verabschieden können?«

Verena schüttelte den Kopf und trat zur Seite. »Ich wollte dich heute Abend sowieso noch anrufen.«

Sie ging Kathrin voran auf die sonnige Terrasse. Wie dünn sie geworden ist, dachte Kathrin, hütete sich jedoch, es zu sagen. Das Letzte, was sie wollte, war, mit Verena wieder zu streiten.

»Magst du was trinken?«, fragte Verena und wollte noch einmal aufstehen.

»Nein, danke. Bitte bleib sitzen. Ich will nur kurz mit dir reden.« Kathrin mochte sich nicht vorstellen, wie Verena mit ihrem verletzten Arm Getränke für zwei Personen an den Tisch bringen wollte. Und sie hegte den Verdacht, dass sie sich nicht helfen lassen würde. Ich vermeide wirklich alles, um keine weitere Diskussion vom Zaun zu brechen, dachte sie frustriert.

»Wie geht's dir?«, fragte sie.

»Ganz gut. Beide Gelenke heilen so, wie sie sollten. Wenn die Reha schnell anschlägt, kann ich in sechs Wochen wieder operieren.«

»Das klingt sehr optimistisch.«

»Das wäre die absolute Ideallinie – wenn nichts schiefläuft und mein Arm so mitspielt, wie ich mir das vorstelle. Aber es ist noch zu früh, um das mit Sicherheit sagen zu können. Es ist noch sehr früh für die Reha, aber nicht unmöglich. Profisportler werden ja auch fit gemacht, um so schnell wie möglich wieder am Start zu sein. Und die Klinik da unten ist die beste weit und breit.«

»Ich wünsche dir das mehr als alles, glaub mir.« Kathrin senkte kurz den Blick. Verena hatte sich mit keinem Wort dazu geäußert, wie sie mit der erlittenen Vergewaltigung umging.

Kathrin gab sich einen Ruck. »Ich hoffe, du weißt, dass du mich jederzeit anrufen kannst. Bitte denk daran, selbst wenn du jetzt überzeugt bist, dass das nie nötig sein wird.«

Verenas Gesicht wurde starr.

Kathrin seufzte. Obwohl sie verstand, dass Verenas offensichtliche Wut mehr gegen sich selbst gerichtet war, tat die erneute Zurückweisung weh. Verena scheute sich nie, anderen ihre Unterstützung förmlich aufzudrängen, und fühlte sich auch im Privatleben stets dafür zuständig, sich um das Wohlergehen ihrer Mitmenschen zu kümmern. Aber sie brachte es selten fertig, selbst Hilfe anzunehmen oder überhaupt zu erkennen, wann sie Hilfe brauchte. Und diesmal machte sie völlig dicht.

Kathrin hob beschwichtigend die Hände. »Ich will keinen neuen Streit, okay? Ich will dir nicht einreden, was du zu tun hast. Und ich sehe, dass du absolut überzeugt bist, du bräuchtest niemanden. Alles, was ich sage, ist, wenn sich das aus irgendeinem Grund ändert, egal wann, egal zu welcher Uhrzeit, bin ich für dich da. Denk einfach dran!«

Es war Kathrins ernster und ruhiger Ton, der Verena gegen ihre Überzeugung nicken ließ. Sie hatte Vorwürfe erwartet, aber Kathrin bot ihr einfach nur bedingungslos ihre Hilfe an. Irgendetwas sagte ihr, sie sollte sie nicht schon wieder vor den Kopf stoßen.

Kathrin nickte erleichtert. »Ich will dich nicht länger aufhalten. Sicher hast du noch einiges zu erledigen. Ich rufe dich an, um herauszufinden, wann ich dich mal besuchen kann, okay?«

»Okay. Danke, Kathrin.« Verena biss sich kurz auf die Lippen, dann sagte sie leise: »Es tut mir leid, dass ich nicht mit dir reden kann. Es … geht nicht. Ich will nie wieder darüber reden.«

»Vergiss einfach nicht, dass ich für dich da bin, wenn sich das ändert. Selbst wenn du dir das im Moment nicht vorstellen kannst. Vergiss nicht, wem du zu erklären versuchst, dass Reden keine Option ist, Verena. Ich verstehe vielleicht mehr als jede andere, wie du dich fühlst.« Damit umarmte sie Verena vorsichtig. Dann war sie weg.

KAPITEL 6

Verena hatte einen Termin bei Professor Winter verlangt. Nach mehr als einer Woche in der Rehaklinik war sie völlig frustriert, weil die Bewegungsfähigkeit ihres Armes sich nicht merklich verbessert hatte. Wenn es so weiterging, war sie Monate davon entfernt, wieder operieren zu können.

Nun lud sie einen Teil ihres Ärgers bei Winter ab und konnte dabei nicht verhindern, dass sie laut wurde. »Ich erwarte, dass Sie mir schnellstmöglich eine Alternative zu dem bestehenden Reha-Plan vorlegen. Dieser hier funktioniert jedenfalls nicht!«

Der Professor musterte die weitaus jüngere Kollegin, von deren Arbeit er viel Gutes gehört hatte, so eindringlich, dass sie nervös wurde. Sie erwiderte seinen Blick jedoch unverwandt – bemüht, sich ihre Unsicherheit keinesfalls anmerken zu lassen.

Aber Winter war nicht daran interessiert, Verena zu zeigen, dass ihre Bemühungen, ihr Gesicht zu wahren, vergeblich waren. Er mochte die ehrgeizige Kollegin, und er konnte sogar nachvollziehen, wie sie sich fühlte. Allerdings wusste er auch, dass ihr kaum gefallen würde, was er ihr zu sagen hatte. Ohne auf ihren Ausbruch weiter einzugehen, sagte er: »Gut, dann gehen wir den jetzigen Plan noch einmal im Detail durch und überlegen, was wir verbessern können.«

»Das bringt doch nichts. Ich will eine Alternative!«

»Denken Sie dabei an eine bestimmte Alternative?«

»Nein«, antwortete Verena schroff. »Ich bin ja nicht der behandelnde Arzt.«

»Letzte Woche waren Sie von dem Plan doch noch ganz angetan …«

»Da konnte ich ja nicht ahnen, dass er rein gar nichts bringen würde.«

»Obwohl Sie ihn als Patientin wie auch als Ärztin voll abgenickt haben?«

»Wollen Sie mir jetzt die Verantwortung in die Schuhe schieben?«, fragte Verena unwirsch.

»Nein, keineswegs, aber es könnte sein, dass Ihnen mein Alternativvorschlag noch weniger gefällt.«

Er sah die Angst in ihren Augen aufblitzen, auch wenn sie sich schnell wieder in der Gewalt hatte. Das war überhaupt ihr Problem: ihre stoische Selbstbeherrschung. Sie arbeitete alle physiotherapeutischen Maßnahmen ihres Reha-Plans mustergültig ab, aber er sah, dass ihr die Überzeugung fehlte. Sie schien Welten von dem entfernt, was sie hier tat. Er glaubte nicht, dass es ihr bewusst war und noch viel weniger, dass sie daran arbeiten wollte. Sie hatte sich schlicht geweigert, mit ihm über den Unfall und eventuell daraus resultierende traumatische Probleme zu sprechen. »Ich komme klar!«, hatte sie ihm kurzangebunden erklärt, was offensichtlich nicht der Wahrheit entsprach. Aber vielleicht war nun die Zeit gekommen, das erneut zu erörtern.

»Wollen Sie andeuten, ich muss mich damit abfinden, nie mehr operieren zu können?« Ihre Stimme klang nun doch leicht verunsichert.

Winter schüttelte beinahe begütigend den Kopf. »Nein.

Davon bin ich weit entfernt, und ich glaube auch nicht, dass es so weit kommen wird. Alle Grundvoraussetzungen für eine optimale Heilung sind gegeben. Die OP des Kollegen in Berlin war handwerklich hervorragend, es gibt keine Anzeichen einer Infektion, Ihre Blutwerte und alle anderen Ergebnisse sind bestens. Ihre physische Verfassung ist nicht das Problem.«

»Sondern?« Ihre Stimme war aggressiv, beinahe drohend.

»Es ist Ihr Kopf, der nicht mitspielt, oder Ihre Psyche.«

Verenas Gesicht lief rot an. »Was wollen Sie damit sagen? Was erlauben Sie sich eigentlich!«

Winter stand auf, ging um seinen Schreibtisch herum und hockte sich auf die Kante.

»Frau Dr. Gessner. Nach allem, was ich von Ihnen weiß, sind Sie eine hervorragende Chirurgin. Sie verstehen Ihr Handwerk, Sie haben in Ihrer Laufbahn bereits einige Bravourstücke vollbracht. Aber glauben Sie, das allein ist es, warum Sie beruflich da sind, wo Sie heute sind? Um eine wirklich herausragende Ärztin zu sein, braucht es mehr als exzellentes fachliches Wissen und Können. Es erfordert eine gehörige Portion Menschenkenntnis und sehr viel Einfühlungsvermögen. Und ich habe gehört, dass Sie normalerweise beides haben.«

Winters sehr persönliche Ansprache und seine plötzliche Nähe verunsicherten sie. »Was hat das mit meinem Arm zu tun?«, fragte sie kühl.

»Ich will von Ihnen wissen, wie Sie mit einem Fall wie dem Ihren in Ihrer Praxis umgehen würden. Was tun Sie, wenn der Patient auf dem besten Weg zu seiner Genesung sein müsste, Sie alle medizinischen Faktoren ausgeschaltet haben, aber der Heilungsprozess dennoch stagniert?«

Wieder blitzte sie ihn an. »Das wollte ich gerade von Ihnen hören. Sie sind hier die Koryphäe.«

Er schüttelte den Kopf. »Nein, das wollen Sie nicht, Frau Kollegin. Als meine Patientin wollen Sie nicht hören oder verstehen, was ich Ihnen zu sagen habe. Deshalb frage ich Sie als Ärztin.«

Obwohl ihr Gesicht noch immer nichts preisgab, verrieten ihre Augen sie. Sie sprühten vor Wut, aber sie konnten die Angst nicht verbergen. Und ihre Anspannung zeigte ihm, wie viel Kraft es sie kostete, diese Fassade aufrechtzuerhalten.

Er setzte sich wieder in seinen Stuhl und sah sie über den Schreibtisch hinweg herausfordernd an. »Also, was tun Sie in so einem Fall? Und machen Sie mir nicht weis, so etwas wäre Ihnen noch nicht untergekommen.«

»Na gut«, antwortete Verena widerwillig. »Wir berufen als Erstes den Fachärztestab ein, gehen noch mal alle möglichen medizinischen Faktoren durch, prüfen, ob wir irgendwas übersehen haben.«

Winter nickte. »Okay, da waren wir schon. Sie finden keine medizinische Einflussgröße. Was kommt als Nächstes?«

»Das Umfeld«, murmelte Verena mit zusammengebissenen Zähnen. »Familie, Beruf, irgendein externer Stressfaktor, der so bedeutend ist, dass er den gesamten Heilungsprozess zum Stocken bringt.«

Winter lächelte. »Sehr gut, Kollegin, ich wusste doch, dass Sie's drauf haben.« Doch schnell wurde sein Gesicht wieder ernst, vor allem, weil Verena auf sein Lächeln absolut nicht reagierte. Das Härteste kam noch, nämlich sie dazu zu bewegen, sich auf ihn einzulassen. Er sah in das versteinerte Gesicht. »Dann suchen wir jetzt nach dem externen Faktor.«

Verenas Lippen waren ein dünner Strich, sie saß da wie eine Statue. »Wer sagt mir, dass Sie wirklich alle medizinischen Faktoren ausgeschlossen haben?«

»Das garantiere ich Ihnen. Und wir haben überdies heute Morgen ein Facharztmeeting abgehalten und sind zu dem Ergebnis gekommen, dass wir nichts übersehen haben.«

Nun sah sie ihn doch überrascht an. »Wieso war ich nicht dabei?«

Er schmunzelte: »Weil Sie als Patientin da nicht hingehören.«

Sie schwieg betreten. Er hatte natürlich recht.

Winter stand auf. Er konnte ihre Anspannung nicht mehr mitansehen. »Was halten Sie davon, wenn wir ein paar Schritte gehen? Dann schaffen Sie es vielleicht auch, ein wenig durchzuatmen.«

Überrumpelt folgte Verena ihm nach draußen. Sie standen auf der eindrucksvollen Dachterrasse der Klinik. Der Blick ins Tal mit den schneebedeckten Bergen in der Ferne war überwältigend. Wehmütig dachte Verena daran, dass wohl in diesem Jahr nichts aus dem Skiurlaub mit Stefan werden würde. Allein schon wegen ihres Armes war kaum daran zu denken. Und so, wie es momentan um ihre Beziehung stand … Sie merkte, wie ihr ein tiefer Seufzer entfuhr. In ihrem Auge stach eine Träne, und sie biss sich hart auf die Lippen.

Winter sah, dass sie am ganzen Körper zitterte.

Behutsam geleitete er sie zu der kleinen Sitzgruppe aus Teakholz. Er dirigierte sie zu einer Liege, zog sich eine weitere heran, setzte sich ihr gegenüber.

»Warum stehen Sie derart unter Strom? Wenn Sie nicht klären, was auch immer Sie belastet, sitzen wir nächste Woche wieder hier.«

Verena schüttelte beinahe verzweifelt den Kopf. »Ich neige nicht zu ... Ich bin nicht der Typ für psychosomatische ...«

Er sah sie mit einem gutmütigen Kopfschütteln an. »Und seit wann gibt es einen Typ Mensch, Frau Kollegin, der anfällig für psychosomatische Einflussfaktoren ist? Wie sähe der aus?«

Verena antwortete nicht. Sie hatte die Finger ineinandergeschlungen und konzentrierte sich darauf, die Tränen zurückzuhalten. Ihr Zittern hatte nicht nachgelassen. Sie konnte es nicht abstellen. Aber sie wehrte sich mit allen Fasern ihres Körpers gegen das, was Winter ihr zu sagen versuchte.

»Aber es gibt durchaus einen Typ Mensch, dem es sehr schwerfällt einzusehen, dass der eigene Körper keine Maschine ist. Der sich nicht damit abfinden kann, dass er nicht immer so funktioniert, wie wir es gerne hätten. Und zu denen gehören Sie ganz eindeutig. Auch das habe ich Ihnen zu Anfang unseres Gesprächs schon gesagt. Ebenso, dass Sie dies nicht hören möchten.« Er legte eine Hand auf ihre verknoteten Finger.

»Was immer gerade an Ihnen nagt, es frisst Sie förmlich auf. Zu Anfang konnten Sie es noch einigermaßen überspielen, aber das gelingt Ihnen offensichtlich immer weniger. Sie sind permanent angespannt und sehr nervös. Und diese Anspannung überträgt sich in Ihren Arm. Ihre Muskulatur ist schon müde, ehe Sie auch nur eine einzige Übung absolviert haben.«

Diesmal sah sie erstaunt hoch. Nun hatte er ihr ganz nebenbei einen plausiblen Grund geliefert, warum die Reha nicht anschlug.

Winter erkannte, dass zumindest etwas bei ihr angekommen war. Er wartete, ob sie endlich von sich aus reden würde. Doch den Gefallen tat sie ihm nicht; sie sah bewusst weg, damit sie seinen forschenden Blick nicht länger ertragen musste. Entwand ihm ihre Hand.

Der erfahrene Arzt sah zu, wie Verena unter seinem Blick zunehmend nervöser wurde, sofern dies überhaupt noch möglich war. Er wartete auf ein Zeichen, dass sie nachgeben würde. Da kam nichts.

»Also gut«, sagte er schließlich. »Dann gibt es jetzt Hausaufgaben.«

»Was?« Sie blickte ihn entgeistert an, sah aber gleichzeitig aus, als hätte er sie aus weiter Ferne in die Gegenwart zurückgeholt.

»Sie nehmen sich jetzt eine Auszeit. Ich befreie Sie für heute Nachmittag von allen Anwendungen. Morgen früh sagen Sie mir, wie Sie sich Ihre weitere Therapie vorstellen. Wenn Sie heute noch mit mir über das reden wollen, woran Sie gerade zerbrechen, stehe ich jederzeit zur Verfügung. Ich schiebe Sie innerhalb von dreißig Minuten dazwischen. Das gleiche gilt für Dr. Heuss, unseren Psychologen. Aber

Sie müssen den ersten Schritt tun, sonst wird das hier nichts mit uns.«

»Sie werfen mich raus?«

Zum ersten Mal verriet Winters Stimme so etwas wie Irritation. »Das ist ein Gesprächsangebot. Hört sich so für Sie ein Rauswurf an?«

Betreten schüttelte sie den Kopf.

Aber Winters Stimme blieb hart, beinahe ärgerlich. »Wenn Sie so weitermachen, werfen Sie demnächst auch Ihre Karriere über Bord. Abgesehen davon, dass Sie mit Ihren verspannten Muskeln in nächster Zeit kaum am OP-Tisch stehen werden, sind Sie gerade auf dem besten Weg, Ihre berufliche Zukunft einem dummen Stolz zu opfern, weil Sie glauben, Sie selbst seien so unverwundbar oder großartig, dass Sie keine wie auch immer gearteten seelischen Nöte haben dürften. Das ist nicht nur arrogant, das ist vor allem gefährlich. Wenn Sie so einen Fehler bei sich selbst machen, unterläuft er Ihnen über kurz oder lang auch bei einem Ihrer Patienten.«

Verena saß schockstarr da. Seine Worte drangen zu ihr durch, aber sie war nicht fähig, eine Reaktion zu zeigen.

Winter sah sie kopfschüttelnd an. »Sie wissen, wo Sie mich finden.« Er stand auf. Einen Augenblick schaute er auf die starre, zitternde Gestalt. So konnte er sie unmöglich zurücklassen. Er nahm eine der Decken, die auf den Stühlen bereitlagen, und legte sie ihr um die Schultern.

»Kommen Sie mit hinein. Ich lasse Sie auf Ihr Zimmer bringen. Legen Sie sich erst mal hin.«

Doch Verena bewegte sich nicht. Es kostete sie all ihre

Kraft, einen Ton hervorzubringen. »Ich bin vergewaltigt worden. In der Nacht vor dem Unfall.« Ihre Stimme war kaum hörbar. »Ich hatte morgens um sieben Drogen und Alkohol im Blut, weil sie mir etwas ins Glas getan hatte, um mich rumzukriegen. Ich hätte niemals in ein Auto steigen dürfen, aber es war mir gar nicht bewusst. Ich bin froh, dass ich niemanden umgebracht habe.«

Winter hatte sich wieder hingesetzt.

»Aber ich wäre vermutlich auch ohne Drogen mit ihr gegangen. Sie war nicht brutal am Anfang. Ich verstehe bis heute nicht, was plötzlich in sie gefahren ist. Für meine Ehe, in der wir schon vorher Stress hatten, ist das die absolute Zerreißprobe. Stefan verzeiht mir nicht, dass ich nicht mit ihm rede – ich kann mir nicht verzeihen, dass ich mich mit der Frau eingelassen habe.«

»Sie haben das bis heute niemandem erzählt?«

Verena seufzte. »O doch, es wissen viel mehr Leute davon, als mir lieb ist. Die behandelnde Ärztin auf der Intensivstation hat gewisse Verletzungen festgestellt und deshalb eine gynäkologische Untersuchung angeordnet. Mein Mann weiß, dass es passiert ist, aber nur meine beste Freundin Kathrin und Mona Grafenbach – das ist die Ärztin – kennen die ganze Geschichte.«

Der Arzt sah Verena mitfühlend an. Immerhin hatte ihr Zittern ein wenig nachgelassen. »Irgendetwas sagt mir, dass das noch nicht das Ende Ihrer Geschichte ist.«

Sie verzog den Mund zu einem schiefen Grinsen. »Reicht das nicht an seelischer Not, wie Sie das vorhin so elegant ausgedrückt haben?«

»Doch, durchaus. Aber mein Gefühl sagt mir, dass Sie etwas zurückhalten.« Er lächelte. »Und in solchen Fällen trügt es mich eher selten.«

Verena zögerte.

»Egal wie verheerend das ist, was Sie nicht sagen möchten, Verena. Sie haben gerade einen Riesenschritt getan. Bringen Sie es hinter sich, dann können wir uns damit befassen, wie Sie damit umgehen lernen.«

Endlich erwiderte sie seinen Blick direkt. Dann nickte sie entschlossen. Als sie ansetzte zu sprechen, drehte sie sich weg und schloss die Augen. »Die Person, die das getan hat, ist eine Kollegin. Eine große Nummer am Marie-Curie-Krankenhaus in Berlin. Mona Grafenbach hat mich gewarnt, dass sie einen gewissen Ruf in Studenten- und Kollegenkreisen habe, aber von Drogen war bis dato nie die Rede. Mein Mann drängt mich, sie anzuzeigen, allein schon um ihr eine Mitschuld an dem Unfall nachzuweisen – wegen der Drogen. Es geht natürlich um die Versicherung, um die Schadensregulierung. Wenn das irgendwie durchsickert, ist vielleicht sogar mein Job in Gefahr. Mona und Kathrin sind ebenfalls der Meinung, dass sie damit nicht durchkommen sollte. Mona denkt, jemand sollte sie endlich stoppen, und diesmal gäbe es Beweismaterial. Das Schlimme ist, wenn ich einer dritten Person raten müsste, würde ich ihr genau das Gleiche sagen. Ja, ich habe das sogar vor Jahren schon einmal selbst bei einer Kollegin getan – sie zu einer Anzeige überredet, meine ich.«

»Sie fühlen sich in die Ecke gedrängt.« Winters Bemerkung war keine Frage.

Verena nickte. »Wenn ich sie anzeige, gibt es einen Riesenwirbel. In Berlin und sicher auch in München. Die ganze Hochschulmedizin ist ein großes Dorf. Warum muss ich diejenige sein, die den Stein ins Rollen bringt? Was hat das für Konsequenzen für mich an meiner Klinik? Denken Sie, ich will diejenige sein, die sich von einer Kollegin hat flachlegen lassen – von einer Frau hat vergewaltigen lassen?« Sie brach ab, sah ihn kurz an und schlug dann wieder die Augen nieder.

Winter ließ ihr Zeit, sich etwas zu fassen. Schließlich sagte er: »Ich mache Ihnen jetzt einen Vorschlag, okay?« Er wartete ab, bis sie nickte. Dann fuhr er fort: »Wie ich bereits vorhin gesagt habe, nehmen Sie sich heute Nachmittag eine Auszeit. Tun Sie, was immer Ihnen guttut. Schlafen, mit einer Freundin telefonieren, spazieren gehen. Einzige Bedingung: Wenn Sie das Gelände verlassen möchten, geben Sie bitte jemandem Bescheid. Wenn Sie allein sein möchten, ist das okay; wenn nicht, kümmere ich mich um jemanden, der bei Ihnen bleibt. Wenn Sie mit mir sprechen möchten, bin ich ebenfalls für Sie da. Morgen früh setzen wir uns zusammen und besprechen Ihren Therapieplan neu.«

»Neu? Warum?«

Er grinste. »Deshalb sind Sie doch hier. Aber lassen Sie uns das morgen besprechen, einverstanden?«

»Ich würde es lieber jetzt tun!«

Winter musterte sie prüfend.

»Ich klappe nicht zusammen«, sagte Verena sofort.

»Das nehme ich Ihnen sogar ab, aber ich wollte Ihnen eine Pause gönnen.«

»Ich möchte keine Pause.«

Er bewunderte ihr Standvermögen. »Also gut. Dann kommen Sie wenigstens mit hinein. Sie sollten etwas Warmes trinken. Haben Sie Hunger?«

Sie schüttelte den Kopf.

Er betrachtete ihre schmale Gestalt, sah, wie locker die Jeans saß, die eigentlich einen modisch-engen Schnitt hatte. »Wissen Sie, wie viel Sie in den letzten Wochen abgenommen haben?«

»Keine Ahnung, aber ich weiß, dass ich neue Klamotten brauche, wenn Sie das meinen.«

»Nein, ich meinte eher, Sie sollten so essen, dass Sie wieder in Ihre alten hineinpassen.«

Sie bedachte ihn nicht mit einer Antwort, während sie erhobenen Hauptes vor ihm auf die Terrassentür zu seinem Büro zuging. Er schmunzelte in sich hinein und folgte ihr, bedeutete ihr, in einem der Sessel in der Sitzecke Platz zu nehmen. Dann griff er zum Telefon und bestellte Tee und ein paar belegte Brötchen in der Küche. Verena verdrehte die Augen.

Winter setzte sich ihr gegenüber. »Als Unfallchirurgin wissen Sie eine Menge von dem, was ich Ihnen zu sagen habe, selbst. Sie kennen die einzelnen Trauma-Phasen, Sie können mir das sicher alles aus dem Effeff herunterbeten. Was fehlt, ist, dass Sie akzeptieren lernen, dass es eindeutig ein Trauma ist, was Sie durchlebt haben. Dass Sie akzeptieren, was das Erlebte mit Ihnen gemacht hat und noch macht.«

Verena war erneut sehr still geworden. Ihre Gesichtszüge, die sich bei der Flachserei eben etwas entspannt hatten, wurden wieder starr und unnahbar.

Winter beobachtete diese Wandlung aufmerksam. »Obwohl Sie das alles aus Ihrer Praxis wissen, glauben Sie, dass Sie selbst das alles aushalten müssten, ohne Hilfe anzunehmen. Liege ich damit falsch?«

Verena knetete ihre Hände. Sie schüttelte den Kopf. Aber sie war nicht in der Lage zu antworten.

Es klopfte, und jemand brachte ein Tablett mit Tee und Brötchen. Winter nickte und machte mit einer Geste klar, dass er sich um den Rest kümmern würde. Er schenkte Verena eine Tasse Tee ein. »Trinken Sie was, Mädchen.«

Die vertrauliche Anrede ließ Verena überrascht den Kopf heben. Und genau das hatte Winter beabsichtigt. Er reichte ihr die Tasse. Sie trank dankbar einen Schluck und biss sogar in das Brötchen, das er ihr auf einem Teller hingestellt hatte.

»Sie geben sich selbst die Schuld an allem – habe ich recht?«

»Wenn ich nicht mit ihr an die Bar gegangen wäre«, presste sie hervor. »Wenn ich …«

Er unterbrach sie, indem er die Hand hob. »Ich nehme an, mehrere Menschen um Sie herum haben Ihnen schon gesagt, dass Sie keine Schuld haben, aber es dringt nicht zu Ihnen durch?«

Wieder nickte sie unglücklich.

»Gut, nehmen wir nur mal für eine Minute an, Sie ganz allein trügen die Schuld an dem Unfall und der Vergewaltigung. Was würde das an Ihrer heutigen Situation ändern?«

Ihr Blick war verständnislos.

»Ändert die Tatsache, ob Sie die Schuld tragen oder nicht, irgendetwas an dem, was Sie erlebt haben?«

»Nein«, antwortete Verena verwirrt.

»Dann ist es doch vollkommen unerheblich für das, woran Sie arbeiten müssen, nicht wahr? Sie können die Uhr nicht zurückdrehen. Beides ist passiert. Jetzt geht es darum, dass Sie das akzeptieren und trotzdem weitermachen.«

»Das versuche ich ja, aber es klappt nicht«, flüsterte sie verzweifelt.

»Was würden Sie denn an dieser Stelle als Ärztin antworten?«

Verena schüttelte den Kopf. Sie stand auf und ging ans Fenster. Winter ließ ihr Zeit. Schließlich sagte sie leise, ohne sich umzudrehen: »Ich dachte, Sie wollten mir einfach sagen, was sich an meinem Reha-Plan ändert. Was besprechen wir hier?«

»Wir besprechen gerade, warum wir den Therapieplan ändern, Verena. Und es fällt mir schwer zu glauben, dass Sie nicht verstehen, worauf ich hinauswill.«

»Vielleicht muss ich es ja einfach nur hören«, flüsterte sie. »Sie haben recht. Ich weiß das alles. Aber es hat nichts mit dem zu tun, wie ... es sich anfühlt.« Sie rieb sich verzweifelt die Augen. »Ich habe mich noch nie so hilflos gefühlt, so verletzt ... so gedemütigt. So wie Sie eben, habe ich Patienten mit kalkuliertem Mitgefühl gesagt, was ein schlimmer Unfall, ein Gewaltverbrechen, ja auch eine Vergewaltigung auslösen. Dass sie das nicht unterschätzen sollen, dass es normal ist, wenn Angstzustände auftreten, dass sie sich Hilfe suchen müssen ... Aber ich kann mir das nicht selbst sagen. Ich kann es einfach nicht fassen, oder ich will es nicht …«

Winter war neben sie getreten. Fast ebenso leise sagte er: »Und wie oft lag hinter dem bewusst kalkulierten Mitgefühl echtes Entsetzen über das, was passiert war? Was Sie der Patientin oder den Verwandten in dem Moment aber gar nicht zeigen konnten, weil Sie sie damit erschreckt hätten oder ihnen zu nahe getreten wären?« Er legte ihr eine Hand auf die gesunde Schulter und drehte sie leicht, damit er ihr in die Augen sehen konnte. »Kommen Sie, setzen wir uns noch einmal.« Er führte sie zurück zu ihrem Sessel.

»Ja, es ist schlimm, was Ihnen passiert ist. So schlimm, dass selbst eine perfekt ausgebildete Unfallchirurgin ein Recht dazu hat, in einer solchen Situation die Fassung zu verlieren. Sie konnten doch Ihren Arm auch nicht selbst operieren. Wieso glauben Sie dann, Sie müssten dieses psychische Trauma ohne fremde Hilfe durchstehen? Durch dieses Erlebnis ist Ihr ganzes Leben von einem Tag auf den anderen aus den Fugen geraten. Nichts ist mehr, wie es vorher war. Jedes Ereignis für sich genommen hätte dazu schon ausgereicht. Zusammen ist es die absolute seelische Katastrophe. Nicht weniger, aber auch nicht mehr. Es ist nichts, das Sie nicht bewältigen können, wenn Sie sich dem stellen. Aber stellen müssen Sie sich, sonst zerbrechen Sie daran – privat wie beruflich.«

Wieder wartete Winter, ließ die Stille im Raum wachsen.

»Was muss ich tun?«, flüsterte sie endlich.

»Sie kommen morgen früh um neun Uhr zu mir. Dann stelle ich Ihnen Dr. Heuss vor. Wenn es Ihnen recht ist, setze ich ihn vorher in groben Zügen ins Bild.« Er sah sie abwartend an.

Verena nickte schnell.

»Der Kollege wird mit Ihnen besprechen, wann und wie oft Sie sich mit ihm treffen und an welchen anderen Therapiesitzungen Sie eventuell teilnehmen sollten. Darum herum bauen wir dann den Rest des Reha-Plans neu auf.«

»Andere Therapiesitzungen?«, fragte Verena misstrauisch.

Winter lachte auf. »Irgendetwas sagt mir, dass Sie den Begriff *ganzheitlich* in unserer schönen neuen Klinikbroschüre komplett überlesen haben. Und Sie haben mir schon beim Aufnahmegespräch nicht zugehört, als ich Ihnen zur Aufarbeitung des Unfalls geraten habe. Da wusste ich ja von dem, was Sie außerdem durchgemacht haben, noch gar nichts. Warum sind Sie überhaupt hier, wenn Sie konsequent alles ignorieren, was Sie doch selbst wissen müssten?«

»Weil diese Klinik die weit und breit bestspezialisierte auf dem Gebiet der Unfalltraumatologie ist«, antwortete Verena prompt.

»Das stimmt, Frau Doktor. Und da ist Ihnen nicht aufgefallen, dass der Begriff Trauma eine doppelte Bedeutung hat? Wir sind nur so gut, weil wir auf beiden Ebenen an einem Unfalltrauma arbeiten. Und es klappt am besten, wenn der Patient oder die Patientin in beiderlei Hinsicht mitarbeitet. Darüber können Sie vielleicht auch noch ein wenig nachdenken. Wir sehen uns dann morgen früh.«

Damit war sie entlassen.

Als sie die Tür hinter sich geschlossen hatte, griff Winter

zum Telefon, um ein Gespräch mit Dr. Heuss zu vereinbaren. Als Nächstes rief er auf Verenas Station an und erklärte, dass sie an diesem Tag keine Anwendungen mehr hatte. »Ich möchte, dass in einer halben Stunde jemand nach ihr sieht. Ihr geht es nicht gut, auch wenn sie es nicht zugeben wird. Sorgen Sie dafür, dass sie etwas isst, und fragen Sie sie, ob sie etwas zum Einschlafen möchte. Wenn sie unwillig reagiert, ignorieren Sie es und bleiben Sie freundlich. Sie kann es brauchen. Ich habe ihr im Übrigen freigestellt, was sie heute macht. Sie soll nur Bescheid sagen, wenn sie rausgeht.«

Kathrin sah überrascht auf das Display, als Verenas Bild auf dem Handy blinkte. Es war erst kurz nach Mittag, und die letzten beiden Male hatte Kathrin Verena nur am Abend erreicht. Es war überhaupt das erste Mal, dass Verena von sich aus anrief.

»Hallo, meine Süße. Wie geht es dir?«

»Kathrin?« Verenas Stimme klang erschöpft. Kathrin konnte hören, wie schwer sie atmete. Es dauerte ein Weilchen, bis Verena leise sagte: »Nicht gut.«

Auch das war neu. Beim letzten Anruf hatte sie gesunden Optimismus versprüht, obwohl Kathrin ihr das nicht abgenommen hatte. Kathrin setzte sich. »Was ist passiert?«, fragte sie so ruhig wie möglich.

Stockend erzählte Verena von ihrem Gespräch mit Winter. Schließlich sagte sie unsicher: »Gilt dein Angebot von neulich noch?«

»Mehr denn je, und du solltest das nicht fragen müssen.«

Am anderen Ende blieb es eine Weile still. Kathrin ließ ihr Zeit.

»Weißt du, wie das ist, wenn du glaubst, dein ganzes Leben entgleitet dir ... du bist so hilflos ... Ich habe ... Ich ... habe Angst, dass ich das alles nicht packe ...«

Kathrin atmete tief durch. Sie begriff, wie aufgewühlt Verena war. Behutsam sagte sie: »Du weißt, dass ich das alles kenne, Verena. Ich werde diese Gefühle niemals vergessen. Und ich glaube, du solltest im Augenblick nicht allein sein. Wenn ich mich jetzt ins Auto setze, bin ich in knapp zwei Stunden bei dir. Ist dir das recht?«

»Das ist weit zu fahren«, gab Verena zu bedenken.

»Das war nicht die Frage. Ich wollte wissen, ob du mich sehen möchtest.«

»Ich würde mich freuen, sehr sogar ...«

»Dann versuch bis dahin, ein wenig zu schlafen. Komme ich ohne Probleme zu dir oder gibt es so einen Anstaltsdrachen, der deine Besuche reglementiert?«

Endlich schien Verenas Anspannung etwas nachzulassen. »Nein, die sind hier sehr nett. Und ich werde Bescheid sagen, dass ich dich erwarte. Vielen Dank, Kathrin.«

Kathrin legte auf und rief kurz Carmen an, die noch arbeitete. »Ich weiß nicht, wie lange ich dort bleiben werde. Es kann sein, dass ich mir irgendwo ein Zimmer suche und erst morgen früh zurückfahre.«

Carmen sagte nur: »Nimm dir all die Zeit für sie, die sie braucht.«

Kathrin hatte ihr nach Verenas barscher Abfuhr in der Klinik, als sie und Stefan versucht hatten, sie zur Aufarbeitung der Vergewaltigung zu überreden, schließlich erzählt, was passiert war. Sie war einfach zu niedergeschlagen gewesen, und Carmen hatte nicht lockergelassen, ehe sie nicht wusste, was Kathrin so bedrückte.

Carmen hatte schnell verstanden, und vor allem hatte sie ihr Verenas Blickwinkel erklärt. »Es ist zu früh. Zu frisch. Ihr müsst ihr Zeit lassen. Verena ist so eine starke Frau. Sie kann nicht damit umgehen, plötzlich Opfer zu sein und dann von ihrer Umgebung auch noch als solches behandelt zu werden. Sie muss überhaupt erst einmal begreifen, was das alles mit ihr macht.«

»Und wenn sie es nicht begreift?«

Carmen hatte sie ernst angesehen. »Sie wird es begreifen, Kathrin. Und dann wird sie froh sein, wenn du für sie da bist. Sag ihr einfach, dass sie auf dich zählen kann, meinetwegen auf uns, wenn sie darauf Wert legt.«

Und anscheinend war jetzt dieser Zeitpunkt gekommen. Kathrin brachte die Autofahrt in weniger als neunzig Minuten hinter sich. Sie hatte sich nicht einmal die Zeit genommen, vor der Autobahn das Verdeck ihres blauen BMW-Cabrios zuzumachen. An der Rezeption nahm sie die dunkle Sonnenbrille ab und strich sich durch die zerzausten Haare. Offensichtlich war sie angekündigt. Sie bekam ohne Probleme Verenas Zimmernummer mit der Auskunft, sich bei der dortigen Stationsleiterin zu melden.

»Es kann sein, dass Frau Dr. Gessner noch schläft – ich habe vorhin nach ihr gesehen. Aber sie hat darum gebeten, Sie in jedem Fall ins Zimmer zu lassen, Frau Sanders. Kommen Sie.«

Die Schwester klopfte kurz. Als keine Antwort kam, öffnete sie mit dem Zentralschlüssel leise die Tür.

Verena schlief tatsächlich noch. Sie hatte sich im Schlaf mit einem Kissen vor dem Bauch zusammengerollt. Kathrins Blick fiel auf einen offensichtlich unangetasteten Essensteller, ein Schälchen mit zwei Tabletten. Wenn das Schlaftabletten waren, hatte Verena sie zumindest nicht gebraucht.

Kathrin beugte sich kurz über die fest schlafende Freundin und beschloss, sie nicht zu wecken. Sie setzte sich leise an den Esstisch und packte ihren kleinen Laptop aus, den sie immer dabeihatte. So konnte sie überall arbeiten. Es war erst drei Uhr nachmittags. Selbst wenn Verena noch zwei Stunden schlief, hatte sie den Rest des Abends mit ihr. Kathrin hatte bereits auf der Herfahrt beschlossen, dass sie die Nacht auf jeden Fall im Ort verbringen würde. Eventuell eine weitere, wenn dies Verena half.

Doch es dauerte keine halbe Stunde, bis Verena sich regte. Kathrin klappte den Laptop zu und setzte sich zu ihr auf die Bettkante.

»Wie lange bist du denn schon da? Warum hast du mich nicht geweckt?«, murmelte Verena schlaftrunken. Sie rappelte sich hoch und rutschte an das Kopfende des Bettes, die Knie angezogen, das Kissen immer noch umklammert.

»Mir schien, als ob du ein bisschen Schlaf gebrauchen könntest.« Verena sah so elend aus, dass es Kathrin fast das Herz brach. »Darf ich dich in den Arm nehmen?«, fragte sie leise. »Kannst du es ertragen, angefasst zu werden?« Sie streckte vorsichtig die Hand aus und legte sie ihr aufs Knie. Noch nie hatte sie Verena so zerbrechlich erlebt.

Verena zuckte kurz zusammen, ließ es aber zu, dass Kathrin sich vorbeugte und sie an sich zog. Kathrin sagte nichts; sie hielt Verena einfach im Arm und wartete, dass sie sich etwas entspannte.

»Professor Winter hat mir ganz schön den Kopf gewaschen«, sagte Verena schließlich leise. »Er hat mir klargemacht, dass ich mir nur selbst schade, wenn ich das alles weiterhin in mich hineinfresse. Er hat nicht lockergelassen, bis ich ihm die Wahrheit erzählt habe. Und ich verstehe, dass er recht hat. Ich verstehe mittlerweile sogar, dass du und Stefan recht hattet, als ihr mit mir reden wolltet.« Sie schwieg einen Moment. »Aber es ist so verdammt schwer. Ich habe das Gefühl, ich müsste vor Entsetzen verstummen. Ich schäme mich einfach so. Ich habe mich noch nie in meinem Leben so gefühlt ... so ...« Sie ließ den Kopf auf die Knie sinken. Ihre Schultern bebten.

Kathrin hielt sie weiterhin fest. »Hier geht's nicht um recht oder unrecht haben. Ich hatte schlicht Angst um dich. Ich habe gesehen, wie sehr du gelitten und doch niemanden an dich herangelassen hast. Aber alles braucht seine Zeit, und wir hätten dich nicht so bedrängen sollen. Ich habe mir Vorwürfe gemacht ... Carmen hat ...« Sie hielt inne, weil sie sich gerade verplappert hatte.

»Carmen hat was ...?«, fragte Verena leise.

»Carmen hat mir klargemacht, dass wir dich in Ruhe lassen sollten, bis du von dir aus bereit wärst, dich zu öffnen. Ich ... es tut mir leid, aber ich musste einfach mit jemandem reden, nachdem du mich so abgebügelt hattest. Und sie hat gesehen, dass mit mir was nicht stimmte.«

»Schon gut. Wenn jemand versteht, wie es mir gerade geht, dann vermutlich sie. Und ich war damals auch nicht so einfühlsam. Bei ihr nicht, und bei dir schon gleich gar nicht. Dich habe ich in die Psychiatrie einweisen lassen.«

»Ja, und ich wäre heute vermutlich tot, wenn du es nicht getan hättest«, antwortete Kathrin nüchtern.

»Ich hätte trotzdem ...«

»Hör mir zu, Verena«, unterbrach Kathrin ihre neuerlichen Selbstvorwürfe. »Hör auf, dich damit zu beschäftigen, was du hättest tun oder lassen sollen. Wie du reagieren solltest, was du tun müsstest. Nimm einmal in deinem Leben nicht auf andere Rücksicht, sondern versuch herauszufinden, was du selbst gerade am dringendsten brauchst. Du musst hier nicht Mutter, Ehefrau, Chefin, Managerin oder beste Freundin sein. Du bist hier, damit du selbst wieder auf die Beine kommst. Dann kannst du hinterher all das wieder sein, was im Augenblick zu viel ist. Vielleicht trittst du damit ein paar Leuten auf die Füße, aber was macht das schon? Wenn du wieder zu dir selbst finden möchtest – wenn du wieder du sein möchtest, dann hast du hier nur eine Aufgabe, und die lautet, für dich selbst da zu sein. Dazu gehört auch, dass du Hilfe annimmst. Vielleicht musst du das endlich einmal lernen.«

»Du klingst ein bisschen wie Winter.«

»Ja, offensichtlich ein weiser Mann.« Kathrin lächelte, als sie merkte, dass Verena sich zusehends entspannte. »Wann musst du morgen früh bei ihm auf der Matte stehen?«

»Um neun.«

»Was hältst du davon, wenn wir ein bisschen rausgehen?

Etwas essen bei einem netten Italiener, draußen sitzen und die Sonne genießen, ein wenig über die Leute lästern ...«

»Du willst mich ablenken?«

»Wäre das denn so schlimm?«

Verena schüttelte den Kopf.

»Dann komm. Wir fahren im offenen Cabrio und lassen uns den Wind um die Nase wehen. Gegen uns sieht die Münchner Schickeria aus wie Waisenkinder!«

Die beiden Frauen verbrachten einen erholsamen Nachmittag. Kathrin fuhr mit viel zu laut aufgedrehter Musik direkt vor einer Eisdiele vor, was ihr die missbilligenden Blicke einiger älterer Herrschaften einbrachte. Sie liefen mit tropfenden Eistüten durch die Fußgängerzone, bespritzten sich an einem Brunnen mit Wasser und alberten herum wie übermütige Teenager. Kathrin war froh über Verenas ausgelassenes Lachen, das sie lange nicht mehr gehört hatte.

Gegen Abend saßen sie auf der Terrasse des Hotels, in dem Kathrin mittlerweile zwei Übernachtungen gebucht hatte. Verena war wieder sehr still geworden. Sie konnte nicht verhindern, darüber nachzudenken, wie die nächsten Tage ablaufen würden. Wieder spürte sie, wie sich eine bisher nie gekannte Angst in ihr ausbreitete. Ihr Hals wurde eng. Obwohl es an diesem frühen Sommerabend noch immer angenehm warm war, stahl sich eine eisige Kälte ihren Rücken hinab. Sie fröstelte. Das Schlimmste war, dass sie diese Angst, dieses Unbehagen nicht einmal deuten konnte. Ein paar Gespräche mit einem Therapeuten waren kein Weltuntergang. Nüchtern betrachtet wusste sie nicht, warum sie sich so anstellte. Sie verstand sich selbst nicht mehr. Sie traute ihren eigenen Gefühlen nicht mehr.

Kathrin sah sie eine Weile stumm an. Verena schien Lichtjahre entfernt. Und die Gedanken, mit denen sie sich beschäftigte, schienen alles andere als angenehm. Schließlich streichelte sie vorsichtig Verenas Finger. »Magst du mir sagen, mit welchen Monstern du gerade kämpfst?«

Verena schrak hoch. Sie atmete tief durch und warf Kathrin einen gequälten Blick zu. Irgendjemandem musste sie sich ja endlich anvertrauen. Warum nicht ihrer besten Freundin, die extra ihretwegen gekommen war? »Warum habe ich nur solche Angst, Kathrin? Ich habe so eine Scheißangst vor morgen. Ich habe Angst, dass ich das alles nicht packe, und ich habe wirklich Panik, dass ich meinen Arm nicht mehr voll einsetzen kann. Mein Verstand sagt mir, dass ich völlig überreagiere, aber ... ich kann das nicht abstellen. Es hört einfach nicht auf, es wird immer schlimmer.« Verenas Stimme klang gepresst. »Das bin doch nicht ich! Ich habe sonst immer ...«

»Die Kontrolle?«, beendete Kathrin ihren Satz sanft.

»Ja«, antwortete Verena niedergeschlagen. Sie stützte ihren gesunden Ellbogen auf den Tisch und legte den Kopf in die Hand. »Ich fühle mich so hilflos.«

Kathrin legte ihr den Arm um die Schultern. Was musste es Verena gekostet haben, endlich zuzugeben, dass sie Angst hatte! Sie zog Verena an sich und hielt sie fest. »Schon gut. Ich bin ja da. Du bist nicht allein, Süße! Ich bin für dich da.«

»Kathrin, ich will heute Abend nicht allein sein.«

Kathrin nickte: »Das habe ich mir vorhin auch schon überlegt. Hast du die Nummer von der Klinik dabei?« Kathrin übernahm die Initiative, und Verena ließ sie gewähren. Kathrin regelte, dass Verena erst zu dem Termin mit Winter in der Klinik zurücksein musste. Sie zahlte und nahm Verena mit auf ihr Zimmer.

Bis Kathrin aus der Dusche kam, hatte Verena sich schon bis auf T-Shirt und Slip ausgezogen. Wie am Nachmittag lag sie zusammengekauert und mit angezogenen Knien im Bett. Kathrin setzte sich hinter sie und legte ihr behutsam die Hand auf die Schulter. Verena schrak leicht zusammen.

»Du bist ja schon wieder ganz kalt. Frierst du?« Kathrin legte sich hinter Verena, um sie mit ihrem Körper zu wärmen. Verena versteifte sich. Aber damit hatte Kathrin gerechnet. Verena war es nicht gewohnt, sich anzulehnen. Behutsam streichelte Kathrin ihr die Wange. »Entspann dich, Kleines. Lass es einfach zu, dass dich jemand im Arm hält. Dir wird nichts passieren.« Sie massierte ihr sanft Stirn und Schläfe, bis sie merkte, wie Verenas Anspannung langsam wich.

Kathrin hielt sie die ganze Nacht im Arm. Verena schaffte es nicht, das Entsetzen in ihr in Worte zu fassen. Doch Kathrin drängte sie nicht. Ihre Vorstellungskraft reichte aus, um zu erahnen, wie es in Verena aussah. Und sie würde in den nächsten Tagen mit den Therapeuten noch genug reden müssen. Irgendwann sank Verena in einen traumlosen und erschöpften Schlaf.

Um kurz nach acht lieferte Kathrin Verena vor dem Klinikgebäude ab. »Danke«, flüsterte die, als sie die Autotür zuschlug. Verena nahm eine schnelle Dusche und erschien pünktlich um neun Uhr bei Winter. Immerhin hatte sie mit Kathrin zusammen gefrühstückt. Kathrin hatte versprochen, mittags auf sie zu warten.

Kathrin blieb insgesamt drei Tage am Chiemsee. Und Verena verbrachte eine weitere Nacht bei ihr im Hotel, in ihrem Arm. Kathrin beruhigte sie, wenn sie im Traum schrie oder weinte. Am letzten Abend rief Stefan mehrmals auf Verenas Handy an. Kathrin sah wortlos zu, wie Verena es auf lautlos stellte und in ihrer Tasche verschwinden ließ.

Verena machte zumindest äußerlich den Eindruck, dass sie sich damit abgefunden hatte, anfänglich dreimal in der Woche ein Gespräch mit Dr. Heuss, dem Klinikpsychologen, zu führen, doch eine Gruppensitzung zu besuchen, weigerte sie sich schlicht. Im Anschluss gingen ihre normalen physiotherapeutischen Anwendungen weiter, darauf hatte sie bei Winter bestanden, der zu mehr Ruhe geraten hatte. Zumindest hatte sie sich von ihm überzeugen lassen, Yoga und QiGong mit ins Programm zu nehmen.

Sie ließ sich nicht weiter darüber aus, worin der Inhalt ihrer ersten beiden Gespräche mit Heuss bestand, und Kathrin fragte auch nicht danach. Aber sie hatte den Eindruck, dass Verena langsam mit der Situation umzugehen lernte.

Am Freitagmorgen verabschiedete Kathrin sich von Verena. Stefan wollte am nächsten Tag kommen. Ohne mit Verena darüber sprechen zu müssen, war klar, dass ein Zusammentreffen undenkbar war. Außerdem würden Verena und

Stefan genug miteinander zu klären haben, wenn sie es denn schafften, miteinander zu reden.

Kathrin kam gegen Mittag zu Hause an. Sie freute sich auf Carmen und fand sie schlafend nach der Nachtschicht. Sie kuschelte sich zu ihr ins Bett und nahm sie fest in den Arm. Küsste sie langsam wach. Carmen lächelte sie überrascht an. »Du bist ja schon da!«

»Ich bin nach dem Frühstück losgefahren. Verena lässt dich schön grüßen.« Sie sprachen kurz über die letzten drei Tage, dann fragte Kathrin lächelnd: »Bist du sehr müde?«

Carmen sah ihren hungrigen Blick. »Kommt drauf an«, murmelte sie.

»Ich habe dich vermisst! Soll ich uns ein schönes Bad einlassen?«

Carmen nickte mit glänzenden Augen. »So ein bisschen verwöhnt zu werden, wäre nicht schlecht.«

Mona kam um sechs Uhr morgens von einer anstrengenden Nachtschicht nach Hause. Sie ließ ihre Tasche an der Garderobe fallen und streifte ihre Schuhe ab. Eine ausgiebige Dusche und dann ins Bett!

Nach nur vier Stunden Schlaf machte sie sich auf den Weg zu einem späten Frühstück im Alex, ihrem Stammcafé. Sie hielt sich an einer großen Tasse Milchkaffee fest, während sie das bunte Treiben um sich herum beobachtete. Plötzlich dachte sie daran, wie sie hier fünf Wochen zuvor mit Kathrin gesessen hatte. Dachte an die merkwürdige Unterhaltung mit der Schriftstellerin zurück. Sie war nie dazu gekommen, die Frage, die ihr auf der Seele gebrannt hatte, zu stellen. Der Anruf ihres Kollegen hatte ihr Gespräch beendet. Kathrin hatte ihr aus der Nase gezogen, wie sie früher für Verena geschwärmt hatte und sogar die Affäre mit Anna. Im Gegenzug hatte Mona jedoch kaum etwas erfahren – weder über Kathrins enges Verhältnis mit Verena heute noch vor fünfzehn Jahren. Kathrin hatte vehement bestritten, heute noch eine sexuelle Beziehung mit Verena zu haben. Aber sie hatte viele seltsame Andeutungen gemacht. Mona war sich sicher, dass Kathrin an dem Nachmittag vorgehabt hatte, ihr mehr zu erzählen – es war einfach nicht mehr dazu gekommen.

Wie es Verena wohl ging? Sie hatte einmal mit ihr telefoniert, als sie noch in München im Krankenhaus lag. Damals hatte sie vorsichtig-optimistisch geklungen, als sie erzählte, dass sie bereits einen Rehaplatz in einer Spezialklinik hatte. Aber auf die Frage, wie es ihr sonst ginge, hatte sie nur geantwortet: »Gut. Mir geht es gut, Mona.« Sogar am Telefon hatte Mona gewusst, dass sie nicht die Wahrheit sagte. »Melde dich, wenn ich etwas für dich tun kann, okay?«, hatte Mona noch hinzugefügt, und natürlich hatte Verena sich nicht gemeldet.

Ob sie Kathrin anrufen sollte? Warum nicht, dachte sie dann.

Kathrin ging nach dem zweiten Klingeln ans Telefon. »Mona!« Ihre Stimme klang freudig-überrascht. »Schön, dass du dich meldest. Wie geht es dir?«

»Mir geht es blendend, Kathrin. Ich wollte eher wissen, wie es Verena geht.«

Kathrin seufzte. »Wann hast du das letzte Mal mit ihr gesprochen?«

Warum beantwortet sie jede meiner Fragen mit einer Gegenfrage?, dachte Mona irritiert. Habe ich wieder die Löwenmutter am Telefon? Und wenn sie so reagiert, bedeutet das, dass es Verena schlecht geht?

Weil sie Kathrin nicht vergrätzen wollte, antwortete sie wahrheitsgemäß: »Als sie noch in der Klinik war. Ich wollte nicht aufdringlich sein. Das ist auch der Grund, warum ich dich anrufe. Ich hatte ihr gesagt, sie kann sich melden ...«

»Was sie natürlich nicht getan hat«, beendete Kathrin den Satz für sie.

»Nein. Das hat sie nicht.«

Schweigen am anderen Ende.

»Sagst du mir jetzt endlich, wie es ihr geht? Oder ... Was ist denn los?« Mona wusste nicht, ob sie verärgert oder besorgt sein sollte. Warum ließ Kathrin sich jedes Wort aus der Nase ziehen?

Doch Kathrin gab sich nun offenbar einen Ruck. Sie erzählte ihr, dass Verena sie angerufen habe, nachdem der Professor an der Rehaklinik ein sehr ernstes Gespräch mit ihr geführt hatte. Sie erwähnte auch, dass sie, Kathrin, ein paar Tage bei ihr am Chiemsee gewesen war. Und zu guter Letzt, dass Verena sich endlich – wenn auch widerwillig – auf einige Therapiegespräche eingelassen hatte.

Kathrin sprach so leise und stockend, dass Mona merkte, wie sehr Verenas Situation sie mitnahm. Es zog ihr selbst das Herz zusammen, wenn sie daran dachte.

»Denkst du, ich kann sie anrufen?«

»Bitte tu das in jedem Fall, Mona. Und lass dich von ihr nicht abwimmeln oder dir vormachen, es ginge ihr gut. Das tut es nicht. Sie kann jeden Zuspruch gebrauchen.«

»Es kann sein, dass sie nicht mit mir reden will, weil ich Teil dessen bin, was sie zu verdrängen versucht«, gab Mona zu bedenken.

Kathrin stimmte ihr zu, meinte dann aber: »Versuch's trotzdem. Okay?«

»Das werde ich. Ich würde sie auch gern mal besuchen, vorausgesetzt sie möchte das.«

»Wenn du das tust, melde dich bei mir. Du kannst eine Nacht in München haltmachen. Wir haben ein Gästezimmer. Dann lernst du auch Carmen kennen.«

Mona bedankte sich freudig-überrascht. Sie wollte sich schon verabschieden, als sie ihren Mut zusammennahm, um die eine Frage zu stellen, die sie so sehr interessierte. »Kathrin, wir konnten unser Gespräch hier im Café nie zu Ende führen. Du hast mich damals ganz schön in die Mangel genommen, aber ich hatte keine Zeit mehr, dir eine Frage zu stellen.«

Kathrin seufzte innerlich. »Schieß los. Was willst du wissen?«

»Du hast mich damals im Krankenhaus geradeheraus gefragt, ob ich die Nacht mit Verena verbracht habe. Wie kamst du überhaupt darauf?«

Offensichtlich hatte Kathrin eine andere Frage erwartet. Sie räusperte sich, ließ sich mit ihrer Antwort Zeit. »Das war nur so ein erster Impuls. Ich dachte … Ich meine, ich wusste, dass sie sich mit dir treffen würde, wir hatten kurz darüber gesprochen. Ich hatte den Namen nicht richtig verstanden, als Verena mich an jenem Morgen anrief.«

Mona runzelte die Stirn. »Und dann dachtest du, sie hätte mit mir geschlafen und war davon so durcheinander, dass sie am nächsten Morgen einen Unfall baute?«

»So in etwa, ja. Tut mir leid, Mona. Ich wollte dir wirklich nichts unterstellen.«

»Darum geht es doch gar nicht, Kathrin. Die Frage ist vielmehr, wieso du überhaupt auf die Idee gekommen bist, dass deine angeblich ›nur beste Freundin‹ mit mir in die Kiste steigt. Wir sprechen hier immerhin von der Frau, die ich vor fünfzehn Jahren für stockhetero hielt, die dann aber plötzlich mit dir liiert war, heute wiederum angeblich glücklich verheiratet ist.« Mona klang plötzlich aufgebracht.

Kathrin entgegnete nichts. Ich war in der Tat sehr schnell dabei, Verena zuzutrauen, dass sie sich mit Mona einlassen würde, dachte sie.

»Bitte entschuldige, ich wollte dich nicht so anfahren. Ich weiß nicht, warum mich das Ganze so auf die Palme bringt«, sagte Mona leicht zerknirscht, als Kathrin immer noch nichts sagte.

»Was regt dich denn mehr auf, Mona? Dass ich dir zugetraut habe, dass du Verena verführst, oder dass ich meiner angeblich nur besten Freundin zutraue, dass sie mit dir ins Bett steigt? Und regt es dich so auf, weil du es selbst versucht hättest, wenn du in Berlin schneller geschaltet hättest?« Kathrin hatte wieder diesen leicht ironischen Unterton, der Mona rasend machte.

Mona atmete tief durch. »Irgendwie ist mir nicht klar, ob du deine Freundin vor mir beschützen willst oder ob du sie gerade verkaufst«, sagte sie dann spitz. »Außerdem glaube ich mich zu erinnern, dass du mir versprochen hattest, mir zu erklären, warum Verena und du so aneinanderklettet, wenn ihr nichts miteinander habt.«

Kathrin schloss die Augen. Das hast du nun davon, sie so zu provozieren, dachte sie. Bereits in Berlin hatte sie festgestellt, dass Mona eine knallharte Seite hatte. Da durfte sie sich also nicht wundern, wenn sie sich jetzt wehrte. Kathrin seufzte theatralisch. »Du hast recht, ich habe dir eine Antwort versprochen.«

»Ich habe Zeit«, antwortete Mona. »Leg los.«

Aber Kathrin zögerte.

»Ist alles okay?«, fragte Mona etwas sanfter nach. »Wenn dir das zu persönlich ist … Du bist mir schließlich nichts schuldig, Kathrin.«

Nein, ich bin dir in der Tat nichts schuldig, dachte Kathrin. Laut sagte sie: »Dir vielleicht nicht, Mona, aber ich bin es Verena schuldig. Ich rede nur nicht gerne darüber. Und ich hätte es dir lieber persönlich erzählt als am Telefon. Aber ich glaube, es ist wichtig, dass du es verstehst.«

Kathrin atmete noch einmal tief durch. Dann erzählte sie Mona so gelassen wie möglich, wie Verena damals nach dem Autounfall um sie gekämpft hatte. Wie sie ihr in der Klinik auf den Kopf zu gesagt hatte, dass sie nicht gesund wurde, weil sie keinen Lebenswillen mehr besaß. Ihr nach einem zweiten dilettantischen Versuch, sich mit der Scherbe eines Wasserglases die Pulsadern aufzuschneiden, die Handgelenke verbunden und dann ihre Einweisung in die Psychiatrie veranlasst hatte. Verena hatte sie dort noch mehrmals besucht, doch nach ihrer Entlassung hatte Kathrin sich für Monate auf einem einsamen Hof auf dem Land verkrochen. Sie beschrieb, wie sie es nicht mehr ausgehalten hatte, als die Gespenster der Vergangenheit sie nachts einholten. Und schließlich und endlich, wie sie wie eine Katze um einen verbotenen Milchnapf ums Telefon geschlichen war und Verena dann doch mitten in der Nacht angerufen hatte.

Die war noch am selben Abend zu ihr hinausgefahren, hatte sie in die Arme genommen und ihr dann ganz pragmatisch etwas zu essen gemacht. Hatte sie danach untersucht und ihr eine Spritze gegeben, damit sie wieder zu Kräften kam, weil sie völlig abgemagert und ausgezehrt war. Wochenlang war Verena fast täglich vor oder nach Dienstschluss zu ihr gekommen, weil Kathrin sich standhaft geweigert hatte, einer weiteren Therapie zuzustimmen. Verena hatte einen Deal mit ihr ausgehandelt. Sie hatte versprochen, nicht weiter in sie zu dringen, wenn Kathrin im Gegenzug versprach, sich nicht das Leben zu nehmen. Und irgendwann hatte sie eine Therapeutin gefunden, der Kathrin tatsächlich vertrauen konnte.

Mona hatte ihr gebannt zugehört. Als Kathrin verstummte, sagte sie bestürzt: »Mein Gott, Kathrin. Ich hatte ja keine Ahnung!« Sie brauchte nicht danach zu fragen, wie es kam, dass Verena und Kathrin sich ineinander verliebt hatten. Sie konnte es sich vorstellen. Die beiden hatten sich in einer emotionalen Ausnahmesituation befunden, und irgendwann war der Funke übergesprungen.

Kathrin lachte trocken auf. »Natürlich hattest du keine Ahnung. Das ist nicht gerade eine Geschichte, mit der man hausieren geht. Es geht niemanden etwas an, Mona. Auch heute nicht. Diesen Teil meiner Vergangenheit kennen nur Verena, Carmen und Stefan. Ich habe es dir erzählt, weil mir daran liegt, dass du verstehst, was mich mit Verena verbindet.«

Mona verstand die dezente Bitte um Verschwiegenheit. »Natürlich, Kathrin. Vielen Dank für dein Vertrauen.« Mona war durchaus klar, welches Risiko Kathrin damit einging, ihr diese intime Episode aus ihrer Vergangenheit anzuvertrauen.

Sie verabschiedete sich verwirrt. Kathrins Geschichte machte sie betroffen und traurig. Sie hatte damals nichts von alledem mitbekommen. Die seltenen Male, bei denen sie Kathrin zu Gesicht bekommen hatte, war sie vermutlich nicht besonders nett zu ihr gewesen. Hätte ich anders reagiert, wenn ich von ihren Problemen gewusst hätte?, überlegte sie.

Keine Ahnung, dachte Mona sehr ehrlich und nüchtern. Ich weiß nur, dass ich genervt war, weil sie ständig an Verena hing. Warum beschäftigt mich das eigentlich die ganze Zeit?, dachte sie unwirsch. Verena war heute so unerreichbar für sie wie damals.

KAPITEL 7

Verena stand am Gangfenster des Gebäudes, in dem sie untergebracht war, und sah zu, wie Stefan Tim ins Auto steigen ließ und darauf achtete, dass er sich anschnallte. Erst dann setzte er sich ans Steuer des Porsche Cayenne und zog schnittig aus der Parklücke. Weder er noch Tim sahen sie am Fenster stehen.

Langsam ging sie zurück in ihr Zimmer. Sie war froh, dass Stefan am folgenden Tag ein Tennisturnier hatte, das er schwerlich hätte absagen können, und dass er den Jungen mitgebracht hatte. Tim hatte mit seinem Geplapper das Schweigen zwischen ihnen vertrieben, hatte es sogar geschafft, seine Mutter mit Erzählungen vom letzten Schulausflug zum Lachen zu bringen. Und es hatte sich kaum eine Gelegenheit ergeben, bei der sie gezwungen gewesen wäre, mit Stefan darüber zu sprechen, wie es ihr ging und was überhaupt in ihr vorging. Er hatte sie wieder mit diesem mitleidig-bedauernden und gleichzeitig so verletzten Blick angesehen. Er verstand nicht, dass sie ihn noch immer ausschloss; sie hingegen wusste nicht einmal, wo sie hätte anfangen sollen zu reden.

Wie sollte sie ihm denn erklären, was in ihr vorging, wenn sie selbst nicht einmal wusste, wie sie ihre Gefühle deuten sollte? Ihre Scham, ihre Schuldgefühle, ihre Wut und ihre grenzenlose Angst? Sie, die bisher mit einem sehr gesunden Selbstbewusstsein, ja mit einer gewissen Arroganz durchs Leben geschritten war, zweifelte plötzlich an den einfachsten Dingen. Sie schrak zusammen, wenn jemand sie von hinten laut ansprach. Sie missverstand Scherze von Mitpatienten, die sie früher mit einer schlagfertigen Antwort pariert hätte, nahm sie persönlich.

Die Schuldgefühle, die sie empfand, weil sie sich mit Anna Conrad eingelassen hatte, waren immens. Sie hatte den Abend hundertmal vor ihrem geistigen Auge ablaufen lassen und war überzeugt, dass diese ihr erst auf dem Zimmer etwas ins Getränk getan hatte. Da erst war ihr schwindlig geworden.

Aber an der Bar hatte sie sich hinreißen lassen. Sie hatte ihr schließlich auf den Mund und in den Ausschnitt gestarrt und eingewilligt, Anna mit auf ihr Zimmer zu nehmen. Was bedeutete das? Dass ihre Ehe diesmal am Ende war? Bereits nach dem Erlebnis mit Carmen damals hatte sie sich lange gefragt, wie groß ihr eigener Anteil an der Geschichte war. Carmen hatte es darauf angelegt und sie nach allen Regeln der Kunst verführt. Doch Kathrin hatte ihr schon damals klipp und klar gesagt, dass sie nicht Carmen allein die Schuld geben konnte, und Verena wusste das natürlich selbst.

Die Episode hatte sie dazu gezwungen, sich damit auseinanderzusetzen, dass sie Frauen durchaus attraktiv fand – dass die kurze Beziehung mit Kathrin nicht nur ein »Ausrutscher« in einer psychischen Ausnahmesituation gewesen war. Und obwohl sie sich mit Stefan ausgesprochen und wieder zusammengerauft hatte, wusste sie, dass er seither misstrauisch war. Das spiegelte sich in seinem gespannten Verhältnis zu Kathrin und Carmen wider. Aber merkwürdigerweise bekam Kathrin die Breitseite seiner Eifersucht ab, und Verena war natürlich auch nicht entgangen, wie sehr diese sich manchmal zusammenreißen musste, um nicht auf seine dummen Sticheleien einzugehen.

Da sie mit Stefan nicht darüber sprach, wusste sie nicht, welche Rückschlüsse er aus der Geschichte mit Anna Conrad zog. Er konnte nur vermuten, wie es überhaupt dazu gekommen war, dass seine Frau sich mit ihr eingelassen hatte. Im besten Fall glaubte er, dass sie Anna allein der Drogen wegen mit auf ihr Zimmer genommen hatte; im schlimmsten Fall hatte er die gleichen Zweifel wie Verena selbst.

Verena seufzte. Von ihrem jetzigen Standpunkt aus war es vollkommen egal, was Stefan dachte. Sie selbst war diejenige, die sich dafür verfluchte. Die haderte und zweifelte.

Sie war erstaunt, wie leicht es ihr in den letzten Tagen gefallen war, sich Heuss zu öffnen. Er ließ sie reden, zwang sie nicht, ihre Gedanken in eine bestimmte Richtung zu lenken. Aber er brachte sie mit geschickten Fragen dazu, Dinge zu hinterfragen, über die sie sich bis dahin keine Gedanken gemacht hatte. Er urteilte nicht, sondern ließ sie selbst die Antworten finden. Bisher schien es allerdings eher, als tauchten immer mehr Fragen auf.

Das penetrante Klingeln von Kathrins Handy schallte an diesem Sonntagnachmittag schon zum zweiten Mal innerhalb von zehn Minuten durch die Wohnung. Carmen beschloss nachzusehen, wer Kathrin so dringend erreichen wollte, und fand es schließlich in einer Jacke an der Garderobe.

Sie drückte die Empfangstaste. »Hallo, Verena. Hier ist Carmen. Kathrin hat ihr Handy vergessen.«

»Oh, na dann. Ich … ähm …« Carmens Stimme an Kathrins Handy hatte Verena aus dem Konzept gebracht.

»Ich werde ihr ausrichten, dass du versucht hast, sie zu erreichen. Ich glaube, sie ist nur kurz zur Tankstelle gefahren.«

»Okay. Danke«, antwortete Verena leise. »Na dann. Ich melde mich später noch mal.« Es war unhöflich, sofort wieder aufzulegen, aber sie hatte keine Ahnung, worüber sie mit Carmen plaudern sollte. Ihr stand nicht der Sinn nach Smalltalk.

Doch Carmen hielt sie zurück. »Wie geht es dir, Verena?«

Verena schloss die Augen. Mittlerweile fürchtete sie diese Frage. Ein belangloses ›Gut!‹ brachte sie nicht mehr über die Lippen, und eine ehrliche Antwort kostete zu viel Kraft.

»Schon gut. Du musst nicht antworten, wenn du nicht kannst. Ich kann mir vorstellen, wie du dich fühlst.«

Irgendetwas am Klang ihrer Stimme ließ Verena aufhorchen. »Kannst du das wirklich?«, flüsterte sie fast gegen ihren Willen.

»Verena, du musst dich doch daran erinnern, wie es mir nach der Geschichte mit Matthias ging?«

»Ja«, antwortete Verena gepresst. »Natürlich.«

»Ich behaupte nicht, dass deine Empfindungen und Gefühle die gleichen sind wie meine damals. Aber ich glaube, ich kann mir in etwa vorstellen, wie verletzt, gedemütigt und verunsichert du dich fühlst. Schäm dich nicht dafür, okay? Du hast jedes Recht, so zu empfinden. Du hast auch jedes Recht, wütend zu sein. Ich hoffe, du weißt das?«

Verena seufzte tief. »Ich glaube, ich beginne langsam, es zu begreifen«, sagte sie dann leise.

»Verena, ich weiß, dass diese dumme Sache von damals noch immer zwischen uns steht. Aber ich möchte dir das Gleiche anbieten, was Kathrin dir schon gesagt hat. Ich bin jederzeit da, wenn du etwas brauchst, wenn du Kathrin nicht erreichst oder über etwas reden willst.«

Verena schluckte. »Danke«, murmelte sie. »Das ist sehr lieb von dir.«

»Ich sage Kathrin, dass sie dich zurückrufen soll, sobald sie da ist, ja?«, sagte Carmen sanft. »Und was ich dir eben gesagt habe, ist nur ein Angebot. Du musst dich zu nichts verpflichtet fühlen.«

Verena legte etwas enttäuscht auf. Der ruhige Sonntag wurde ihr doch lang, und sie schlug sich mit zu vielen trüben Gedanken herum. Deshalb hatte sie sich irgendwann dazu durchgerungen, Kathrin anzurufen.

Sie ließ das Telefon sinken und dachte über Carmens Worte nach. Aber worüber sollte sie mit Carmen reden? Deren Geschichte war ganz anders. Die hatte sich damals jahrelang von ihrem bescheuerten Lebensgefährten misshandeln lassen. Sie, Verena, hingegen hatte sich durch ihr unüberlegtes Handeln selbst in die Lage mit Anna Conrad gebracht. Sie war kein verdammtes Opfer! Und ihre Umgebung sollte gefälligst aufhören, sie als solches zu behandeln! Sie hatte alles im Griff, sie würde sich niemals von jemandem so missbrauchen lassen!

Aber das war genau das, was passiert war! Anna Conrad hatte sie missbraucht! Sie hatte ihr Gewalt angetan, und Verena war der Situation wehrlos ausgeliefert gewesen. Wieder stürmten die Erinnerungen auf sie ein, wie Anna ihr den Kopf ins Kissen gedrückt hatte, ihre Finger an ihrer Kehle. Einen schrecklichen Moment lang hatte sie geglaubt, sie würde ersticken! Sie war genauso ein Opfer wie Carmen – sie war ebenso hilflos gewesen!

Die schreckliche Wahrheit traf Verena vollkommen unvorbereitet. Entsetzt sank sie auf dem Bett zusammen. Sie reagierte nicht, als ihr Handy immer wieder klingelte, als an die Tür geklopft, schließlich gehämmert wurde. Irgendwann war jemand in ihrem Zimmer, zog sie vom Bett hoch, redete auf sie ein. Sie spürte einen Stich in ihrer Armbeuge, wollte erschrocken ihren Arm wegziehen, wurde jedoch mit eisernem Griff festgehalten. Sie starrte in das Gesicht eines Arztes, der aussah, als wäre er noch nicht einmal alt genug, ein Namensschild mit seinem Doktortitel zu tragen. Was bildeten sich hier eigentlich alle ein, so mit ihr umzugehen!

Später erfuhr sie, dass Kathrin auf der Station angerufen hatte mit der Bitte, dass jemand nach Verena sehen sollte. Sie hatte über eine Stunde vergeblich versucht, sie zurückzurufen. Ihr Gefühl sagte ihr, dass etwas nicht stimmte.

Am nächsten Morgen saß Verena bei Dr. Heuss. Er hatte am Sonntagabend noch kurz nach ihr gesehen, aber von der Spritze war sie viel zu groggy gewesen. Ihre ganze Wut und Hilflosigkeit waren in einer dunklen Wolke hinter ihrer Stirn verpackt. Obwohl sie sich kaum aufraffen konnte, wagte sie nicht, den Termin am Morgen zu schwänzen. Sie hatte schon das Frühstück ausfallen lassen, und eine Schwester war aufgetaucht, um nach ihr zu sehen. Sie hatte die Erinnerung an den Termin mit der freundlichen Frage kaschiert, ob sie in der Lage sei, allein zu Heuss' Büro zu gehen.

»Ich hab ja nichts mit den Beinen«, hatte Verena mürrisch geantwortet.

Dr. Heuss schaute in ihr aschfahles Gesicht, sah die dunklen Augenringe. »Möchten Sie mir erzählen, was gestern Abend passiert ist?«

Nein, wollte sie nicht!

»Sie haben gestern Nachmittag mit der Lebensgefährtin von Frau Sanders telefoniert. Gibt es da irgendeinen Zusammenhang mit Ihrem Zusammenbruch?«

Erstaunt sah sie ihn an. »Woher wissen Sie das?«, fragte sie scharf.

Er erzählte ihr von Kathrins Anruf. Sie war sprachlos. Was fiel Kathrin ein!

»Ist es so schlimm, wenn Menschen, die Ihnen nahestehen, sich Sorgen um Sie machen?«

»Es war vollkommen übertrieben!«

»Frau Sanders hat über eine Stunde versucht, Sie zu erreichen, ehe sie bei uns angerufen hat. Die Schwester hat eine ganze Weile vor Ihrer Tür gestanden und geklopft, bevor sie aufgeschlossen hat. Und Dr. Mertens sagte mir,

Sie seien nicht ansprechbar gewesen, als er eintraf. Nicht zu reden von der Kleinigkeit, dass Frau Sanders die mehr als zwanzig Schlaftabletten in ihrem Nachttisch beunruhigten, die Sie da offensichtlich seit zwei Wochen angesammelt haben.«

Verena biss sich auf die Fingerknöchel. »Das ist doch Quatsch. Ich hab sie einfach nur da reingetan.«

Kathrin hatte die Augenbrauen hochgezogen, als sie neulich gesehen hatte, wie Verena die beiden Tabletten zu einer beachtlichen Sammlung in ihrer Nachttischschublade hinzugefügt hatte, statt sie zu nehmen. Sie hatte gefragt, warum Verena nicht einfach Bescheid sagte, dass sie keine Schlaftabletten bräuchte.

Verena hatte daraufhin nur mit den Schultern gezuckt, aber Kathrin hatte es offensichtlich weniger locker gesehen.

»Die paar Tabletten hätten gerade mal ausgereicht, um etwas länger zu schlafen. Außerdem hatte ich nie vor ...«, sagte sie trotzig, schaute Dr. Heuss aber nicht an.

»Das konnte Ihre Freundin aber nicht mit Sicherheit wissen.«

Verena verstummte. Sie hatte ein Knie hochgezogen, die Arme darum geschlungen. Die offene Atmosphäre der vergangenen Sitzungen mit Heuss war dahin. Der Therapeut musterte sie nachdenklich. Das Schweigen hielt an, und Verena sah nicht aus, als würde es ihr unangenehm. Sie schien sich komplett in ihr Schneckenhaus zurückgezogen zu haben.

»Okay, wie ist denn Ihr Wochenende sonst so verlaufen?«

Verena sah gequält auf. »Ich möchte auch nicht über das

Wochenende reden – bitte.« Ihre Stimme war wieder sehr leise geworden, gar nicht mehr wütend. »Ich kann einfach nicht.«

»Verstehe. Ihnen geht's so dreckig, dass Sie einen Heulkrampf bekommen, den wir nur mit einer Beruhigungsspritze in den Griff bekommen, Ihr Wochenende war der Horror, und Ihre Freundin traut Ihnen zu, dass Sie Tabletten schlucken. Aber Ihrem Therapeuten sagen Sie immer noch, dass Sie nicht reden wollen. Wann immer Sie ein Problem haben, machen Sie vollkommen dicht.«

Verena biss sich auf die Lippen. Ihr gefiel ganz und gar nicht, wie Heuss mit ihr redete.

Heuss beugte sich vor. »Ihnen geht's doch gerade so richtig dreckig, habe ich recht?«

»Bitte, lassen Sie das.« Ihre grauen Augen hatten einen dunklen Glanz bekommen.

Der Therapeut merkte sehr wohl, dass ihre Stimme zitterte. »Das Interessante ist, dass dies für Ihre Umgebung vollkommen klar und vor allem verständlich ist. Für Sie aber anscheinend nicht. Denn Sie sitzen hier immer noch, als ginge Sie das alles gar nichts an. Worauf warten Sie? Auf den nächsten Zusammenbruch? Darauf, dass Sie sich doch an die Tabletten in Ihrem Nachttisch erinnern?«

Verenas Finger krallten sich um die Armlehnen ihres Stuhls. »Warum tun Sie das? Bitte hören Sie auf!« Ihre Stimme wurde flehend.

Heuss ließ nicht locker. »Dann reden Sie endlich mit mir, Verena. Was ist dieses Wochenende passiert? Was ist gestern Abend mit Ihnen passiert?«

»Hören Sie auf!«, schrie sie. »Warum glauben alle, sie könnten mit mir umspringen, wie sie wollen? Warum behandeln mich alle, als wäre ich nicht richtig im Kopf? Dieses verdammte Mitleid, Ihre Arroganz! Sind Sie schon einmal vergewaltigt worden? Sie wissen doch gar nicht, wovon Sie reden! Kathrin denkt plötzlich, ich würde mir was antun, und Carmen – Carmen glaubt, weil sie sich jahrelang von ihrem Typen hat rumschubsen lassen, sie könne mir einen Rat geben! Bin ich ein Stück Ware auf dem Therapiemarkt, an dem jeder seine neuesten Pseudokenntnisse ausprobieren kann?«

Verena las Kathrins Textnachricht auf ihrem Handy: »Bitte melde dich und lass mich wissen, ob es dir gutgeht. LG, Kathrin.«

»Lass mich in Ruhe«, textete sie zurück. Dann überlegte sie kurz und schickte ein »Bitte!« hinterher.

Kathrins Antwort ließ nicht lange auf sich warten. »Ist dir eigentlich klar, meine Süße, dass du dich genau so verhältst wie ich mich damals? Du schlägst wild um dich und versuchst alle zu vertreiben, die dir helfen wollen.«

Verena antwortete nicht mehr. Sie stapfte wütend weiter. Nach dem frustrierenden Gespräch mit Heuss war sie in den Park gestürmt. Es war ihr egal, dass sie direkt im Anschluss eine Physiotherapiestunde hatte. Ihr war mittlerweile alles egal. Sie kämpfte wieder mit den Tränen. Seit wann war sie so eine Heulsuse?

Sie ignorierte ihr Handy, stellte es irgendwann auf lautlos, schaffte es, pünktlich und vor allem äußerlich gleichmütig in die nächste Reha-Stunde. Wie es in ihr aussah, merkte niemand. Sie ging so spät zum Mittagessen, dass sie fast niemandem begegnete, und am Abend wusste sie nicht mehr, wie sie den Rest des Nachmittags herumgebracht hatte. Sie war froh, dass ihr weder Heuss noch Winter, der sicherlich schon über ihren Nervenzusammenbruch am Vortag und den unglücklichen Verlauf der Sitzung an diesem Morgen informiert war, über den Weg gelaufen waren.

Müde legte sie sich aufs Bett. Ihr Kopf brummte, und jetzt hätte sie gern eine Schlaftablette gehabt. Aber ein Blick in ihren Nachttisch hatte ihr bereits mittags verraten, dass die Pillen verschwunden waren. Sie hatte nichts anderes erwartet. Wie hatte sie überhaupt so dumm sein können, die hier zu sammeln! Und sie würde sich lieber die Zunge abbeißen, als jetzt um eine Tablette zu bitten!

Seufzend griff sie nach ihrem Handy, das sie nach der Mittagspause auf dem Zimmer hatte liegenlassen. Vermutlich hatte Kathrin sie mittlerweile mit Nachrichten und Anrufen bombardiert. Ihre Ahnung trog nicht, vier SMS und drei Nachrichten auf ihrer Mailbox von Kathrin. Dazu eine von Stefan, eine von Dani. Und eine – ihr stockte kurz der Atem – eine Nachricht von Mona.

Mit einem unguten Gefühl in der Magengegend hörte sie erst Stefans Nachricht ab. Doch er fragte nur nach, wie es ihr ging. Er hatte sein Tennisturnier gewonnen, Timmi hatte eine Eins in Mathe geschrieben. Ein kurzes: »Hab dich lieb, Schatz.« Kathrin hatte also zumindest nicht auch ihn noch mobilisiert, ihr ins Gewissen zu reden. Dani entschuldigte sich, dass sie am Samstag nicht mitgekommen war, weil sie mit einer Freundin ein Konzert besucht hatte, aber sie käme bestimmt am nächsten Wochenende.

Kathrins Nachrichten waren sehr dringlich und klangen von Mal zu Mal besorgter. Ihre letzte SMS lautete: »Wenn du heute Abend nicht noch zurückrufst, stehe ich morgen früh vor deiner Zimmertür.«

Monas Stimme auf dem AB hingegen klang warm und unkompliziert. »Hi, Verena! Ich hoffe, du hast dich gut eingelebt. Wahrscheinlich hast du dir bereits irgendwo ein Skalpell besorgt und sezierst Hähnchen und Frösche, um nicht aus der Übung zu kommen. Ich würde dich gern mal wiedersehen, und wenn du nichts dagegen hast, besuch ich dich wie versprochen in der Reha. Ich wollte schon längst mal wieder den Chiemsee sehen. Melde dich, wenn du magst ...«

Sie starrte auf das Display und wusste, dass sie keine Kraft für Kathrins Fürsorge hatte. Selbst wenn diese gut gemeint war, würde sie es nicht schaffen, jetzt mit ihr zu reden. Und sie hatte ihr den Anruf am Sonntagabend, mit dem sie die ganze Station aufgescheucht hatte, noch immer nicht verziehen. Entschieden drückte sie auf Monas Namen in der Anrufliste. Mona war bereits nach dem zweiten Klingeln dran. Verenas Stimme klang heiser. »Hallo, Mona! Ich habe deine Nachricht bekommen. Danke!«

»Verena! Schön, dass du zurückrufst. Wie geht es dir? Wie läuft die Reha?«

Verena zögerte. »Können wir über etwas anderes reden, bitte? Erzähl einfach, wie es dir so geht.«

Mona ließ sich darauf ein und plauderte locker drauflos.

»Nun, ich habe nächste Woche ein paar Tage frei und wollte wissen, ob ich dich mal besuchen kommen kann. Ich könnte einen Flug nach München nehmen und von da aus mit einem Leihwagen an den Chiemsee fahren.« Irgendetwas sagte Mona, dass es besser war, das Gespräch mit Kathrin erst mal nicht zu erwähnen. »Oder geht das nicht? Wenn du zu eingespannt bist ...«

»Doch, doch! Ich habe nur den ganzen Tag über Anwendungen, aber abends habe ich ja frei. Wenn das für dich okay ist. Und am Wochenende kommt wahrscheinlich Stefan mit den Kindern«, fügte Verena noch leise hinzu. Ob es ihm überhaupt etwas ausmachen würde, wenn sie ihm ein Wochenende absagte? Er schien am Samstag genauso erleichtert gewesen zu sein, dem Schweigen zwischen ihnen zu entfliehen, wie sie.

»Ich habe am Wochenende schon wieder Dienst, es wird also auf jeden Fall unter der Woche sein. Und wenn dir das jetzt alles zu kurzfristig oder zu überfallartig ist, würde ich das auch verstehen.«

»Nein, nein. Ich würde mich wirklich über deinen Besuch freuen.«

»Okay! Dann melde ich mich, wenn ich den Flug gebucht habe. Ich freu mich!«

»Ich mich auch, Mona.« Verenas Herz machte einen kleinen Satz. Warum benimmst du dich wie ein Teenager? Sie ist einfach eine Freundin. Sie will dich nur sehen! Aber Verena konnte nicht verhindern, dass sich ein Lächeln über ihr Gesicht stahl. Vermutlich das erste an diesem bisher so scheußlichen Tag.

Verena wollte sich schon verabschieden, als Monas zaghafte Frage in ihr Bewusstsein drang. »Bist du einigermaßen okay?«

Einigermaßen okay? Das wäre ein erheblicher Fortschritt, gemessen an dem Zustand, in dem sie sich gerade befand! Aber wie sollte sie das Mona vermitteln?

»Ja«, antwortete sie stattdessen einfach. »Alles okay. War nur ein anstrengender Tag. Ich habe ziemlich viele Anwendungen, und manchmal tut mein Arm noch sehr weh. Er will nicht immer so, wie ich will. Aber es wird von Tag zu Tag besser. Mir geht's gut.« Sie sprach hastig.

Mona blieb eine Weile still. »Und wie geht's dir wirklich, Verena? Wie sieht es in dir drin aus?«

Verena stockte der Atem. »Wie kommst du darauf? Hat Kathrin dich angerufen? Schickt sie dich jetzt vor?«

Mona überlegte kurz. »Verena, leg jetzt nicht auf! Bitte! Kathrin hat mich *nicht* angerufen. *Ich* habe *sie* angerufen. Wir haben am Samstag miteinander telefoniert. Aber Kathrin hat nichts damit zu tun, dass ich dir anhöre, wie müde und ausgelaugt du klingst. Mich schickt niemand vor.«

Verena überlegte kurz. Wenn Mona schon am Samstag mit Kathrin telefoniert hatte, wusste sie nichts von dem, was am Vorabend passiert war. »Warum hast du Kathrin angerufen?«

»Ich wollte dich nicht bedrängen. Deshalb habe ich sie gefragt, ob sie es für eine gute Idee hielte, wenn ich mich bei dir melde.«

»Und sie hielt es natürlich für eine gute Idee!« Verena schrie fast ins Telefon. »Mona, du brauchst nicht hierherzukommen, weil Kathrin das gesagt hat. Ich komme schon klar. Ich brauche euer verdammtes Mitleid nicht!« Wieder diese unfassbare Wut, die aus dem Nichts kam und ihr die Kehle zuschnürte. Wie hatte sie nur annehmen können, dass Mona einfach spontan nur ihretwegen kommen würde. Nein, Kathrin hatte selbst da ihre Finger im Spiel!

Mona merkte zu spät, dass sie einen großen Fehler begangen hatte. Verenas gute Stimmung war binnen Sekunden in bodenloses Misstrauen umgeschlagen. »Verena! Du verstehst das vollkommen falsch. Ich komme doch nicht, weil Kathrin das so will. Ich will dich sehen! Ich komme wegen dir, verdammt, ist das denn so schwer zu verstehen?«

»Ja, das ist es! Kathrin soll aufhören, mich zu bevormunden!«

»Hör mal, das ist ein Missverständnis! Kathrin hat damit doch gar nichts zu tun.«

Aber Verena hörte nicht mehr zu. Sie drückte die Austaste und ignorierte Monas mehrmalige Rückrufe. Sie hoffte nur, dass Mona nicht wie Kathrin auf die Idee verfallen würde, die Klinik anzurufen oder noch schlimmer: Kathrin. Sie war zu wütend, um zu weinen, und die wenigen Tränen, die ihr in die Augen stiegen, waren Tränen der Wut und einer bitteren Enttäuschung, die in der Magengegend begann, sich in ihrer Brust ausbreitete und ein Brennen in ihrer Kehle hinterließ.

Weil sie Kathrin kannte und ihr durchaus zutraute, dass sie am Morgen vor der Tür stehen würde, tippte sie mitten in der Nacht eine SMS: »Bitte komm nicht morgen früh! Ich kann im Moment niemanden sehen. Bitte akzeptiere das, und zieh Mona da nicht mit rein! Ich werde mir nichts antun – das hatte ich nie vor. Aber misch dich nicht in mein Leben ein!«

Dann rollte sie sich auf dem Bett zusammen und begann ernsthaft zu weinen. Die Wut war verebbt, und was blieb, war ein Gefühl der Einsamkeit und Verlassenheit, wie sie es noch nie erlebt hatte. Nicht einmal als Kind, wenn sie Angst vor einem Gewitter hatte und niemand da war, hatte sie sich so allein gefühlt. Und nun hatte sie nach ihrem Mann auch noch Kathrin und Mona aus ihrem Leben gekickt. Letztere, ehe sich überhaupt so etwas wie Nähe entwickeln konnte.

Am nächsten Morgen hatte sie einen Termin bei Professor Winter. Eine Woche war seit ihrem denkwürdigen Gespräch vergangen. Sie verspürte noch weniger Lust, ihm unter die Augen zu treten, als Dr. Heuss am Vortag.

Aber Winter schien ihren desolaten Zustand gar nicht zu bemerken, und Verena wusste nicht, ob sie erleichtert oder enttäuscht über seine Gedankenlosigkeit war. Was war nur mit ihr los? Sie war so dünnhäutig wie ein pubertierender Teenager!

»Was macht Ihr Arm? Sind Sie zufrieden mit Ihren Fortschritten?«

Wie eine brave Schülerin berichtete sie geflissentlich, dass sie ihren Arm wieder über den Kopf heben konnte. Sie konnte ein kleineres Gewicht greifen und kurz anheben. Beim Mittagessen mit Stefan und Timmi hatte sie es endlich geschafft, ohne Hilfe ein Schnitzel mit Messer und

Gabel zu essen – etwas, das bis vor kurzem undenkbar gewesen war. Sie dachte daran, wie Dani ihr immer das Abendessen in mundgerechte Häppchen zerkleinert hatte.

Winter schenkte ihr ein aufmunterndes Lächeln. »Na, das klingt doch schon recht vielversprechend, oder?«

»Ja, sicher.« Sie hätte jubeln sollen über diese Fortschritte, aber sie brachte es nicht einmal fertig, Winters Lächeln zu erwidern.

»Aber?« Der erfahrene Arzt sah sie aufmerksam an.

Warum verunsicherte sie dieser Mann so? Sie seufzte. Mittlerweile verunsicherte sie ja sogar die Frage eines Pflegers, welches Essen sie mittags wollte, dachte sie dann.

»Kein Aber.«

»Zufriedenheit sieht aber anders aus als das, was Sie ausstrahlen, meine Liebe.«

»Ich habe nur schlecht geschlafen.«

Winter sagte nichts zu ihrer fadenscheinigen Lüge. Und diesmal hatte Verena weder die Nerven noch die Energie wie in der Woche zuvor, das Schweigen auszuhalten.

»Sie wissen doch sicher schon von Dr. Heuss, was gestern und Sonntagabend passiert ist«, sagte sie schließlich resigniert. »Und ich bin mir sicher, dass ich mir noch einiges von ihm anhören kann. Ich brauche also keine weitere Standpauke von Ihnen, falls das jetzt kommt.«

»Na, na! Wo ist denn Ihr Kampfgeist geblieben?«

Verena sah zu Boden. Ihr fiel nichts ein.

Winter war aufgestanden. Er setzte sich wie beim letzten Mal vor sie auf die Kante seines Schreibtisches und wartete, bis sie zu ihm aufsah.

»Sie verlieren gerade die Kontrolle und wissen nicht, wie Sie damit umgehen sollen – kann das sein?«

Verenas Augen blitzten überrascht auf. »Das auch. Und schlimmer noch«, sagte sie dann leise. »Ich kann die Nähe von Menschen, die mir nahestehen, nicht ertragen und bin dabei, sie erfolgreich wegzustoßen. Meinen Therapeuten habe ich gestern stehenlassen.«

Winter lächelte milde. »Bei Ihrer Familie oder Freunden können Sie sich zu gegebener Zeit entschuldigen. Ihr Therapeut wird dafür bezahlt, dass er so was aushält und vor allem, dass er Ihnen hilft, da wieder rauszukommen. Sie sollten die Zeit hier nutzen, sich bei ihm abzureagieren, nicht an den Menschen, die es vermutlich nur gut mit Ihnen meinen, aber nicht wissen können, dass das nicht das ist, was Sie gerade brauchen.«

»Was brauche ich denn?«

»Abstand vielleicht. Ruhe, Vergebung, inneren Frieden? Das werden Sie selbst herausfinden müssen, Verena. Dafür sind die Stunden bei Heuss da. Er kann Ihnen helfen, einen Zugang zu den Bedürfnissen zu finden, die gerade am dringendsten für Sie sind. Nutzen Sie Ihre Zeit mit ihm, nutzen Sie Ihre Zeit hier. Hören Sie auf, sich selbst zu bekämpfen und sich selbst im Weg zu stehen. Wenn Sie einen Zugang zu Ihren Gefühlen und Bedürfnissen finden, kehrt auch die Kontrolle zurück.«

»Woher wissen Sie das alles so genau?«

»Praxis. Glauben Sie tatsächlich, Sie sind die Einzige, die so etwas durchmachen muss? Was glauben Sie, wie viele Spitzensportler, Manager, Familienväter und -mütter, alles

Menschen, die ihr Leben unter normalen Umständen hervorragend meistern, schon hier saßen, weil ihnen irgendein nicht von ihnen beeinflussbares Unglück die Kontrolle über ihr Leben genommen hat. Sie alle machen durch, womit Sie gerade kämpfen. Sie halten sich verzweifelt an dem Punkt fest, wo sie glauben, es hätte in ihrer Hand gelegen, es irgendwie zu verhindern oder rechtzeitig gegenzusteuern. Wenn ich nur fünf Minuten später losgefahren wäre … Wenn ich nicht in dem Augenblick zur Seite geblickt hätte … Wenn ich nicht mit ihr an die Bar gegangen wäre …« Er sah sie aufmerksam an, als er die Worte wiederholte, die sie ihm in der vergangenen Woche gesagt hatte.

Sie erwiderte seinen Blick stur. »Es war kein Unfall! Ich hätte es verhindern können, wenn ich nicht mit ihr gegangen wäre. Ein Unfall ist eine Sache. Eine falsche Entscheidung ist etwas ganz anderes. Es ist meine Schuld.«

»Als Sie diese Entscheidung trafen, konnten Sie nicht wissen, was diese Frau Ihnen antun würde, oder?«

»Das ändert nichts daran, dass es ein Fehler war.«

»Wissen Sie, es tut eigentlich nicht wirklich etwas zur Sache. Wenn Sie das weiter so sehen wollen, werden Sie eben lernen müssen, damit zu leben, dass Sie einen Fehler gemacht haben. Sie müssen lernen, sich selbst zu vergeben. Wenn Sie weiter nur herumlamentieren, was Sie alles falsch gemacht haben, treten Sie auf der Stelle. Was immer passiert ist, gehört der Vergangenheit an. Sie können es nicht rückgängig machen. Aber Sie können entscheiden, wie Sie in Zukunft damit umgehen. Das ist der Teil, der tatsächlich in Ihrer Hand liegt.«

»Das würde ich ja gerne, aber das Gegenteil ist der Fall. Ich verliere die Nerven, bin ständig am Heulen, schreie Menschen an, die mir wichtig sind … Das bin doch nicht ich!«

»Irgendwo brauchen Ihre Wut, Ihr Schmerz, Ihr Entsetzen doch ein Ventil, wenn Sie nicht bereit sind, diesen Gefühlen anderweitig Raum zu geben. Haben Sie schon einmal versucht, den Deckel auf einem Topf mit kochendem Wasser zu halten?«

»Das ist doch Küchenpsychologie!«

Winter schmunzelte. »Im wahrsten Sinn des Wortes. Aber ziemlich einleuchtend, finden Sie nicht?« Er sah sie eindringlich an. »Sie müssen Dr. Heuss sagen, was Sie brauchen und was Sie nicht wollen. Es ist *Ihre* Therapie! Wenn Sie weiterhin ein bisschen oberflächlich fachsimpeln und plaudern wollen, können Sie sich auch einen Strickkreis suchen. Das, was jetzt gerade mit Ihnen passiert, all diese Emotionen, die Ihnen so zu schaffen machen, die sind wichtig. Darüber müssen Sie reden, auch wenn es wehtut. Und oft finden Sie dort am schnellsten Antworten, wo es am meisten wehtut.«

»Ich muss den Deckel vom Topf nehmen?«

»So ähnlich – ja!«

Verena lächelte endlich vorsichtig. »Warum sind Sie kein Psychologe geworden?«

»Weil ich lieber aufschneide, ein bisschen repariere und dann wieder zusammenflicke. Nach ein paar Stunden ist alles vorbei, muss nur noch abheilen, zack – fertig. Man hat einen greifbaren Erfolg.«

Verena sah den Schalk in seinen Augen. »Danke«, sagte sie ehrlich. »Ich glaube, Sie haben mir mit Ihrer Küchenpsychologie gerade mehr geholfen als Ihr Kollege Heuss.«

»Wir beide machen nächste Woche einen Kontrolltermin, und Dr. Heuss sagen Sie jetzt die Meinung, okay?« Er zwinkerte ihr zu.

»Ich habe doch heute gar keinen Termin bei ihm.«

»Doch, haben Sie. Wir haben mit der Physio getauscht.« Er lächelte sie spitzbübisch an. »Habe ich tatsächlich vergessen, das zu erwähnen?«

Verena konnte ihm nicht böse sein. Immer noch lächelnd verabschiedete sie sich von ihm. Sie sah auf die Uhr. Eine Viertelstunde blieb ihr noch bis zu ihrem Termin mit Heuss. Ehe sie es sich anders überlegen konnte, kramte sie ihr Handy aus der Tasche und wählte Kathrins Nummer. Es klingelte längere Zeit, und Verena wollte schon entmutigt auflegen. Dann hörte sie Kathrins hastige Stimme.

»Verena!«

»Hallo, Kathrin. Bitte entschuldige, wenn ich so früh anrufe.«

»Ich bin froh, dass du überhaupt anrufst.«

»Kathrin, es tut mir leid, was ich dir gestern geschrieben habe ... Ich meine, es tut mir leid, *wie* ich es geschrieben habe ...« Sie brach unsicher ab. Vielleicht war dieser Anruf doch keine so gute Idee! »Bitte sei nicht böse ...«

»Ich bin nicht böse. Ich habe mir nur Sorgen gemacht. Und es tut mir leid, wenn mein panikartiger Anruf am Sonntag dir irgendwelche Schwierigkeiten eingebracht hat.«

»Nur eine Beruhigungsspritze und einen bösen Streit mit Heuss gestern Morgen …« Verena biss sich auf die Zunge. Das Letzte, was sie vorgehabt hatte, war, Kathrin Vorwürfe zu machen. Nun tat sie genau das, und Kathrin, die bereits ein schlechtes Gewissen hatte, reagierte sofort.

»O mein Gott, das tut mir so leid …« Sie klang unglücklich und schuldbewusst.

Verena riss sich zusammen. »Es war nicht deine Schuld. Wahrscheinlich hatte es seine Berechtigung.« Es fiel ihr nicht leicht, das zuzugeben. »Aber ich habe eine Bitte an dich.«

»Sicher, was immer du willst.«

»Ich brauche eine Freundin, die mich wie eine erwachsene, selbstständig denkende Person behandelt, nicht wie ein Kind. Ich brauche keine Mama und auch keinen Babysitter. Bitte mach du nicht den gleichen Fehler bei mir, den ich damals zu Anfang bei dir gemacht habe. Und was immer du Mona erzählt hast … Ich möchte nicht, dass du ihr einredest, sie soll irgendwas für mich tun oder mich besuchen …«

»Ich habe das schon verstanden, Verena. Ich habe nur etwas panisch reagiert … Aber was Mona angeht, liegst du falsch. Sie hat mich am Samstag angerufen, weil sie mal vorfühlen und dich nicht bedrängen wollte. Ich musste ihr gar nichts einreden, sie will dich einfach sehen, das hat sie mir selbst gesagt. Und ich glaube, ihr liegt mehr an dir, als du weißt. Es war bereits in Berlin offensichtlich, wie sehr dein Unfall und die Geschichte mit Anna Conrad sie mitgenommen haben. Sei nicht ungerecht zu Mona, weil du auf mich wütend bist.«

Verena zögerte. Sie sah auf die Uhr – es war gleich Zeit für ihren Termin mit Heuss. Sie wollte so gern glauben, dass Mona nicht aus Mitleid hatte kommen wollen.

»Süße! Denk mal nach. Mona fliegt doch nicht von Berlin hierher, weil ich ihr das sage. Wir kennen uns kaum. Sei nicht allen Menschen gegenüber so misstrauisch.«

»Hat sie gestern noch mal mit dir telefoniert?«

»Nein, warum?«

Verena atmete erleichtert auf. »Ich muss Schluss machen, Kathrin. Ich habe gleich den nächsten Termin.«

»Schon okay. Sei ein bisschen weniger streng mit dir, ja? Denk daran, was ich dir letzte Woche gesagt habe. Im Moment geht es in erster Linie um dich.«

»Danke, dass du letzte Woche für mich da warst.«

»Ich bin auch diese Woche für dich da und nächste und alle weiteren.« Kathrins Stimme war voller Wärme.

»Wärst du heute Morgen wirklich gekommen?«

»Nach deiner SMS gestern Nacht wollte ich sogar sofort ins Auto steigen und losfahren. Carmen hat es mir ausgeredet.«

Verena zuckte bei der Erwähnung des Namens zusammen. Sie schwieg.

Kathrin wusste offensichtlich nicht so recht, was sie von Verenas Schweigen halten sollte. Vorsichtig fragte sie: »Worüber habt ihr am Sonntag eigentlich gesprochen?« Selbstverständlich hatte Carmen ihr erzählt, worüber sie mit Verena geredet hatte, aber nichts aus dem kurzen Telefonat lieferte eine schlüssige Erklärung für das, was anscheinend danach passiert war.

Der Arzt, den Kathrin am Sonntagabend nach einem zweiten Anruf erreicht hatte, konnte und wollte ihr keine Auskunft geben; er hatte ihr nur versichert, dass es Verena gutginge, man ihr etwas zur Beruhigung gegeben habe und dass sie nicht ansprechbar sei.

»Carmen hat nichts Falsches gesagt … Ich … ich kann nicht darüber reden, Kathrin.«

»Schon gut. Du musst mir nichts sagen. Pass einfach auf dich auf, okay?«

Verena steckte ihr Telefon weg und machte sich auf den Weg zu Heuss' Büro. Das Gespräch mit Kathrin war zu kurz gewesen. Sie hätte sich mehr Zeit nehmen sollen. Aber noch am Abend zuvor hatte sie sich ja nicht einmal vorstellen können, überhaupt je wieder mit Kathrin zu reden.

Zögernd klopfte sie an die Tür des Therapeuten.

Dr. Heuss begrüßte sie freundlich wie immer. Verunsichert setzte sie sich auf ihren üblichen Platz und ärgerte sich im gleichen Augenblick über sich selbst. Sie hasste es, unsicher zu sein. Sie straffte die Schultern und richtete sich merklich auf. Dann sah sie Heuss herausfordernd an. »Ich möchte, dass Sie nie wieder so mit mir reden, wie Sie es gestern getan haben.«

Er nickte: »Okay.«

»Und ich finde, eine Entschuldigung wäre durchaus angebracht.« Verena biss sich auf die Lippen, sah ihn aber weiterhin an.

Heuss lächelte. »Geschenkt, Verena. Es tut mir ehrlich leid. Und es hat sowieso nichts gebracht.«

»Sie haben das mit Absicht getan? Warum?« Verena wusste nicht, ob sie wütend oder einfach nur fassungslos über Heuss' Aussage war.

Er sah sie lange an. »Ich sehe, dass es der falsche Weg war, okay? Denn ich hatte sicher nicht beabsichtigt, dass Sie mir davonlaufen. Alles, was ich wollte, war eine Reaktion zu provozieren, die nicht kontrolliert war. Irgendetwas, das mir zeigte, Sie würden loslassen und sich mir endlich anvertrauen.«

Verena verstand nicht, worauf er hinauswollte. »Das habe ich doch letzte Woche getan. Ich habe mit Ihnen geredet.«

»Wenn wir die gestrige Stunde einfach mal beiseitelassen, können Sie mir sagen, was Ihnen unsere bisherigen Gespräche gebracht haben? Haben sie Ihnen überhaupt etwas gebracht?«

Verena brauchte eine Weile, aber dann antwortete sie einigermaßen überzeugt: »Sicher. Meine Anspannung hat nachgelassen. Ich … ich meine, Winter hatte recht, mir zu sagen, dass ich den Unfall … und die Vergewaltigung nicht einfach ignorieren könne. Ich muss mich damit auseinandersetzen …«

Heuss sah sie an. »Und haben Sie das Gefühl, dass Sie das hier tun?«

»Soweit es mir möglich ist …«, antwortete Verena lahm.

»Ich glaube nicht, dass Sie gerade sehr ehrlich mit mir sind. Oder mit sich selbst. Ich habe manchmal den Eindruck, Sie frischen an mir ein bisschen Ihr Wissen aus alten Psychologievorlesungen auf, indem Sie mir ein paar Brocken hinwerfen, an denen wir dann ein wenig herumtheoretisieren können. Wenn es ans Eingemachte geht, machen Sie ganz schnell zu und lenken ab.«

Winters Worte hallten Verena im Ohr. »Sie haben sich mit Winter abgesprochen! Er hat mir gesagt, ich solle mir einen Strickkreis suchen, wenn ich so weitermachen will.«

»Ja«, gab Heuss unumwunden zu. »Ich habe ihn vorgeschickt. Wir beide, Sie und ich, haben nämlich auch noch ein kleines Autoritätsproblem, nicht wahr?«

»Ich glaube, ich verstehe nicht ganz ...«

Heuss schmunzelte, um die Schärfe aus seinen nächsten Worten zu nehmen. »Ich glaube, dass Sie mich sehr gut verstehen, Frau Dr. Gessner. Professor Winter ist der einzige Arzt, den Sie hier im Moment anerkennen. Alle anderen testen Sie mit Ihrem eigenen Wissen aus, indem Sie entweder die Therapie anzweifeln, nachlesen, was man besser machen könnte, oder sie ein wenig an der Nase herumführen, so wie mich.«

Verena sah betroffen auf. Sie erinnerte sich daran, wie sie mit der Physiotherapeutin einen bestimmten Bewegungsablauf diskutiert hatte. Sie hatte verlangt, die Röntgenbilder noch einmal zu sehen, weil sie einen Schatten anders interpretiert hatte als der Radiologe.

»Bin ich wirklich so schlimm?«, fragte sie betreten.

Heuss lächelte. »Eindeutig, ja, Frau Doktor. Das sind wir hier von Ärzten als Patienten aber schon gewohnt.«

Als er weitersprach, war sein Blick ernster. »Sie sind jedoch gerade dabei, Ihre Therapie zu boykottieren, weil Sie glauben, die Gespräche mit mir steuern zu müssen, statt sich auf meine Hilfe einzulassen. Sie vertrauen mir nicht.«

Verena sah ihn erschrocken an. »Das stimmt nicht! Ich …«

»Ja?« Heuss wartete.

»Wahrscheinlich habe ich einfach nur Angst …«, gab sie schließlich geknickt zu.

»Wovor?«

»Wir hatten darüber gesprochen, dass das normal ist.«

Heuss nickte. »Nicht wieder ablenken. Wovor haben Sie Angst?«

»Vor meinen Gefühlen?« Ihre Antwort klang wie eine Frage.

»Kann es sein, dass Sie glauben, den Gefühlen, die auftauchen könnten, nicht gewachsen zu sein?«

»Vermutlich.« Sie wand sich förmlich in ihrem Sessel.

»Können Sie mir sagen, vor welchen Gefühlen Sie am meisten Angst haben?«

Verena schüttelte nur verzweifelt den Kopf.

»Wie wäre es, wenn Sie sich mit dieser Angst endlich auseinandersetzen würden?«

Sie warf Heuss einen erschrockenen Blick zu; sie merkte, wie langsam wieder eine unbeschreibliche Panik in ihr hochkroch.

Heuss sah sie freundlich an. »Ganz ruhig. Vertrauen Sie mir einmal, Verena. Ich hole Sie da wieder raus. Schauen wir gemeinsam hin, auch wenn es weh tut. Stellen Sie beide Füße fest auf den Boden. Das ist Ihre Erdung. Atmen Sie ein paarmal tief durch. Wenn ich Ihre Hand nehme, hole ich Sie damit zurück, okay?«

Verena nickte angespannt, versuchte, sich an seine Anweisung zu halten.

»Und jetzt sagen Sie mir, wovor Sie am meisten Angst haben.«

Verena schloss die Augen. Nach einer Weile sagte sie leise: »Dass ich die Kontrolle verliere, glaube ich, dass ich weine und nicht mehr aufhören kann ... es nicht aushalten kann ...«

»Ist es das, was am Sonntagabend mit Ihnen passiert ist? Und gestern?«

Sie nickte hilflos.

»Was genau ist denn am Sonntagabend passiert?«

Stockend erzählte sie endlich von dem kurzen Gespräch mit Carmen, ihrer verzweifelten Hilflosigkeit angesichts der Erkenntnis, dass sie sich wie ein wehrloses Opfer gefühlt hatte, obwohl sie doch einfach nur einen Fehler gemacht hatte.

Heuss ging nicht auf ihre Argumentation ein, dass ihre Situation anders war als Carmens. »Sagen Sie mir einfach, was Sie empfinden – ohne Wertung. Versuchen Sie, ganz bei sich zu bleiben und nicht die Situation zu analysieren.«

Nur mühsam gelang es ihr, sich auf das behutsam geführte Gespräch einzulassen.

Doch diesmal ließ er nicht locker, ließ nicht zu, dass sie ihn mit Interpretationen abspeiste. »Sie haben mir gerade gesagt, dass Sie Angst haben. Wie sieht diese Angst aus? Was macht sie mit Ihnen?«

»Ich ... kann nicht mehr atmen. Es wird so schlimm, dass ich glaube, keine Luft mehr zu bekommen. Mir ... wird wahnsinnig kalt, und in meinem Kopf ist alles wie leergefegt. Ich möchte weglaufen und kann nicht.«

»Wann haben Sie das erste Mal so empfunden?«

Verena schüttelte den Kopf. »Nicht. Bitte.« In ihrem Kopf schwirrte es. Ihr Mund wurde trocken.

»Was war mit der Vergewaltigung?«

Ihre Lippen formten ein tonloses Nein.

Heuss fuhr unbeirrt, aber ruhig fort: »Was war das allerschlimmste Gefühl bei der Vergewaltigung, Verena? Wehrlosigkeit? Verlust der Kontrolle? Todesangst?«

Verenas Kopf schnellte hoch. In ihr Entsetzen mischte sich so etwas wie Erkenntnis. Sie konnte es nicht in Worte fassen, war viel zu aufgewühlt. Wieder die Bilder! Das schreckliche Gefühl, keine Luft mehr zu bekommen. Sie presste beide Hände vor den Mund, um ihr Aufstöhnen zu unterdrücken.

Heuss griff nach ihrer Hand, brachte sie mit besänftigenden Worten dazu, ihn anzusehen. Machte ihr klar, dass sie sich nicht in einem Berliner Hotelzimmer, sondern in seiner geschützten Praxis befand. Erst als sie sich einigermaßen beruhigt hatte, ließ er sie kurz allein, um ihr ein Glas Wasser zu holen.

Mit zitternden Knien war sie aus Heuss' Praxis gewankt. Er hatte ihre beiden nachfolgenden Termine gecancelt und ihr gesagt, sie solle sich hinlegen. Eine Beruhigungstablette hatte sie abgelehnt. Sie schlief auch so erschöpft ein, sobald sie sich auf dem Bett ausgestreckt hatte.

Als sie aufwachte, war es weit nach Mittag. Jemand hatte ihr ein Essenstablett auf den Tisch gestellt. Daneben lag ein Zettel mit der Nachricht, dass Heuss sie auch für den

Rest des Nachmittags von ihren Anwendungen freigestellt hatte. Sie solle sich bei ihm melden, wenn sie etwas brauche oder reden wolle.

Sie stellte sich ans Fenster und sah in den weitläufigen Park. Langsam wurde ihr die Tragweite dessen bewusst, was heute in der Sitzung passiert war. Zwar fand sie Heuss' Überrumpelungstaktik nicht besonders einfühlsam und hatte vor, ihm dies auch zu sagen, doch gleichzeitig hatte er ihr vor Augen geführt, woher ihre für sie unerklärliche Angst gekommen war. Vielleicht hätte es offensichtlich sein können oder müssen, aber sie hatte es erfolgreich verdrängt, hatte die tatsächlich durchlittene Angst, als sie einen Moment lang um ihr Leben fürchtete, nicht mit der für sie unerklärlichen Panik in Verbindung gebracht, die sie bei den unmöglichsten Anlässen plötzlich empfand. Und nun hatte sie niemanden, mit dem sie diese Erkenntnis teilen konnte. Den Therapeuten wollte sie trotz allem an diesem Tag ganz bestimmt nicht noch einmal sehen.

Stefan? Wohl kaum! Nach wie vor konnte sie sich nicht einmal überwinden, mit ihm zu reden. Er hatte irgendwann aufgegeben, das Thema Berlin zur Sprache zu bringen, und nun fand sie keinen Ansatzpunkt mehr.

Kathrin würde sich bestimmt über ihren Anruf freuen, und es wäre nur fair, sie nach allem, was sie ihr bisher zugemutet hatte, auch einmal an etwas Positivem teilhaben zu lassen. Dann sah sie Monas Namen in ihrer Anrufliste. Vier Mal hatte diese am vergangenen Abend versucht, sie zu erreichen, nachdem Verena sie einfach weggedrückt hatte. Verena verspürte einen Anflug von schlechtem Gewissen.

Für die Dinge, die sie Mona bei ihrem Telefonat an den Kopf geworfen hatte, war mehr als nur ein kurzes ›Sorry‹ fällig. Ehe sie es sich anders überlegen konnte, tippte sie auf die Nummer und hoffte, dass Mona nicht im Dienst war oder zumindest Zeit hatte, trotzdem an ihr Handy zu gehen.

Mona antwortete sofort. »Verena! Zum Glück!«

»Danke, dass du abnimmst.«

»Was dachtest du denn?«

Verena stockte nur kurz, ehe sie begann: »Mona, es tut mir sehr leid, was ich gestern Abend zu dir gesagt habe. Ich bin im Moment ... mir geht es einfach ... nicht ... gut, und ich habe bei allen immer gleich den Verdacht, dass sie mich bevormunden oder mir etwas einreden wollen. Ich hatte mich wirklich gefreut, als du gesagt hast, du wolltest kommen.«

»Schon gut. Hinterher wurde mir klar, dass mein Vorschlag vielleicht doch ein wenig überfallartig kam.«

»Nein, schon okay.« Verena schluckte. Dann fuhr sie leise fort: »Aber eventuell ist es doch besser, wenn du deinen Besuch verschiebst. Ich glaube, ich kann mich im Moment niemandem zumuten.«

Mona schwieg.

Verena biss sich auf die Unterlippe. »Weißt du, es hat mich im Nachhinein sehr erschreckt, was ich zu dir gesagt habe. Und du bist nicht die Einzige, zu der ich so ekelhaft war. Ich möchte nicht, dass es wieder passiert und ich dich damit endgültig vertreibe.«

»So schnell lasse ich mich nicht vertreiben, Verena. Und

du kannst dich nicht von der ganzen Welt abschotten«, sagte Mona sanft.

»Nein. Aber dazu habe ich einen Therapeuten. Ich muss mich nur an die Tatsache gewöhnen, dass er dazu da ist, diese Dinge mit mir zu bereden. Und ich habe heute einen wirklichen Fortschritt erzielt. Zumindest konnte er mir erklären, warum ich immer so schnell in Panik gerate.« Und plötzlich brach es aus ihr heraus. »Weißt du, dass sie mir die Kehle so heftig zugedrückt hat, dass ich dachte, ich würde ersticken! Sie hat ... « Und dann waren die Tränen da – sie konnte ihr Schluchzen nicht unterdrücken.

»Verena! Verena, bitte hör zu! Leg jetzt nicht wieder auf, okay?«

»Nein«, flüsterte Verena.

»Es ist okay zu weinen, und es ist okay, die Fassung zu verlieren. Und ich glaube, das weißt du auch. Anna Conrad ist ein elendes Miststück, und sie wird irgendwann büßen für das, was sie dir angetan hat.«

»Ach ja, wie denn?«, schniefte Verena.

»Ich bastele eine Voodoopuppe und wünsche ihr die Krätze an einen ganz bestimmten Teil ihres Körpers. Oder vielleicht einfach nur, dass ihr die Schamlippen zusammenwachsen und sie Haare wie ein Affe bekommt.«

Verena musste unter Tränen lachen. »Ich wusste gar nicht, dass du eine Hexe bist.«

»Du kennst mich eben immer noch nicht!« Etwas ernster fuhr sie fort. »Und du versprichst mir, dass du dich meldest oder zumindest an dein Telefon gehst, ja?«

Verena versprach es. Sie verabredeten, dass Mona ihren

Besuch ein oder zwei Wochen verschieben würde. Verenas Stimmung war um hundert Prozent besser. Gutgelaunt zog sie sich Turnschuhe an, um eine Runde zu laufen. Mona war wirklich etwas Besonderes. Warum bin ich an dem Abend nicht mit ihr gegangen, statt mit Anna, kam es ihr in den Sinn. Überrascht blieb sie mitten auf dem Weg stehen.

Nach diesem Morgen bei Heuss gelang es Verena endlich, sich tatsächlich auf die Gespräche in der Therapie einzulassen. Mit der ihr eigenen Beharrlichkeit und Kraft arbeitete sie sich aus ihrem Gefühlschaos, aus ihren Ängsten, ihrer Scham heraus und gewann langsam, aber sicher die gewohnte Kontrolle und Ruhe zurück. Wie von Kathrin vorhergesagt, war sie empfindlicher geworden, wobei *empfindsamer* wohl der bessere Ausdruck für ihren wachsameren Umgang mit sich selbst und anderen war.

Der Therapeut versuchte ihr noch etwas anderes klarzumachen, als sie es endlich schaffte, ihre manchmal so unfassbare Wut anzusprechen. Anlass war eine insistierende Frage Kathrins gewesen, ob sie mittlerweile wieder mehr aß. Verena war ausgerastet. »Das geht dich nichts an! Habe ich dir nicht gesagt, dass du endlich aufhören sollst, mich dauernd zu bevormunden!«

Doch diesmal hatte Kathrin sich gewehrt. »Findest du nicht, dass zwischen bevormunden und sich Sorgen machen ein kleiner Unterschied besteht? Und begreifst du tatsächlich nicht, dass nicht ich diejenige bin, an der du ständig deine Wut auslassen solltest?«

Verena hatte sich betroffen entschuldigt, und weil das

Telefonat kurz vor einer Sitzung mit Heuss stattfand, hatte sie beschlossen, es anzusprechen.

»Was glauben Sie denn, was Ihre Freundin mit ihrem letzten Satz gemeint haben könnte?«

»Dass ich ungerecht bin, natürlich. Ich habe keinen Grund, wütend auf sie zu sein.«

»Gibt es denn jemanden, auf den Sie eine begründete Wut haben könnten?«

Verena hatte ihn perplex angesehen. »Ich bin auf mich selbst wütend, weil ich mich auf dieses Miststück eingelassen habe.« Sie seufzte. »Und wahrscheinlich lasse ich das zu oft an meiner Umgebung aus.«

»Und außer auf sich selbst gibt es niemanden, auf den Sie wütend sein könnten? Was ist mit Anna Conrad?«, fuhr Heuss fort, als Verena noch immer nicht reagierte.

Aber sie hatte ihn bloß kopfschüttelnd angesehen. »Ich bin viel wütender auf mich selbst.«

Heuss hatte die Augenbrauen hochgezogen. »Tatsächlich!«, sagte er nur. »Vielleicht sollten Sie Ihre Einstellung in dem Punkt einmal gründlich überdenken. Solange Sie daran festhalten, dass Sie diese Situation hätten kontrollieren können, werden Sie Ihre Schuldgefühle niemals ablegen. Verantwortung können und müssen Sie nur für etwas übernehmen, das Sie auch kontrollieren können. Ansonsten machen Sie sich als Opfer selbst zur Mittäterin und zerbrechen daran.«

Dann rief Mona wieder an. »Ich muss mir dir reden, Verena. Es ist etwas passiert.« Aber sie ließ sich nicht auf eine

Erläuterung am Telefon ein. »Ich muss dich sehen. Es ist wirklich wichtig.«

Verena zögerte. Sie konnte sich nicht erklären, warum Mona so geheimnisvoll tat. Und sie hatte das ungute Gefühl, dass, was immer Mona zu sagen hatte, sie aus ihrem frisch erlangten Gleichgewicht bringen könnte. Auch Kathrin hatte keine Ahnung, was Mona wollte – sie hatte ihr nichts davon erzählt.

Heuss riet Verena schlicht, sich nicht unter Druck setzen zu lassen. »Sie schulden niemandem etwas. Diese Frau war Ihre Ärztin in Berlin – es war ihr Job, Ihnen zu helfen.«

Doch ganz so einfach war es nicht! Heuss wusste nicht, welche Gefühle Monas Name und ihre Stimme bei ihr auslösten. Sie hatte auch nicht vor, es ihm auf die Nase zu binden. Die Einzige, die sie vielleicht verstanden hätte, war Kathrin. Aber sie fürchtete deren hochgezogene Augenbrauen und den leisen Spott, dem sie schon nach dem Gespräch über Boston nichts hatte entgegensetzen können.

Sie konnte sich ihre widersprüchlichen Gefühle ja selbst kaum erklären. Sie freute sich auf Mona, verstand nur nicht, warum sich in ihrem Bauch diese kribbelige Erwartung regte, in der mehr mitschwang, als sie beim Besuch einer Freundin erwarten würde. Kathrins Besuche ließen dieses Gefühl nicht in ihr aufkommen, von Stefans Stippvisiten ganz zu schweigen.

Und dennoch schob sie es hinaus, Mona zu antworten. Ich brauche nicht noch mehr Drama in meinem Leben, dachte sie, und war sich gleichzeitig der Tatsache bewusst, dass der Besuch einer alten Studienkollegin kaum ein Drama auslösen würde, es sei denn, man machte ihn zu einem.

Doch schließlich sagte sie Mona zu. Sie hatte sich für zwei Tage angekündigt.

Von dem Zeitpunkt an, da die Entscheidung gefallen war, fühlte Verena sich besser, gelöster. Sie freute sich. Sie analysierte es vorsichtig, traute dem Gefühl nicht wirklich und verstand es nicht ganz. Aber sie ließ zu, dass es da war, ohne sich den Kopf zu zermartern, wie sie es früher getan hätte. Sie begrüßte es als eines der wenigen positiven Gefühle neben all der Schuld und der Scham, die sie in unregelmäßigen Abständen noch immer heimsuchten. Wie Heuss ihr geraten hatte, bekämpfte und vor allem bewertete sie diese Gefühle nicht mehr, sondern akzeptierte einfach, dass sie da waren. Zum ersten Mal seit sie sich erinnern konnte, versuchte sie nicht, ihre Empfindungen und Emotionen zu kontrollieren. Es verschaffte ihr eine nie gekannte Erleichterung.

KAPITEL 8

An dem Tag, an dem Mona kam, regnete es in Strömen. Verena fühlte sich unsicher wie lange nicht mehr und wagte weder mit Kathrin noch mit Heuss darüber zu reden. Sie hatte mit Mona vereinbart, sich im Foyer des Klinikums zu treffen und dann essen zu gehen.

Verena wartete bereits, als Mona trotz des Wetters beinahe pünktlich durch die automatischen Türen trat. Ihr Haar war auf den wenigen Metern vom Parkplatz bis zum Eingang klatschnass geworden. Verena stand auf und ging ihr entgegen. Sie musste lachen, weil Mona wie ein begossener Pudel vor ihr stand, und die Anspannung fiel schlagartig von ihr ab. »Ich glaube, du brauchst erst mal ein Handtuch und einen Föhn.«

Mona lächelte bedröppelt. »An einen Schirm habe ich nun wirklich nicht gedacht! Und im Mietwagen lag natürlich auch keiner.«

Verena hakte sich kurzerhand bei ihr unter und nahm sie mit auf ihr Zimmer. Mona trocknete sich die Haare. »Nun sehe ich aus, als hätte ich in die Steckdose gefasst«, sagte sie lachend, als sie aus dem winzigen Bad kam. Die roten Haare standen tatsächlich wild in alle Richtungen ab.

»Du siehst fantastisch aus«, sagte Verena spontan und merkte, wie sie gleich darauf rot wurde.

Aber Mona lächelte nur. »Du auch, Verena. Und ich meine es so, wie ich es sage. Du hast wieder Farbe im Gesicht, siehst richtig fit aus.«

Verena wusste, dass es ein ehrliches Kompliment war. Sie war in der fünften Woche der Reha. Durch die vielen Anwendungen im Schwimmbad und die Physiostunden machte sie mehr Sport als seit langem. Darüber hinaus verbrachte sie den meisten Teil ihrer freien Zeit im Park mit Joggen oder Spazierengehen. Sie hatte auch wieder etwas zugenommen, wodurch sie nicht mehr so abgemagert, sondern sportlich-schlank aussah. Stefan, der gewissenhaft jedes Wochenende mit Timmi und manchmal Dani kam, hatte es ihr am Sonntag gesagt, wie auch Kathrin in der Woche zuvor.

Mona lächelte immer noch. Sie machte einen Schritt auf Verena zu: »Darf ich dich in den Arm nehmen?«

Verena nickte verlegen.

Monas Umarmung fiel sanft und vorsichtig aus. Verena ließ sich einen kurzen Moment hineinfallen, aber dann gab Mona sie auch schon wieder frei.

»Wie war dein Flug? Hat alles geklappt mit dem Auto?«

»Ja, lief alles ganz wunderbar. Keine Verspätung, kein Stau. Trotz des ekligen Wetters.«

»Hast du Hunger? Wollen wir was essen gehen?«

»Gern.«

Sie einigten sich schnell auf die neueröffnete Tapas-Bar im Ort. Doch eine richtige Unterhaltung wollte nicht so recht in Gang kommen. Zu viel war passiert, als dass sie es hätten ignorieren können. Nachdem sie über Verenas Reha und ein wenig über Monas Job geplaudert hatten, geriet das Gespräch ins Stocken.

Mona hätte gern gefragt, wie Verena inzwischen mit der

Vergewaltigung umging, wagte aber nicht, das Thema anzuschneiden. Sie dachte an das Telefonat vor einigen Wochen. Nach Kathrin zu fragen war ebenfalls keine Option. Sie wusste ja nicht, wie Verena derzeit auf sie zu sprechen war. Sie seufzte. Vielleicht war dieser Besuch doch keine so gute Idee gewesen? Nicht umsonst hatte Verena so lange mit ihrer Antwort gezögert. Sie hatte sie vermutlich gar nicht sehen wollen. Mona schaute unruhig auf Verena, die schon eine ganze Weile gedankenversunken auf ihr Weinglas starrte. Denkt sie darüber nach, wie sie sich am elegantesten zurückziehen kann? Vermutlich würde sie ihr gleich eröffnen, dass sie müde war. Und wahrscheinlich war es nicht einmal gelogen. Verena sah mit einem Mal todmüde und erschöpft aus.

Gerade als Mona beschloss, sie zu erlösen und von sich aus anzubieten, sie in die Klinik zurückzufahren, hob Verena entschlossen den Kopf. »Was wolltest du eigentlich so dringend mit mir besprechen, dass du dich in einen Flieger setzt und hierher jettest? Bitte versteh mich nicht falsch. Ich freue mich, dass du hier bist – sehr sogar. Aber du klangst am Telefon wirklich dringlich, und irgendwie werde ich das Gefühl nicht los, dass ich es vielleicht gar nicht hören will.«

Mona seufzte: »Ich bin mir auch gar nicht mehr sicher, ob ich wirklich mit dir darüber reden sollte. Du hast genug mit deinen eigenen Problemen zu tun.«

Verena rang sich ein gequältes Lächeln ab. »Das kann ich dir nur mit Sicherheit beantworten, wenn ich weiß, worum es geht.«

Mona schüttelte den Kopf. »Nicht mehr heute Abend. Du siehst müde aus.«

Mona konnte Verenas Blick als Reaktion auf diese Worte nicht deuten. Er schien irgendwo zwischen Wut, Resignation und Belustigung zu liegen. Sie stockte kurz, legte dann aber vorsichtig ihre Hand auf Verenas. »Hey! Ich wollte dich nicht verletzen. Tut mir leid, wenn das falsch bei dir angekommen ist. Ich will nicht, dass schon wieder ein Missverständnis zwischen uns beiden aufkommt.«

Verena nickte. Sie sah auf Monas Hand, die noch auf ihrer lag, verspürte das Bedürfnis, sie ihr zu entziehen, konnte jedoch das Kribbeln nicht ignorieren, das die Berührung in ihrem Bauch hervorrief. Sie ließ ihre Hand liegen und sagte, ohne aufzusehen: »Ist schon okay. Ich bin in letzter Zeit einfach nur sehr empfindlich.«

»Sensibel«, warf Mona ein.

»Wie auch immer.« Verena hob den Kopf. »Das bedeutet aber nicht, dass mich meine Umgebung bemuttern muss wie ein unmündiges Kind. Das habe ich bereits Kathrin gesagt, Stefan, meinem Therapeuten. Wir sind Ärztinnen, Mona! Ich frage mich schon die ganze Zeit, ob ich mit meinen Patienten ebenfalls so umgegangen bin. Gibt man an der Krankenhaustür automatisch seine Intimsphäre ab und das Recht, wie eine mündige erwachsene Person behandelt zu werden? Nichts ist mehr privat, und jeder nimmt sich ständig das Recht heraus, wichtige Entscheidungen für dich zu treffen, ohne sie mit dir abzusprechen.«

Mona sah sie betreten an. »Bitte entschuldige, Verena. Ich wollte nicht …«

»Und ich will nicht mit dir streiten. Das war nicht gegen dich gerichtet.« Verena brach ab. »Ich will auch nicht, dass es zwischen uns beiden immer zu Missverständnissen kommt. Ich freue mich wirklich sehr, dass du hier bist. Ich wollte mich noch bei dir bedanken – für alles, was du in Berlin für mich getan hast. Bitte sieh mir nach, dass ich manchmal was Blödes sage. Das passiert mir nicht nur mit dir. Kathrin hat darunter zu leiden, und zu Stefan bekomme ich gar keinen Draht mehr.«

Mona sah, wie sich eine einzelne Träne über Verenas Wange stahl. Sie konnte nur ahnen, wie schwer der sonst so selbstsicheren Freundin dieses Geständnis fallen musste. Vorsichtig hob sie ihre Hand und wischte ihr die Träne behutsam weg. Dabei streifte ihr Daumen kurz über ihre Lippen. Verena zuckte zusammen.

»Hey. Tut mir leid, ich wollte dich nicht erschrecken.«

»Das weiß ich doch«, flüsterte Verena beschämt.

»Sollen wir bezahlen und ein Stückchen laufen?«

Verena nickte erleichtert. Es hatte aufgehört zu regnen. Mona beglich die Rechnung trotz Verenas Protest, und gemeinsam schlenderten sie durch die einsamen Straßen in dem kleinen Ort. Ohne es abzusprechen, ließen sie sich auf einer Bank unter einem Feldkreuz nieder. Mona legte den Arm um Verena. Nach einer Weile ließ Verena ihren Kopf an Monas Schulter sinken. Keine von ihnen sprach ein Wort.

Schließlich sagte Mona leise: »Meine Güte, du zitterst ja am ganzen Leib. Ist dir so kalt?«

»Bitte halt mich einfach nur fest.«

Mona setzte Verena um kurz nach zehn Uhr an der Klinik ab. Sie nahm sie kurz in den Arm und gab ihr einen scheuen Kuss auf die Wange.

»Bis morgen«, sagte Verena leise.

»Bist du sicher, dass du mich überhaupt noch einmal sehen willst?« Mona sagte es mit einem kleinen Augenzwinkern, aber es war ihr ernster, als sie sich eingestehen wollte.

Doch Verena strahlte sie plötzlich an. »Auf jeden Fall! Selbe Zeit wie heute?«

Mona lächelte. »Dann schlaf gut! Bis morgen.«

Verena begab sich eilig auf ihr Zimmer. Sie hatte vor, noch ihre Textnachrichten und E-Mails zu checken, aber stattdessen fiel sie todmüde ins Bett und war innerhalb kurzer Zeit eingeschlafen.

Mona hingegen lag noch lange grübelnd wach. Konnte sie Verena tatsächlich zumuten zu erfahren, dass kaum sechs Wochen nach deren Unfall eine weitere Patientin auf ihrer Station gelandet war, die ebenfalls Drogen im Blut und Fesselspuren an den Armgelenken gehabt hatte? Diesmal eine Studentin, die bei Anna Conrad ihre Magistraprüfung machte. Auch bei ihr war Anna Conrad innerhalb weniger Stunden nach dem Unfall auf der Intensivstation aufgetaucht, um zu sehen, wie es ihr ging. Mona hatte gekocht vor Wut. Sie hatte mit Johnson gesprochen, aber der hatte sich darauf berufen, ohne Aussage der Studentin nichts unternehmen zu können.

Doch Mona wollte sich nicht damit abfinden, untätig zu bleiben. Sie setzte sich nach deren Entlassung mit der jungen Frau in Verbindung. Die Geschichte, die diese ihr erzählte, brachte Mona zur Weißglut. Selbst jetzt, wo sie nur daran dachte, sträubten sich ihr die Nackenhaare. Fassungslos hatte sie zugehört, wie die Studentin berichtete, dass sie mit der letzten Prüfung auf der Kippe stand. Wenn sie diese nicht bestand, war ihr Abschluss gefährdet. Anna Conrad hatte ihr vorgeschlagen, sich am Abend mit ihr zu treffen, um eine Möglichkeit zu finden, sie durch die Prüfung zu bringen. Die Studentin hatte nicht damit gerechnet, mit ihr im Bett zu landen, aber es war irgendwie passiert. Noch weniger hatte sie damit gerechnet, mit einer Überdosis an GHB und Alkohol auf der Intensivstation zu landen. Im Gegensatz zu Verena konnte sie sich an keine weiteren Einzelheiten erinnern. Das Letzte, was sie mit Sicherheit sagen konnte, war, dass sie mit Anna Conrad eine Verabredung in einer Kneipe gehabt hatte. Und sich irgendwann in irgendeinem Hotelzimmer im Bett mit ihr befand …

Mona hatte noch am selben Abend beschlossen, unbedingt mit Verena zu reden, aber nun war sie nicht mehr so sicher. Und selbst wenn Verena davon erfuhr, wie sollte es dann weitergehen? Die Beweislage der Studentin gegen Anna war dünn. Ein Opfer, das sich nicht erinnern konnte. Und Verena? Mona kannte nicht einmal die ganze Geschichte. Sie konnte nicht beurteilen, ob es ausreichen würde, Anna wirklich zu belangen. Auch ihr war mittlerweile klar, dass Verena Anna freiwillig mit auf ihr Zimmer genommen hatte. Irgendwann war die Situation offensichtlich eskaliert. Aber würden die dokumentierten Verletzungen und die Hautpartikel zusammen mit dem Drogentest reichen, um Anna Conrad nachzuweisen, dass sie Verena vergewaltigt hatte?

Irgendwann sank Mona in einen erschöpften Schlaf. Am nächsten Tag beschloss sie, die örtlichen Boutiquen unsicher zu machen, und war überrascht von der Auswahl in dem kleinen Kurort. Um kurz nach vier Uhr trat sie wieder in die Eingangshalle, wo Verena bereits auf sie wartete. Sie strahlte ihr förmlich entgegen! Mona warf ihre Bedenken über Bord. Es war offensichtlich, dass Verena sich über ihren Besuch freute. Mona ging zu ihr und gab ihr einen zarten Kuss auf die Wange. Verena schien tatsächlich leicht zu erröten.

»Na, was machen wir beiden Hübschen mit dem Rest des Nachmittags?«

»Kommt darauf an, was du heute schon alles unternommen hast. Was hältst du von einer total altmodischen Dampferfahrt und anschließendem Abendessen im Schlosshotel auf der Insel dort drüben?« Verena legte den Kopf schief und lachte Mona schelmisch an. Sie hatte die Fahrt kürzlich mit Stefan und Tim unternommen und musste zugeben, dass es ihr und Timmi riesigen Spaß bereitet hatte. Stefan hingegen hatte ihrem Herumalbern mit dem Kleinen eher herablassend zugesehen.

Mona nickte begeistert. »Klar, so was habe ich seit Ewigkeiten nicht mehr gemacht.« Ehe Verena protestieren konnte, hakte sie sich bei ihr unter und führte sie zum Auto. »Okay, ich glaube, ich finde den Weg zur Anlegestelle. Aber vielleicht achtest du besser mit auf die Beschilderung.«

Nach der Überfahrt unternahmen sie einen kleinen Spaziergang auf der Insel. Wieder hakte Mona sich wie selbstverständlich bei Verena unter und ignorierte gleich mehrere aufkeimende Gefühle in ihrem Bauch. Das unnatürliche Kribbeln erklärte sie sich mit dem am Vortag aufgeschobenen, aber immer noch bevorstehenden Gespräch.

Eine Zeitlang gingen sie schweigend nebeneinander her. Schließlich sagte Mona leise. »Weißt du, Verena, ich würde dich gerne so vieles fragen. Aber ich bin mir nicht sicher, in welches Minenfeld ich gleich wieder treten werde. In Boston und bei dem Abendessen in Berlin war noch alles locker und einfach – wir konnten über alte Anekdoten lachen, ein bisschen lästern. Als Ärztin wusste ich ebenfalls, was ich zu tun und zu sagen hatte. Aber nun weiß ich nicht, worüber ich mit dir reden kann. Ich kann nicht einfach so tun, als wäre die Sache in Berlin nie passiert. Ich kann mir ja kaum vorstellen, wie ich selbst mit so etwas umgehen würde. Und ich sehe dir an, dass du es nicht so einfach wegsteckst, wie du es mich glauben machen möchtest.«

Verena löste sich von Mona und verschränkte die Arme vor der Brust. »Und deshalb hast du jetzt beschlossen, dass du, was auch immer du mir letzte Woche so dringend sagen wolltest, nicht mehr erzählen willst.« Sie sagte es nicht unfreundlich, eher nachdenklich.

Mona blieb stehen: »Nein, Verena. So einfach ist das nicht. Aber vermutlich könnte ich es leichter einschätzen, wenn ich wüsste, wie es dir wirklich geht.«

Verena lachte bitter auf. »Da musst du meinen Therapeuten fragen. Ich weiß es nämlich selber nicht. Einen Tag ist alles gut, und ich kann nach vorne blicken, mir sagen, ich stecke das schon weg. Am nächsten Tag fühle ich mich so beschissen, dass ich mir am liebsten die Decke über den Kopf ziehen und nie mehr aufstehen möchte. Heuss sagt, dass solche Stimmungsschwankungen nach so einem ›Trauma‹« – sie betonte das Wort beinahe spöttisch – »nicht unüblich sind. Posttraumatische Belastungsstörung. Ich weiß das selbst alles, ich kann es dir vorbeten, aber es ändert nichts daran, dass es so ist. Am schlimmsten ist nach wie vor, dass ich mir einfach nicht verzeihen kann, wie dumm es von mir war, mit ihr mitzugehen.«

»Sie hat es wieder getan!«, platzte Mona heraus. »Diesmal mit einer Studentin. Wie du ist sie mit GHB und Alkohol im Blut bei uns eingeliefert worden. Sie kann sich nur noch erinnern, sich mit Anna getroffen zu haben. Danach ist sie in einem Hotelbett aufgewacht.«

»Was!?« Verena war stehengeblieben und starrte Mona entsetzt an.

»Ich habe persönlich mit der jungen Frau geredet. Sie hat mir alles erzählt – zumindest das, was sie noch weiß, und das ist leider nicht viel.«

»Ein Opfer, das sich an nichts erinnern kann. Umso besser für die Conrad.«

»Jemand muss sie stoppen!«

»Ach ja! Und warum ich? Warum kümmert sich die Fakultät nicht selbst um ihr verdammtes Problem. Ihr beschäftigt eine wildgewordene Nymphomanin, die gute Noten gegen sexuelle Gefälligkeiten verteilt. Aber alle sehen weg, weil es peinlich werden könnte. Und nun eskaliert das Ganze plötzlich. Warum glaubst du, ausgerechnet ich hätte ein Interesse daran, mir das Leben zur Hölle zu machen? Was denkst du, was das lostritt? Hast du dir schon mal überlegt, dass es sein könnte, dass mir das niemand glaubt? Ich habe sie freiwillig mit aufs Zimmer genommen – schon vergessen?! Sie hat mich nicht gezwungen. Das endet in einer Schlammschlacht!« Verena schrie. Endlich brach aus ihr heraus, worüber sie sich in schlaflosen Nächten den Kopf zermarterte.

»Sie hat dir Drogen ins Getränk getan!«

»Was ist, wenn sie behauptet, wir hätten ein bisschen rumexperimentiert. Zwei durchgeknallte Ärztinnen, die ein bisschen Spaß haben wollten. Sex, der dann eben ein bisschen zu weit ging!«

»Wir haben deine Blutproben. Den Unfallbericht. Dokumentierte Verletzungen. DNA unter deinen Fingernägeln.«

»Die auch von einvernehmlichem Sex stammen kann, oder nicht? Hast du dich mal damit beschäftigt, bei wie vielen Vergewaltigungen es zu einer Verurteilung kommt? Das sind nicht mal zehn Prozent. Von nur zehn Prozent, die überhaupt angezeigt werden. Und dann auch noch eine Frau als Täterin! Die Polizei und das Gericht lachen sich entweder schief oder sie benutzen die Geschichte als Wichsvorlage.«

»Und du gehörst lieber zu den neunzig Prozent, die sich gar nicht erst wehren?«

Verena sah Mona nur kopfschüttelnd an. Dann drehte sie sich um und ging einfach weiter. Sie rannte fast, und Mona musste laufen, um sie einzuholen. Als sie neben ihr war, sagte sie keuchend: »Glaub mir, ich habe mich das auch gefragt. Vielleicht hast du recht, die Beweislage ist dünn, und wenn du an die falschen Polizisten oder Richter kommst, hast du Pech. Aber die Freundin, die ich vor fünfzehn Jahren kannte, hätte sich das trotzdem nicht bieten lassen. Sie hätte nicht von vornherein aufgegeben. Und ich glaube auch nicht, dass es dich auf lange Sicht zufriedener macht. Du wirst dich immer fragen, was gewesen wäre, wenn du sie angezeigt hättest.«

»Ich bin aber fünfzehn Jahre älter geworden, Mona. Ich renne nicht mehr einfach drauflos und reibe mich in einem sinnlosen Kampf auf.«

Mona stellte sich ihr in den Weg und sah ihr in die Augen. »Ach, nein? Wenn das, was dir passiert ist, einer Freundin passiert wäre, was würdest du dann machen? Was, wenn es Kathrin gewesen wäre?«

»Lass Kathrin aus dem Spiel!«, fauchte Verena böse.

»Ja? Warum?« Mona starrte sie herausfordernd an. »Sieht sie das genauso? Will sie, dass du den Kopf in den Sand steckst und wegsiehst? Ich bin mir sicher, dass sie nur darauf wartet, dass du einen winzigen Schritt tust. Und vielleicht sagt sie dir das im Moment nicht, weil du sie sonst nicht mehr an dich ranlässt. So wie du mir gesagt hast, dass ich wegbleiben soll.«

»Sie hat dich also doch angerufen!«

»Nein, verdammt! Wann soll sie mich denn angerufen haben? Ich habe nur einmal mit ihr gesprochen, und das war an jenem Samstag vor unserem Telefonat. Und ich finde es im Übrigen total bescheuert, dass ich mich nicht mehr traue, mit ihr zu reden, aus Angst, dass dir das nicht passen könnte.«

Verena sah sie verwirrt an. »Was willst du denn von Kathrin – du kennst sie doch kaum?«

»Mit jemandem reden, verdammt! Herrgott, Verena, wie begriffsstutzig und stur du doch sein kannst!« Mona funkelte sie wütend an. »Ich habe mir Sorgen um dich gemacht. Alle um dich herum haben sich Sorgen gemacht. Du hättest Kathrin in Berlin sehen sollen. Ich musste ihr eine Spritze geben, weil sie auf der Station umgekippt ist. Hast du wirklich keine Ahnung, was in den Menschen um dich herum vorgeht? Dass du ihnen wichtig bist? Dass du *mir* wichtig bist, verdammt!«

Mona biss sich ärgerlich auf die Zunge. So viel hatte sie gar nicht preisgeben wollen.

Verena wandte sich betroffen ab. Sie hatte keine Ahnung von Kathrins Schwächeanfall gehabt. Wie auch, dachte sie. Ich habe in den ersten Wochen kaum mit ihr gesprochen, und nach dem Vorfall mit dem Anruf in der Reha war Kathrin noch vorsichtiger im Umgang mit ihr geworden. Und sie, Verena, hatte es nicht anders gewollt. Mehr Nähe hätte sie gar nicht ertragen. Und Kathrin hatte das verstanden, oder nicht? Nur Mona verstand das nicht. Wie sollte sie auch?

Noch mehr aber war sie von Monas Eingeständnis überrumpelt. Sie wollte fragen: Bin ich dir wirklich wichtig? Doch sie schwieg. Was bedeutete das alles? Sie war froh über die Parkbank, die vor ihr auftauchte, und ließ sich darauf niedersinken, weil ihre Beine sie nicht mehr trugen.

Mona blieb unschlüssig vor ihr stehen. Auch sie schien nicht mehr weiterzuwissen.

»Was bedeutet das?«, flüsterte Verena schließlich. Sie sah Mona forschend ins Gesicht. »Weißt du eigentlich, was du mir da sagst?«

»Dass du mir wichtig bist?«, wiederholte Mona leise.

»Ja.«

»Ich weiß, was ich gesagt habe. Aber ich weiß nicht, was das für dich bedeutet.«

Verena schluckte. »Was hast du wirklich gemeint in Boston, als du angedeutet hast, ich wäre naiv gewesen vor fünfzehn Jahren?«

Monas Stimme war sehr leise, als sie antwortete: »Wenn du das nicht verstanden hast, bist du noch immer sehr naiv. Aber irgendwie kann ich das nicht glauben.«

»Seit wir uns in Boston getroffen haben, muss ich immer daran denken, was du da gesagt hast. Ich muss die ganze Zeit an dich denken«, flüsterte Verena. »Ich habe es verdrängt, habe mich in die Arbeit gestürzt. Habe dich mit Absicht nicht angerufen.«

Mona ließ sich neben Verena auf der Bank nieder, sorgsam darauf bedacht, sie nicht zu berühren.

»Und dann in Berlin. Ich habe mich nicht getraut, dich zu fragen. Stattdessen falle ich auf Anna Conrad herein, lasse mich von ihr verführen wie ein Schulmädchen. Was habe ich mir eigentlich dabei gedacht? Das alles ist so ein Schlamassel. Ich war schon lange nicht mehr so durcheinander.«

»Was heißt schon lange nicht mehr?«

Aber Verena schüttelte den Kopf. Jetzt war definitiv nicht die Zeit für Lebensbeichten. »Ich weiß einfach nicht mehr weiter, Mona. Meine Beziehung mit Stefan ist total schwierig geworden, und dann kommst du und sagst mir, dass ich dir wichtig bin. Gleichzeitig verlangst du, dass ich mich meiner Verantwortung in Bezug auf Anna Conrad stelle. Weißt du eigentlich, was du da alles von mir verlangst?« Sie sagte es nicht anklagend, eher verwundert.

»Das eine hat doch mit dem anderen nichts zu tun. Das Letzte, was ich wollte, ist, dir Druck wegen deiner Beziehung zu machen. Ich hatte gar nicht vor, dir heute so ein Geständnis zu machen.«

»Aber ich bin doch froh, dass du es getan hast«, flüsterte Verena. Sie griff nach Monas Hand, legte sie an ihre Wange und küsste sanft, beinahe verwundert ihre Finger. Mona zog Verena an sich, küsste sie erst auf die Stirn und senkte ihre Lippen dann auf Verenas Mund. Verena gab dem Kuss einen Moment nach, zog sich dann aber rasch zurück. Sie sprang auf und wandte sich ab.

»Ich kann das nicht, Mona. Ich ...«

Mona war hinter sie getreten. Sie legte Verena eine Hand auf die Schulter. »Schon gut. Ich verstehe. Ich wollte dich wirklich nicht damit überfallen. Es war dumm und unbedacht. Ich hätte einfach den Mund halten sollen – schon in Boston.«

Verena wandte sich ihr wieder zu. Sie sah ihr lange in die Augen, und Mona glaubte so etwas wie Wehmut und Trauer in ihrem Blick zu lesen.

»Lass uns einfach was essen gehen«, sagte Verena nach

einer Weile. Sie griff nach Monas Hand. Diese ließ es verdutzt geschehen. Schweigend gingen sie den Parkweg entlang zum Schloss, das in der Ferne aufragte. Sie genossen den Anblick der Abendsonne über dem See.

Verena seufzte innerlich. In nur einer Woche würde sie zu Hause sein, nur eine Woche später stufenweise wieder anfangen zu arbeiten. Sie freute sich darauf, hatte aber auch Angst vor dem neuen Alltag, und nicht allein wegen ihres Armes. Sie war sich inzwischen sicher, dass sie in wenigen Wochen wieder am OP-Tisch stehen würde.

Dennoch war ihr Leben an einem Punkt, wo sie um einige wichtige Entscheidungen nicht herumkommen würde. Hatten die Zeit in der Reha und vor allem die Gespräche mit Heuss sie wirklich fit genug gemacht, um all dem gefasst ins Auge zu sehen? Sie musste sich um die Versicherung kümmern, musste wegen ihres Führerscheins zur Polizei. Stefan hatte ihn für sie abgegeben, sobald die Strafanzeige kam. Sie hatte nichts anderes erwartet, aber da es das erste Mal war, war sie noch glimpflich davongekommen. Lediglich der von ihr verursachte Unfall hatte sich erschwerend ausgewirkt. In einer Woche sollte sie ihren Führerschein wiederbekommen. Was auch bedeutete, dass in der Klinik niemand etwas davon mitbekommen würde. Sie konnte nur hoffen, dass die Geschichte nicht anderweitig durchsickerte. Was, wenn eine Kollegin, ein Kollege in Berlin doch plapperte? Verena seufzte auf.

»Alles in Ordnung?« Mona sah sie fragend an.

»Nein«, antwortete Verena wahrheitsgemäß. »Aber es ist nichts, worüber ich jetzt reden möchte. Bitte lass uns einfach den Abend genießen, Mona. Ich glaube, ich wäre dir für etwas Ablenkung dankbar.«

Mona nickte. Trotzdem war sie verwundert. Wo war Verenas Kampfgeist geblieben? Ihr wurde langsam bewusst, wie sehr das Erlebnis mit Anna Conrad sie tatsächlich verändert haben mochte. Es war eine Vergewaltigung, rief sie sich in Erinnerung. Anna Conrad hat sie vergewaltigt. Was bedeutet, einer anderen Person Gewalt anzutun. Aber Verena sprach es nicht aus, und sie, Mona, tat es aus Rücksicht ebenfalls nicht. Wenn man es aber nicht benannte, kam man irgendwann darüber hinweg, die Tat als solche zu betrachten – man war im Begriff, sie zu verharmlosen, oder nicht?

Dennoch hütete sie sich, das Thema Anna Conrad noch einmal anzusprechen. Sie waren beide nicht sehr gesprächig während des Abendessens, und Mona begann sich bereits damit abzufinden, dass sie Verena mit ihrem Geständnis endgültig verschreckt hatte. Warum konnte ich meinen Mund nicht halten, verfluchte sie sich innerlich. Verena befand sich bereits in einer Ausnahmesituation – sie brauchte nicht noch mehr Probleme.

Mona fuhr an der Klinik vor und stellte den Motor ab. Sie räusperte sich. »Hör zu, Verena. Es tut mir leid. Ich hätte dich nicht so überfallen sollen. Ich hoffe, du kannst mir das verzeihen.«

Doch Verena überraschte Mona völlig mit ihrer Reaktion. »Es gibt nichts zu verzeihen, Mona. Und nichts, wofür du dich entschuldigen müsstest. Ich habe keine Ahnung, wie die nächsten Wochen für mich aussehen werden. Ob ich mit der Arbeit so zurechtkomme, wie ich mir das vorstelle. Was mit Stefan ist ... Was ich wegen Anna Conrad unternehmen werde ... Aber ich weiß ganz sicher, dass ich nicht nochmal fünfzehn Jahre vergehen lassen werde, ehe ich dich wiedersehe, Mona Grafenbach!« Sie gab ihr einen raschen Kuss auf die Wange und stieß die Autotür auf, ehe Mona etwas erwidern konnte.

Sie trat um das Auto herum zur Fahrerseite. »Ich wünsche dir einen guten Flug!«, sagte sie, als Mona das Fenster herunterließ. »Vielleicht besuche ich dich bald mal in Berlin.« Dann ging sie, ohne sich noch einmal umzudrehen.

Mona wendete kopfschüttelnd den Wagen.

In dieser Nacht war es Verena, die nicht schlafen konnte. Monas Geschichte von der Studentin ging ihr nicht aus dem Kopf. Wenn sie stimmte, hatte Anna innerhalb von wenigen Wochen zwei Frauen vergewaltigt oder besser: zwei, von denen Mona wusste. Diese Frau war wirklich gemeingefährlich! Und Verena konnte nicht verhindern, dass ihr ein anderer Gedanke in den Sinn schoss. Wie weit würde diese Frau noch gehen? Was, wenn Anna Conrad, die Professor Meinhard ja offensichtlich kannte, Verena bei ihrem Vorgesetzten schlechtmachen würde, um sich selbst zu schützen? Ihr wurde klar, dass sie die Konsequenzen des Vorfalls tatsächlich nicht länger ignorieren konnte. Sie musste endlich mit jemandem reden, der sich auskannte. Dann fiel ihr auch ein, an wen sie sich wenden konnte. Warum war sie nicht früher darauf gekommen? Etwas ruhiger schlief sie schließlich ein.

KAPITEL 9

Wenige Tage, nachdem sie aus der Reha zurück war, rief Verena bei der Polizei an und fragte sich nach der Hauptkommissarin Ingrid Stroll durch. Man versuchte mehrere Male, sie abzuwimmeln oder zu erfahren, warum sie ausgerechnet Frau Stroll sprechen wollte. Aber sie ließ nicht locker, und irgendwann hatte sie die Kommissarin, die sie von dem Einsatz gegen Carmens ehemaligen Lebensgefährten kannte, endlich persönlich am Apparat.

»Frau Stroll, hier spricht Verena Gessner. Ich bin mir nicht sicher, ob Sie sich an mich erinnern.«

»Selbstverständlich erinnere ich mich, Frau Dr. Gessner«, erwiderte eine freundliche Stimme. »Wie geht es Ihnen?«

Verena atmete erleichtert auf. Die erste Hürde war geschafft. Sie beantwortete Ingrid Strolls Frage nicht. »Kann ich bei Ihnen vorbeikommen und mit Ihnen allein sprechen?«

»Worum geht es denn?«

»Ich brauche einen Rat. Ich möchte das nicht am Telefon besprechen. Bitte.« Plötzlich wurde ihre Stimme flehend, und Verena ärgerte sich darüber.

»Geht es um eine Straftat?«, hakte die Kommissarin nach.

»Dazu brauche ich ja Ihren Rat«, sagte Verena verzweifelt. Sie spürte, wie der Mut sie verließ.

»Also gut. Wann können Sie kommen?«

»Wie wäre es mit gleich?«, fragte Verena leise.

»Ja, kein Problem. Wissen Sie wohin?«

»Nein«, gab Verena überrascht zu. Sie wusste ja gar nicht, bei welcher Dienststelle Ingrid Stroll überhaupt arbeitete. Damals war sie zwei Mal zu ihnen ins Haus gekommen.

Ingrid Stroll nannte ihr die Adresse. Dann fragte sie eindringlich: »Frau Dr. Gessner, geht es Ihnen gut? Können Sie überhaupt Auto fahren?«

»Ich bin okay. Und ich nehme ein Taxi. Die Polizei hat meinen Führerschein nämlich noch.« Verena hatte sich noch nicht darum gekümmert, ihn abzuholen, obwohl Stefan ihr deswegen in den Ohren lag. Aber sie verspürte kein Bedürfnis, sich hinters Steuer zu setzen.

Eine Stunde später saß Verena mit Ingrid Stroll in einem der Vernehmungsräume. Die Kommissarin hatte ihr ein Glas Wasser hingestellt und musterte sie abwartend. Die Frau, die sie vier Jahre zuvor kennengelernt hatte, war nicht so fahrig und nervös gewesen, wie die Verena Gessner, die jetzt vor ihr saß. Irgendetwas stimmte nicht mit ihr. Außerdem hatte sie mittlerweile im Computer nachgesehen, was es mit der seltsamen Aussage im Hinblick auf ihren Führerschein auf sich hatte. Trunkenheit am Steuer, Verstoß gegen das Betäubungsmittelgesetz. Etwas, das zu der unbescholtenen Ärztin nicht so recht passte.

»Okay, Frau Dr. Gessner. Was kann ich für Sie tun?«

»Ich brauche einen Rat«, sagte Verena leise. Sie sah auf das festinstallierte Aufnahmegerät und die Mikrofonanlage vor sich. »Das ist nicht an, oder?«

Ingrid Stroll schüttelte den Kopf. »Nein. Aber ich weise Sie der Ordnung halber darauf hin, dass ich verpflichtet bin zu ermitteln, sollte sich bei dem Gespräch herausstellen, dass Sie selbst in irgendeiner Form in eine Straftat verwickelt sind. Das Gleiche gilt, wenn Sie eine andere Person einer Straftat bezichtigen.«

Verena sah sie verzweifelt an. »Dann hat das hier keinen Sinn«, murmelte sie. Sie war schon im Begriff aufzustehen.

Ingrid Stroll hob leicht die Hand. »Warten Sie einen Moment, ja? Sie haben sich doch nicht bis hierher durchgefragt und sich extra herbemüht, um gleich wieder zu gehen, oder?«

Verena schüttelte resigniert den Kopf.

»Gut, ich nehme auch an, dass Sie sich mit dem, was Sie auf dem Herzen haben, nicht selbst belasten wollen, sonst säßen Sie mit Ihrem Anwalt hier. Sehe ich das richtig?«

Verena bejahte.

»Sind Sie selbst die Geschädigte, oder geht es um eine dritte Person?«

Verena zögerte. »Keine dritte Person«, sagte sie dann leise.

Ingrid Stroll musterte ihr schmales Gesicht. Ihre Haut zeigte eine dezente Sommerbräune, aber dennoch sah sie nicht wirklich gesund aus. War sie krank gewesen? Was war los? Anzusehen war ihr nichts, aber trotzdem …

»Frau Dr. Gessner, sind Sie verletzt? Brauchen Sie einen Arzt?«, fragte die Kommissarin sicherheitshalber nach.

Verena sah überrascht hoch. »Nein. Nein, ich bin okay. Zumindest jetzt …«, murmelte sie.

»Das heißt, was immer passiert ist, liegt schon eine Zeitlang zurück?« fragte Ingrid Stroll behutsam weiter.

»Ja.« Zu mehr ließ Verena sich nicht hinreißen.

»Wozu brauchen Sie denn nun meinen Rat?«

Verena fühlte sich unwohl unter dem aufmerksamen Blick der Polizistin. Sie räusperte sich. »Ich bin mir nicht sicher, ob die Polizei damit etwas anfangen kann. Ich meine ...« Verena brach ab. Es war ein kolossaler Fehler gewesen herzukommen!

Die Kommissarin sah ihr ernst, aber freundlich in die Augen. Sie glaubte endlich verstanden zu haben, warum diese Frau so verschlossen, ja beinahe verängstigt reagierte. »Frau Dr. Gessner, wurden Sie in irgendeiner Weise angegriffen oder belästigt?«

Verena bestätigte es allein mit den Augen.

»Wurden Sie Opfer eines sexuellen Übergriffs?«

Bei dem Wort ›Opfer‹ zuckte Verena zusammen. »Ich nehme es an«, antwortete sie leise.

»Bedeutet das, Sie können sich nicht erinnern, oder bedeutet es, dass Sie nicht einschätzen können, ob es sich um eine Straftat handelt?«, forschte Ingrid Stroll sachte weiter.

Erleichterung huschte über Verenas Gesicht. »Ich kann mich größtenteils erinnern, aber ich kann es nicht einschätzen.«

Die Kommissarin nickte bedächtig. »Vielleicht erzählen Sie mir die ganze Geschichte erst mal, ohne einen Namen zu nennen? Wenn ich keinen Anhaltspunkt habe, kann ich auch keine Ermittlung einleiten. Würde das helfen?«

Verena nickte, konnte sich aber immer noch nicht durchringen zu reden.

Die Kommissarin stand auf und zog ihren Stuhl neben Verena. Sie schaute ihr beruhigend in die Augen. »Frau Dr. Gessner, vertrauen Sie mir einfach. Darum sind Sie doch gekommen, oder? Ich kann Ihnen nur helfen, wenn Sie auch mit mir reden.«

Verena nickte noch einmal, um sich selbst Mut zu machen. Dann atmete sie tief durch und erzählte der Kommissarin so emotionslos wie möglich, was in Berlin passiert war. Sie ließ nichts aus, auch nicht den Unfall, den sie am nächsten Tag verschuldet hatte, und vor allem nicht ihre Überzeugung, dass sie sich das, was im Hotelzimmer passiert war, größtenteils selbst zuzuschreiben hatte. Erst am Schluss erwähnte sie Monas Verdacht, dass es eventuell einen weiteren Fall gab.

Nach ihrem Besuch bei der Polizei war Verena direkt zu Kathrin gefahren. Sie wollte nicht allein sein, und Stefan war noch in seiner Praxis. Obwohl Verena sicher war, dass er ihren Schritt, zur Polizei zu gehen, begrüßen würde und sich überdies mit hoher Wahrscheinlichkeit den Rest des Nachmittags für sie freigeschaufelt hätte, wollte sie sich weder seinen Fragen noch seinen Ratschlägen aussetzen. Kathrin war in den letzten Wochen die Einzige gewesen, die sich größtenteils daran gehalten hatte, ihr nur dann etwas zu raten oder etwas mit ihr zu erörtern, wenn Verena ausdrücklich darum gebeten hatte. Ansonsten konnte sie einfach nur sie selbst sein. Kathrin hörte zu, nahm sie in den Arm, bedrängte sie jedoch nicht.

Sie saßen im Wohnzimmer, und Verena berichtete von dem Gespräch mit Ingrid Stroll. Carmen hatte sie allein lassen wollen, als Verena ohne Ankündigung vor der Tür stand, aber die hatte abgewunken.

»Ich komme gerade von einer alten Bekannten«, sagte Verena. »Ich habe mich mit Ingrid Stroll getroffen.«

Die beiden Frauen sahen sie überrascht an. »Du hast das Miststück also doch angezeigt?«, fragte Kathrin.

Verena schüttelte den Kopf. »Noch nicht, aber ich kann mir nun wenigstens vorstellen, es zu tun.«

Kathrin nickte bedächtig. »Und was genau hindert dich, diesen letzten Schritt zu unternehmen, wenn ich fragen darf?« Die alte Vorsicht.

Carmen sagte gar nichts, hörte nur zu.

»Eine ganze Menge. Zum einen will ich vorher noch einmal mit Mona sprechen. Denn sobald ich Anzeige erstatte, muss ich sie als Zeugin angeben und von ihrer Schweigepflicht entbinden. Und ich will, dass sie Bescheid weiß, ehe die Polizei sich bei Anna Conrad meldet und die dann womöglich wutschnaubend bei Mona auftaucht. Des Weiteren bin ich mir immer noch nicht sicher, ob der Fall so eindeutig ist, wie ihr alle offensichtlich glaubt. Das konnte mir im Übrigen auch die Kommissarin nicht sagen. Wie auch? Je nachdem wie die Beweisaufnahme endet und wie das Gericht die Sache sieht, besteht die Möglichkeit, dass das Ganze in einer einzigen Schlammschlacht endet, bei der Aussage gegen Aussage steht. Wenn die Medien von der Geschichte Wind bekommen, wenn das auf die hiesige Uniklinik zurückfällt, bin ich eventuell meinen Job los. Andererseits traue ich der Conrad durchaus zu, dass sie mich bei Meinhard vorher schlechtmacht, um sich selbst zu schützen. Also werde ich wohl kaum darum herumkommen, mit meinem Arbeitgeber über die Angelegenheit zu reden. Darauf freue ich mich noch weniger. Allerdings ist es vermutlich besser, wenn er es von mir erfährt, als von Anna Conrad oder durch die Presse. Das Ganze ist dann aber immer noch keine Gewähr, dass ich meine Karriere an der Klinik nicht so oder so ruiniere.«

Kathrin sah sie mit offenem Mund an. Sie hatte Verena seit dem Unfall nicht so viel und so überlegt reden hören. Wachte sie endlich auf?

Aber Carmen war diejenige, die es aussprach: »Donnerwetter, Verena! Das klingt schon ziemlich durchdacht. Ich kann mir vorstellen, was es dich gekostet hat, das überhaupt so klar bis zum Ende durchzuspielen.«

Verena nickte nur. Der Aufruhr in ihrem Inneren war weitaus größer, als die beiden Freundinnen zu glauben schienen. Sie war sich ihrer Aktion gar nicht so sicher. Sie hatte noch nicht endgültig entschieden, ob sie wirklich Anzeige erstatten wollte. Doch nach dem Gespräch mit Ingrid Stroll sah sie ihre Optionen und die möglichen Folgen einer Anzeige klarer. Es war das erste Mal, dass sie überhaupt konsequent darüber nachdachte. Früher hatte ihr Gehirn schon vorher kategorisch dichtgemacht, wenn ihr der Gedanke einfach nur in den Sinn kam, oder noch schlimmer, wenn jemand anders das Thema erwähnte.

»Und was hat die Kommissarin sonst noch gesagt? Ich meine, eigentlich müsste sie ja gleich ermitteln, oder?«

»Im Moment hat sie niemanden, gegen den sie ermitteln kann. Sie war damit einverstanden, dass ich erst mal keine Namen nenne. Und sie hat mir die Adresse einer Anwältin gegeben.«

Verena sah Carmen in die Augen. »Trotzdem hat sie mir zur Anzeige geraten. Vor allem hat sie mich eindringlich an das erinnert, was wir dir vor vier Jahren wegen deiner Schuldgefühle wegen Matthias Hartmann eingebläut haben.« Sie brach ab, zupfte gedankenverloren an ihrem Nagelbett, bis es blutete.

Kathrin verzog angesichts ihres malträtierten Fingers schmerzlich das Gesicht. Verena maß ihren feinen Chirurgenhänden große Bedeutung bei, und normalerweise waren sie makellos gepflegt.

Doch es war Carmen, die aufstand und ihre Hand auf Verenas Finger legte. »Aber du glaubst es nicht, nicht wahr, Verena? Egal, was alle dir einreden, du gibst dir die Schuld, weil du damit die Kontrolle über das Geschehene behältst. Du sträubst dich mit jeder Faser deines Körpers dagegen, dich selbst als Opfer zu sehen, damit dieses letzte Fitzelchen Kontrolle nicht verlorengeht, richtig?«

Verena starrte sie sprachlos an. Schlagartig fiel ihr der Sonntagabend in der Reha wieder ein. Das Telefonat mit Carmen, der Weinkrampf. »Woher weißt du?«, brachte sie schließlich hervor.

Carmen sah sie geduldig an. Kathrin schwieg mit angehaltenem Atem.

»Bis zum heutigen Tag – egal was ihr alle mir immer gesagt habt – bin ich der festen Überzeugung, dass ich Matthias damals diese bescheuerten Fotos nicht hätte machen lassen sollen.« Sie sah entschuldigend auf Kathrin, die das offensichtlich nicht gewusst hatte. »Allerdings weiß ich auch, dass es keine Entschuldigung dafür ist, dass er mich deswegen erpresst und später ... verprügelt und vergewaltigt hat. Es ist egal, welchen Teil der Verantwortung du dir zuschiebst, Verena, solange du akzeptierst, dass es für dieses Miststück keine Entschuldigung gibt, dich mit Drogen gefügig gemacht und dir Gewalt angetan zu haben.«

Verena erwiderte Carmens Blick, als sie das Wort ergriff. »An dem Sonntag, nachdem wir beide telefoniert hatten, da ist mir plötzlich klargeworden, dass ... ich missbraucht worden war, obwohl ich immer dachte ... dass mir so etwas nie passieren könnte. Obwohl ich es tagein, tagaus in der Arbeit sehe, habe ich tatsächlich nie auch nur in Betracht gezogen, dass ich selbst einmal betroffen sein könnte. Wie borniert das war. Ich hielt mich für unverwundbar! Und musste feststellen, wie arrogant das doch war.«

Kathrin sah sie verwirrt an. »Das war der Grund für deinen Zusammenbruch damals?«

»Ich konnte dir das nicht sagen, weil ich nicht Carmen die Schuld geben wollte. Und es war ja auch nicht ihre Schuld. Es ...«

Aber Carmen verstand sofort. »Es war nur ein Auslöser. Und mit Arroganz hat das weitaus weniger zu tun als mit Selbstschutz. Es ist ein Schutzmechanismus, dass wir nicht ständig damit rechnen, überfallen, vergewaltigt oder überfahren zu werden. Wir halten uns tatsächlich für unverwundbar. An jenem Sonntag ist dir schmerzhaft klargeworden, dass du es nicht bist. Und dann bist du abgestürzt. Dann arbeitest du dich wieder hoch, aber manchmal ist es plötzlich doch wieder da, und du kannst kaum atmen.«

Verena konnte nur nicken.

»Und das hat sie dir angetan, Verena. Der Teil entzieht sich deiner Verantwortung. Aus dem Grund hat sie es auch verdient, deswegen belangt zu werden.«

Verena starrte zweifelnd auf ihren blutigen Finger. Unwillkürlich hob sie die Hand, um das Blut abzulecken.

Kathrin hatte bis dahin geschwiegen. Nun stand sie auf und ergriff behutsam Verenas Hand. »Ich hoffe zwar, dass du es inzwischen begriffen hast, Verena, aber ich sage es dir gern noch einmal: Egal, was du tun willst, ich werde dich unterstützen, wo ich kann.«

Kathrin hatte sie nach dem Gespräch nach Hause gefahren. »Pass auf dich auf, Süße.«

Erschöpft war Verena in die Küche getreten. Sie öffnete den Kühlschrank und schenkte sich gerade ein Glas Saft ein, als Tim in die Küche gestürmt kam. »Wo warst du, Mama? Papa hat beim Mittagessen nach dir gefragt.«

Verena runzelte die Stirn. Sie hatte Stefan doch einen Zettel hingelegt. Aber natürlich hatte sie nicht damit gerechnet, so lange fort zu sein. »Bei Kathrin«, antwortete sie knapp. Dann fragte sie Tim nach seinem Tag. Das fehlte gerade noch, dass Stefan jetzt anfing, ihren Sohn in ihre Spannungen mit hineinzuziehen. Er hatte ihre Handynummer und hätte sie einfach anrufen können. Du hast ihn in letzter Zeit oft weggedrückt, dachte sie dann schuldbewusst.

Beim Abendessen fiel ihr auf, dass Stefan seinen Ärger unterdrückte. Als sie ihm später auf seine Frage, was sie den Tag über gemacht habe, erklärte, sie sei bei der Polizei gewesen, leuchteten seine Augen auf. »Du hast dich also doch zu einer Anzeige entschlossen.«

»Noch nicht«, antwortete Verena. Weiter kam sie nicht.

»Ich kapier's einfach nicht! Wie lange willst du damit denn noch warten? Das sieht dir doch gar nicht ähnlich, dass du dich so anstellst. Hast du dich wenigstens um deinen Führerschein gekümmert? Und was ist mit der Versicherung?«

Sie starrte ihn einen Moment fassungslos an. Dann brach es aus ihr heraus. »Was fällt dir ein, mich so anzufahren! Es gibt nur einen Menschen, der entscheidet, wann ich mich um all das kümmere, und das bin ganz allein ich! Oder musstest du wegen meines fehlenden Führerscheins auch nur einmal extra fahren, seit ich von der Reha zurück bin? Mit dem Taxi komme ich ganz gut allein zurecht.«

»Das kannst du aber auf die Dauer nicht machen. Was ist, wenn du wieder arbeitest?«, erwiderte er hitzig.

»Auch das lass bitte meine Sorge sein.«

»Verena«, versuchte er es noch einmal in einem etwas ruhigeren Ton. »Es sieht dir einfach nicht ähnlich, dass du das alles so schleifen lässt. Und vor allem die Anzeige ...«

»Vor allem die Anzeige ist verdammt noch mal ganz allein meine Angelegenheit!«, schrie Verena aufgebracht. »Hör endlich auf, mir andauernd Vorschriften zu machen.«

»Welche Anzeige?«, fragte Dani von der Tür her.

Verena fuhr herum. Weder sie noch Stefan hatten Dani kommen hören.

»Und worüber streitet ihr denn jetzt schon wieder?«, fragte die Neunzehnjährige erbarmungslos weiter.

»Dani«, sagte Verena schwach. »Tut mir leid, dass du das mitbekommen hast.«

»Welche Anzeige?«, bohrte Dani beharrlich nach.

»Ich kann dir das jetzt nicht erklären, Schatz.« Verena standen plötzlich Tränen in den Augen. »Und ich muss hier raus, sorry.« Damit ließ sie Vater und Tochter, die sie perplex anschauten, stehen.

Dani funkelte Stefan wütend an: »Musst du immer so ekelhaft zu Mam sein?«, sagte sie anklagend. »An dem Morgen, als sie nach Berlin geflogen ist, hast du sie auch so angefahren. Und dann hatte sie diesen Unfall. Was hättest du gemacht, wenn sie nicht wieder aufgewacht wäre?«

Stefan zuckte schuldbewusst zusammen. Dani hatte den Finger präzise auf die Wunde gelegt. »Wir haben gerade ein paar Schwierigkeiten«, sagte er geknickt. »Wir klären das schon, okay?«

Dani zuckte nur zweifelnd die Achseln.

»Nein, Verena«, widersprach Kathrin. »Nicht Stefan hat sich verändert – *du* hast dich weiterentwickelt.«

Nach dem Streit hatte Verena sich zu Kathrin geflüchtet. Sie hatte einfach nicht weitergewusst.

Kathrin hatte sie nur in den Arm genommen, als sie mit verheulten Augen vor ihrer Tür stand, und ihr dann eine große Kanne Tee gekocht.

»Eure Beziehung war so lange gut, wie eure Rollen geklärt waren. Trotz Job hast du den Großteil der Familienrolle übernommen. Oder wer hat denn Haushalt und Kindermädchen koordiniert?«

Verena seufzte. Kathrin hatte recht. Obwohl sie fast immer jemanden für die Kinder und den Haushalt gehabt hatten, war doch meistens sie es gewesen, die für den reibungslosen Ablauf gesorgt hatte. Ihr neuer Job hatte diese Aufgabenteilung verschoben, vor allem seit sie auch noch häufiger Tagungen besuchte oder sonstige Dienstreisen unternahm.

»Du warst die hingebungsvolle Arztgattin an seiner Seite, wann immer es um etwas Offizielles ging, die Mutter seiner Kinder, dazu noch erfolgreich und eigenständig im Beruf. Ihr repräsentiert die perfekte gehobene Mittelklasse-Familie, in der die Frau sich ständig zerreißt, um alles unter einen Hut zu bekommen. Jetzt ist dein Job so anspruchsvoll, dass du nicht mehr alles so problemlos hinbekommst, und er müsste einspringen. Das gefällt dem Herrn nicht.«

Verena sah Kathrin erstaunt an. »So siehst du Stefan und mich als Paar?«

Kathrin erwiderte ihren Blick ungerührt. »Vielleicht etwas überspitzt formuliert, aber nicht komplett aus der Luft gegriffen, oder?«

»Es ist auf jeden Fall richtig, dass wir nur noch streiten, seit ich den Job an der Uniklinik habe. Er hat das offensichtlich total unterschätzt. Vielleicht auch wir beide. Wobei mir auf jeden Fall von Anfang an klar war, wie eingespannt ich sein würde. Anscheinend habe ich ihm nicht deutlich genug vermittelt, was von mir erwartet wird – oder was ich von mir erwarte.«

Kathrin schnaubte verächtlich. »Ach was! Und dein Ehemann lebt hinterm Mond; er kennt auch keine Kollegen, die eine ähnliche Position innehaben? Glaubst du, bei denen würde einer auch nur in Frage stellen, dass die Beziehung oder die Familie dafür mal zurückstecken müssen? Auf die Idee kommen die Herren nicht einmal. Statt stolz auf dich zu sein, hackt er auf dir rum. Und er versucht sogar noch, dich zu bevormunden.«

Verena schüttelte zaghaft den Kopf. »Während der Zeit am Chiemsee war er die ganze Zeit für mich da. *Ich* war und bin diejenige, die komplett dichtgemacht hat. Und ich kann nicht mit ihm reden, weil mein eigenes schlechtes Gewissen nicht zulässt, dass wir das Thema Berlin überhaupt ansprechen.« Sie sah auf. »Egal, wie man es dreht und wendet, Kathrin. Wäre die Vergewaltigung nicht passiert, hätte ich ihn schlicht und einfach betrogen. Zum zweiten Mal in unserer Beziehung und zum zweiten Mal mit einer Frau. Das ist doch das Problem – das ist der rosa Elefant im Raum. Wir sehen ihn beide, aber wir ignorieren ihn. Die Streitereien um Anzeige, Versicherung, Führerschein und Job sind doch nur Ablenkungsmanöver.«

»Und er hat dich in all der Zeit nie betrogen?«

Verena zuckte die Schultern. »Keine Ahnung – weiß ich nicht. Nein, ich glaube nicht. So etwas merkt man doch, oder? Außerdem haben wir immer ausgemacht, dass wir es uns sagen würden.«

»So wie du es beim letzten Mal getan und gemerkt hast, dass ihr es nicht einfach so wegsteckt und die Beziehung einen gewaltigen Knacks bekommen hat!«

Verena nickte nur. Dass Kathrin etwas auf den Punkt

gebracht hatte, was sie noch nie in dieser Deutlichkeit gedacht hatte, wunderte sie nicht einmal.

»Hast du Carmen jemals betrogen? Oder sie dich?«, fragte sie stattdessen.

»Zu deiner ersten Frage: nein. Zur zweiten: soweit ich weiß nicht. Tut das jetzt irgendwas zur Sache?«

Verena schüttelte den Kopf. »Ich glaube nicht.«

»Falls dich das in irgendeiner Weise tröstet – ich war mal kurz davor. Es war auf einer Lesereise. Ich hatte etwas getrunken, die andere auch. Na ja, ich hab mich noch rechtzeitig erinnert, dass ich das eigentlich gar nicht wollte.«

»Aber das ist doch der Punkt. Du hast es eben nicht getan!«

»Und sie hat dir Drogen ins Getränk gemischt, schon vergessen? Hast du dich wirklich zu keiner Zeit gefragt, ob du sie nicht bitten solltest zu gehen? Kannst du dich überhaupt erinnern? Nach allem, was Mona mir erklärt hat, wäre es nicht ungewöhnlich, wenn du gar nicht mehr genau wüsstest, was passiert ist.«

»Doch, ich weiß, dass ich im Bad stand und mich gefragt habe, was ich hier mache. Ich war kurz davor, sie zu bitten zu gehen. Dann kam sie mit dem Champagner rein.«

»In dem das GHB war!«

»Vermutlich.«

»Na also!«

»Was? Mildernde Umstände für den Ehebruch?«

Kathrin zog angesichts des altmodischen Ausdrucks die Brauen hoch. Verena hatte wirklich einen Hang zur Selbstkasteiung. Dass ausgerechnet ihr gleich zweimal ein Ausrutscher passiert war, nagte an ihr. Fremdgehen passierte in anderen Beziehungen. So wie Vergewaltigungen offenbar eigentlich auch nur anderen passierten. Kathrin erinnerte sich an das Gespräch vom Vortag. Verena war doch nicht wirklich so weltfremd? Ein bisschen spießig vielleicht – damit hatte sie sie all die Jahre gutmütig aufgezogen.

»Du musst mit Stefan reden, Verena. Es hilft nichts. Du musst ihm von diesen ganzen Schuldgefühlen erzählen. Du musst ihn doch in irgendeiner Weise daran teilhaben lassen, wie es in dir aussieht. Er ist Gynäkologe, verdammt. Das ist doch nicht der schlechteste Ausgangspunkt, um als Mann eine Vergewaltigung zu verstehen. Ihr konntet doch sonst immer über alles reden, oder nicht?«

»Ohne dass wir uns dabei an die Gurgel gingen …«

»Gestritten habt ihr schon immer viel.«

»Diskutiert, vielleicht auch hart und unnachgiebig. Aber wir haben uns keine bösartigen Vorwürfe an den Kopf geworfen. Ich kann dir nicht mal sagen, wann das alles angefangen hat.«

Kathrin warf ihr einen resignierten Blick zu. Was sollte sie hierauf noch antworten? Die Freundin zerfloss vor Selbstmitleid und überschüttete sich gleichzeitig mit Vorwürfen. Wo war die resolute und kampfbereite Verena abgeblieben? War das alles, was dieser Psychologe in vier Wochen Therapiegesprächen zustande gebracht hatte – dass sie sich jetzt vor ihren Augen zerlegte? Kathrin sprang auf. So ging das nicht weiter! Sie konnte diese Selbstzerfleischung nicht mehr mitansehen!

Halt, sagte sie sich, als sie am Fenster stand und ratlos in den dunklen Garten starrte. Du tust ihr unrecht. Sie kämpft. Sie ist heute allein zur Polizei gegangen. Sie hat sich während der Reha aus dem ganzen Gefühlswirrwarr herausgearbeitet. Das hier ist ein Rückfall, verursacht durch einen dummen Streit mit Stefan, der mal wieder versucht hat, sie wegen der Anzeige unter Druck zu setzen und damit vermutlich einen bereits gelegten Keim zerstört hatte. Aber es war unfair, Verena die totale Hilflosigkeit vorzuwerfen. Es war nur so, dass die Rollen zwischen ihnen beiden sich gerade endgültig aufzulösen begannen. Sie ist ausnahmsweise mal auf dich angewiesen, also tu was und speise sie nicht mit ein paar Belanglosigkeiten ab. Anders als Verena in solchen Situationen, waren ihr gerade die Argumente ausgegangen. Das hieß aber nicht, dass sie nicht für die Freundin da sein konnte.

Kathrin drehte sich entschlossen um und ging wieder auf Verena zu, die in Gedanken versunken auf der Couch saß. »Möchtest du hier übernachten?«

Verena fuhr überrascht hoch. »Was? Nein. Ich will dir doch nicht zur Last fallen.«

Kathrin setzte sich leicht genervt hin. »Ich finde es etwas schade, dass du nach all den Jahren immer noch denkst, du würdest mir zur Last fallen. Und es tut mir leid, dass ich keinen anderen Rat für dich habe. Aber ich kann dir das Gleiche anbieten, was ich schon vor ein paar Wochen einmal angeboten habe. Ich bin einfach da, nehme dich in den Arm und höre dir zu, lasse dich reden oder schweigen oder weinen. Wir schlafen eine Nacht darüber, und du entscheidest morgen früh, wie es weitergeht. Wenn du zur Polizei willst, komme ich mit. Wenn du mit Stefan reden willst, kann ich auch dabei sein, wenn du willst. Aber heute Abend fällt mir einfach nichts Sinnvolles mehr ein, außer dir zu sagen, dass deine Selbstvorwürfe komplett überzogen und vor allem unproduktiv sind. Du bist gerade mal wieder in ein tiefes Loch gefallen und gräbst dich immer noch tiefer darin ein. Ich verstehe, dass du dir einen Teil der Schuld gibst, aber ich sehe auch, dass du dich maßlos verrennst. Bleib hier, komm zur Ruhe. Ich fahre dich morgen früh nach Hause, und wir reden mit Stefan.«

Verena sah sie verblüfft an. Kathrin war normalerweise keine, die derartige Reden schwang. »Was ist mit Carmen?«, flüsterte sie.

»Nachtschicht.«

»Und wenn sie uns morgen früh in einem Bett findet?«

»Ich schicke ihr eine SMS und erkläre es ihr.«

»Ja, ich meine nur, es reicht schon, wenn Stefan dauernd denkt …« Verena sah Kathrin verunsichert an.

Kathrin setzte sich neben Verena. »Du rufst ihn jetzt an und sagst ihm, wo du bist. Und glaub mir, Carmen ist weitaus weniger eifersüchtig auf dich, als du immer denkst. Stefan ist da wohl das größere Problem.«

Verena musste gegen ihren Willen grinsen. »Ständig denkt jeder, wir hätten was miteinander. Sogar Mona …«

Kathrin nickte nur trocken. »Ja, auch Mona. Aber ich hoffe, sie hat kapiert, was ich ihr versucht habe zu erklären.« Sie hatte mehr zu sich selbst gesprochen, aber Verena sah sie jetzt höchst interessiert an.

»Das erzähle ich dir ein andermal, okay?«

»Ich möchte es aber jetzt wissen. Es gab schon zu viele

Missverständnisse, und ich brauche nicht noch ein weiteres mit Mona.« Verenas Augen hatten einen seltsam harten Glanz.

Kathrin musterte sie prüfend. »Was ist das mit dir und Mona?«

»Ich habe zuerst gefragt«, erwiderte Verena stur.

»Na gut. Aber die Kurzfassung.« Kathrin erzählte ihr von dem Gespräch in Berlin und dem Telefonat vor einigen Wochen.

»Sie traut sich nicht mehr, bei dir anzurufen, weil ich beim letzten Mal so ausgeflippt bin«, murmelte Verena schuldbewusst.

»Ich dachte, das hattet ihr geklärt, als sie am Chiemsee war?«

»Keine Ahnung, sie ist trotzdem sehr vorsichtig. Ich habe seither nur ein Mal mit ihr telefoniert, und es war …« Verena brach ab. Das Telefonat mit Mona nach ihrem Rückflug war etwas gequält verlaufen. Kein Wunder, dachte Verena. Wir haben uns fast aus Versehen unsere Gefühle füreinander gestanden, wie die Teenager. Aber danach wussten wir beide nicht, was wir damit anfangen sollten.

Ihre Gefühle für Mona hatte sie wieder in die hinterste Schublade verbannt. Sie hatte Kathrin nichts davon erzählt und hatte es auch jetzt nicht vor. Aber Kathrin war nicht dumm, und Verena wusste nicht, ob sie für eine Notlüge die Kraft aufbrachte.

Doch Kathrin ließ sie vom Haken. Sie stand auf. »Du sagst jetzt Stefan Bescheid. Ich lasse dir heißes Wasser in die Badewanne ein und lege dir Handtücher, Zahnbürste und ein Schlafshirt raus. Das Bett im Gästezimmer ist bezogen. Ich komme dann zu dir rüber. Magst du noch etwas zu trinken?«

Verena schüttelte den Kopf, und Kathrin verschwand nach oben. Verena starrte auf ihr Handy. Stefan war schlau genug gewesen, ihr nicht hinterherzutelefonieren. Oder war es ihm gleichgültig? Dann entschloss sie sich, nur eine SMS zu schicken. »Ich bin bei Kathrin. Schlafe heute Nacht hier. Tut mir leid, aber ich habe keine Kraft für eine weitere Diskussion mit dir heute Abend. Ich weiß nicht, wann ich morgen da sein werde. Warte nicht auf mich.« Im Anschluss machte sie das Handy aus. Dann stand sie auf und ging nach oben. Wie versprochen hatte Kathrin alles bereitgelegt. Verena hörte sie in einem anderen Zimmer telefonieren. Sie lehnte die Badezimmertür an, zog sich eilig aus und ließ sich in die große Badewanne gleiten.

Nach einer halben Stunde beschloss Kathrin, nach Verena zu sehen. Sie musste lächeln, als sie die Tür leise ein Stück aufschob. Verena war in der Wanne eingeschlafen! Einen kurzen Augenblick betrachtete sie die friedlich schlafende Freundin liebevoll. Im Schlaf hatten sich ihre Gesichtszüge endlich entspannt. Sie zog die Tür wieder zu, weil sie Verena nicht aufschrecken wollte. Dann klopfte sie und rief leise Verenas Namen.

»Alles in Ordnung?«, fragte sie durch die Tür.

»Ja, ich muss wohl eingeschlafen sein«, sagte Verena nach einem Moment mit schläfriger Stimme.

Kathrin lächelte in sich hinein. »Ich warte drüben auf dich.«

Wie beim letzten Mal am Chiemsee legte Kathrin sich hinter Verena und nahm sie in den Arm. »Hast du inzwischen mal darüber nachgedacht, dass du deine Wut auf die falsche Person richtest?«

Verena schwieg.

»Du machst dich selbst fertig, aber wie Carmen gestern schon gesagt hat, solltest du nicht außer Acht lassen, was Anna dir angetan hat. Ohne ihr Zutun hättest du all diese Probleme nicht.« Kathrin hielt den Atem an. Es bestand durchaus die Möglichkeit, dass Verena gleich wieder furchtbar wütend wurde.

»Ich habe sie mit auf mein Zimmer genommen, Kathrin«, sagte Verena leise und weitaus weniger heftig, als die Freundin erwartet hatte.

»Sie hat dir an der Bar aufgelauert. Ohne sie hättest du einfach nur einen schönen Abend mit Mona verbracht.«

»So einfach ist das nicht!«

»Dir selbst an allem die Schuld zu geben ist auch zu einfach, finde ich.«

Verena antwortete nicht. Sie dachte an das Gespräch mit Heuss, der ihr das Gleiche gesagt hatte. Sie sagte nichts mehr, und innerhalb weniger Minuten war sie eingeschlafen.

Kathrin stand bald danach auf, um in ihr eigenes Bett zu gehen. Sie sah mehrmals nach der Freundin, die aber offensichtlich friedlich durchschlief. Es war in jedem Fall richtig gewesen, sie zum Bleiben zu überreden. Sie war einfach zu durcheinander und hätte sich nur noch weiter in ihre trüben Gedanken hineingesteigert.

KAPITEL 10

Am nächsten Morgen saßen sie eher schweigend zusammen mit Carmen am Frühstückstisch. Carmen war völlig fertig von der Nachtschicht als Anästhesistin. Sie aß gerade mal ein halbes Brötchen und reagierte kaum, als Kathrin sie ansprach.

Ist sie doch sauer, vielleicht eifersüchtig?, fragte Verena sich. Oder war sie nur total übermüdet?

Auch Kathrin schien Carmens abwesender Zustand Sorgen zu machen. »Was ist mit dir, Schatz? Ist dir nicht gut?«

Carmen sah hilflos hoch. »Nichts, was man als Ärztin nicht aushalten müsste. Wir haben heute Nacht drei Menschen verloren, darunter ein kleines Mädchen von nicht mal sechs Jahren.«

»O nein!« Verena war aufgesprungen, ehe Kathrin reagieren konnte. Sie legte Carmen den Arm um die Schultern. Carmen hatte vor vier Jahren ihre eigene Tochter bei einem Verkehrsunfall verloren. Sie hatte sich entschieden, in ihrem Beruf weiterzuarbeiten, aber in der Zeit, als sie noch Kolleginnen waren, hatte Verena oft genug gesehen, wie sehr sie der Tod eines Kindes jedes Mal mitnahm.

»Kann ich etwas für dich tun?«, fragte Verena leise.

Carmen schüttelte den Kopf. »Schon gut. Vielen Dank, Verena. Ich nehme jetzt ein paar Schlaftabletten und lege mich hin. Hilft ja nichts.«

Verena nickte. »Ich rufe mir ein Taxi. Dann seid ihr mich los, und Kathrin kann sich um dich kümmern.«

Kathrin war ebenfalls aufgestanden. »Was wirst du jetzt tun, Verena? Heute ist schon Donnerstag. Wenn du nächste Woche wieder anfängst zu arbeiten, bleibt dir vielleicht keine Zeit mehr, dich um die Anzeige zu kümmern.«

Verena straffte die Schultern. »Ich rufe als Erstes die Anwältin an, deren Nummer Frau Stroll mir gegeben hat. Danach werde ich vermutlich mit Mona telefonieren. Und ich werde mich bei meinem Chef melden und um einen Termin für Montagmorgen bitten. Die Schonzeit ist vorbei.«

Kathrin konnte ihr Erstaunen nicht verhehlen. Was war über Nacht passiert, dass Verena nun solche Entschlossenheit an den Tag legte?

Verena rang sich ein Lächeln ab. »Ich war sehr früh wach und hatte viel Zeit nachzudenken. Vielen Dank für gestern Abend, Kathrin. Ich habe auch darüber nachgedacht, was du mir über meine nicht vorhandene Wut auf Anna gesagt hast. Und du bist nicht die Erste. Ich kann dir gar nicht sagen, wie viel es mir bedeutet, was du in den letzten Wochen für mich getan hast. Ohne dich hätte ich das alles gar nicht geschafft.« Sie gab ihr einen leichten Kuss auf die Wange, dann war sie zur Tür hinaus.

Verena hatte Glück und bekam noch am frühen Nachmittag einen Termin bei Stephanie Bramkamp, der Anwältin. Langsam nahm der Gedanke, Anzeige zu erstatten, konkrete Formen an. Die Anwältin hatte ihr vor allem geraten, sich mit der Studentin in Verbindung zu setzen, damit eventuell gemeinschaftlich Anzeige erstattet werden konnte.

Als Nächstes rief sie Mona an.

»Natürlich stehe ich hinter dir – was für eine Frage. Und ich werde ganz sicher bezeugen, was passiert ist. Ich dachte, das wäre klar! Auf jeden Fall bin ich froh, dass du es riskieren willst.« Sie versprach auch, die Studentin anzurufen und ihr die Nummer von Verenas Anwältin zu geben.

Mit gemischten Gefühlen wählte Verena schließlich die Nummer der Klinik und ließ sich mit Professor Meinhard verbinden. Der war freundlich-verbindlich wie immer, aber etwas an seinem Ton ließ Verena aufhorchen. Sie war auf der Hut, als sie um einen Termin am Montagmorgen bat. Meinhard schien förmlich aufzuatmen bei ihrem Ansinnen.

»Ich bin froh, dass Sie es von sich aus ansprechen, Frau Kollegin. Könnten Sie es eventuell einrichten, schon morgen im Lauf des Tages vorbeizukommen? Dann hätten wir mehr Zeit als am Montag, wo es sicherlich hektisch wird nach Ihrer langen Abwesenheit.«

Verena beschlich ein ungutes Gefühl. Nicht die Bitte an sich irritierte sie, sondern die Art, wie er sie vortrug. Sie hatte keine Ahnung, warum sie plötzlich so alarmiert war. Sie sah auf die Uhr. Es war erst kurz vor drei Uhr.

»Wie wäre es mit heute Nachmittag um sechzehn Uhr?«, erwiderte sie geschäftsmäßig. Obwohl ihre Kehle sich plötzlich staubtrocken anfühlte, schaffte sie es, ihrer Stimme einen normalen Klang zu geben.

Professor Meinhard willigte sofort ein, was für den vielbeschäftigten Mann sehr ungewöhnlich war.

Verena legte auf. Obwohl Meinhard sie verunsichert hatte, war sie entschlossen, ihm selbstsicher gegenüberzutreten.

Sie duschte, wählte einen ihrer elegantesten Hosenanzüge aus und schminkte sich dezent. Ein letzter Blick in den Spiegel ließ sie zufrieden lächeln. Sie sah aus wie eine Investmentbankerin.

Das Taxi stand schon bereit. Morgen muss ich mich endlich um meinen Führerschein kümmern, dachte sie, damit ich am Montag den Stress mit der U-Bahn nicht habe. »Wenn ich dann überhaupt noch einen Job habe«, fuhr sie in Gedanken fort. Was konnte Meinhard nur so dringend wollen, und warum hatte er so reserviert geklungen?

Sie schaffte es, sich an den Kolleginnen und Mitarbeitern vorbeizuschmuggeln. In ihrem geschäftsmäßigen Outfit bemerkte sie niemand, außerdem rechnete niemand mit ihr. Zwei Minuten vor vier Uhr stand sie in Meinhards Vorzimmer.

Die Sekretärin meldete sie an, und Meinhard erschien sofort im Türrahmen. Er begrüßte sie aufs Herzlichste, sagte ihr, wie erholt und gut sie aussähe und dass sie bereits sehnsüchtig zurückerwartet würde. Er bot Kaffee und Wasser an und bat seine Sekretärin darum, unter keinen Umständen gestört zu werden.

Hatte Verena sich alles nur eingebildet?

Doch nach wenigen Minuten merkte sie, dass ihre Ahnung sie nicht getrogen hatte. Nach ein paar durchaus ernstgemeinten Fragen zu ihrem Gesundheitszustand, dem Erfolg der Reha-Maßnahmen und der Frage, wie sie sich die Wiedereingliederung in den Klinikbetrieb vorstellte, lehnte Meinhard sich in seinem Chefsessel zurück und musterte sie mit ernstem Blick.

»Wir kennen uns nun knapp ein Jahr, Dr. Gessner. In all der Zeit gab es nichts, das mich jemals daran zweifeln ließ, dass Sie die Richtige für den Job sind. Die Leistungen, die Sie sowohl im OP als auch im Management erbringen, sind herausragend. Nicht zu vergessen, wie Sie das wegweisende Projekt mit dem Laserskalpell umgesetzt haben.«

Verena nickte nur. Aus irgendeinem Grund fand sie die anerkennenden Worte keineswegs beruhigend. Sie horchte noch einmal in sich hinein. Irgendetwas stimmte hier nicht. Sie entschloss sich zur Flucht nach vorn. »Und das hat sich jetzt geändert?«, fragte sie so ruhig wie möglich.

»Wie kommen Sie darauf?« Meinhards Blick war wachsam, gab nichts preis.

»Weil ich ein echtes Lob von einer wohlformulierten Floskel unterscheiden kann.« Sie ließ ihn nicht aus den Augen. Ihre Professionalität gewann die Oberhand. Hier ging es um ihre Zukunft, und sie würde sich nicht so einfach das Heft aus der Hand nehmen lassen.

Meinhard schüttelte den Kopf, und ihr schien, dass auch er sich nicht wohl in seiner Haut fühlte. »Nein, das hat sich nicht geändert. Aber ich habe hier etwas, das nicht zu dem Bild passt, das ich bisher von Ihnen hatte.« Mit diesen Worten schob er ihr ein Blatt Papier hin, welches wie ein Geschäftsbrief gefaltet gewesen war.

Sie las es mit schmalen Augen. Ihr Magen rebellierte plötzlich. »Woher haben Sie das?«, fragte sie mit tonloser Stimme, als sie sich wieder in der Gewalt hatte.

»Es war gestern in der Post und war an mich persönlich adressiert. Kein Absender.«

Verena dachte fieberhaft nach. Sie sah auf die Zahlen unter ihrem Namen: die Ergebnisse ihres Bluttests nach dem Unfall. Der Alkoholgehalt von mehr als einem halben Promille – um halb acht Uhr morgens wohlgemerkt – und ein positiver Wert neben dem Begriff Gamma-Hydroxybutyrat.

»Ihrer Reaktion entnehme ich, dass dies keine Fälschung ist.«

Verena schüttelte den Kopf. Dann sah sie entschlossen auf. »Nein, das ist leider keine Fälschung. Das ist das Ergebnis des größten Fehlers, den ich je gemacht habe. Wenn Sie mir die Chance geben, werde ich Ihnen erklären, wie es dazu kam. Aber ich möchte jemanden aus der Personalleitung dabei haben.«

Meinhard erwiderte ihren Blick kühl-distanziert. »Bisher weiß niemand außer mir von diesem Schreiben. Ich hatte gehofft, Sie hätten genug Vertrauen in meine Objektivität, dass wir das unter uns klären könnten.«

Beruflich kam Verena mit dem Ärztlichen Direktor hervorragend aus. Sie schätzte seine Professionalität. Das bedeutete jedoch nicht, dass sie privat mit ihm Pferde stehlen gegangen wäre. Die Frage, inwieweit sie ihm vertraute, hätte sie auch vorher nicht beantworten können. Aber sie hatte sich stets sicher genug gefühlt, jede wie auch immer geartete Personalfrage, die sie selbst oder jemanden aus ihrem Team betraf, vorbehaltlos mit ihm klären zu können. Die Sache hier war jedoch zwei Nummern größer.

Sie sah ihm fest in die Augen. »Als ich heute Mittag anrief, um einen Termin mit Ihnen zu vereinbaren, wollte ich mit Ihnen über einen Vorfall in Berlin sprechen, der mir jegliche weitere Zusammenarbeit mit Frau Professorin Conrad unmöglich macht. Das hier«, sie deutete auf das Papier, »heißt jedoch, dass jemand anders die Angelegenheit bereits in die Hand genommen hat. Wenn Sie eine Kopie davon haben, kann morgen eine in der Personalabteilung landen oder bei einer Zeitung. Die Frage ist nicht, ob ich Ihnen vertraue, Professor Meinhard. Die Frage ist, ob Sie mir vertrauen und inwieweit Sie nach dem, was ich Ihnen zu sagen habe, hinter mir stehen werden. Es kann sein, dass ich nach nur knapp einem Jahr Betriebszugehörigkeit zu viel verlange, obwohl ich mir keinen besseren Arbeitsplatz vorstellen kann.«

Meinhard wich ihrem Blick keine Sekunde aus. »Ich habe nicht vor, eine der besten Mitarbeiterinnen und mittlerweile ein Aushängeschild dieses Klinikums unbesehen einer anonymen Verleumdung zu opfern. Deshalb habe ich Sie hergebeten, damit Sie mir erklären können, was es mit diesem Wisch auf sich hat. Wenn Sie die Personalabteilung einschalten möchten, habe ich kein Problem damit. Aber dann gibt's eventuell ein Protokoll.«

»Ich habe es gestern bereits geschafft, eine Polizistin zu überzeugen, dass sie mir zuhört, ohne ein Protokoll anzufertigen. Wie ich die Kolleginnen und Kollegen aus der Personalabteilung kenne, sind sie umgänglicher als die Polizei.«

Meinhard entglitten beim Wort Polizei die Gesichtszüge. Nun war es um seine augenscheinliche Gelassenheit geschehen. Verena bemerkte es mit einer gewissen Genugtuung. Zumindest hatte sie jetzt ein Gegenüber, dessen Mimik sie deuten konnte. Er griff zum Telefonhörer. »Haben Sie an jemand Bestimmten gedacht, den Sie mit ins Vertrauen ziehen möchten?«

»Wie wäre es mit Frau Koschinski?« Sie hatte von Anfang an ein gutes Verhältnis zu der stellvertretenden Personalchefin gehabt. Auch hier hoffte sie, dass dies sich im Ernstfall bewähren würde.

Es dauerte nur wenige Minuten, bis die Dame, die nur zwei Büros weiter saß, erschien. Sie schenkte Verena ein aufrichtiges Lächeln, begrüßte sie mit Küsschen links, Küsschen rechts auf die Wange. »Schön, dass Sie wieder da sind, Frau Dr. Gessner! Wie geht's Ihnen?«

»Bitte nehmen Sie Platz, Frau Koschinski«, bat Professor Meinhard sie, ehe Verena eine Chance hatte zu antworten.

Überrascht von seinem nüchternen Ton ließ Sandra Koschinski sich neben Verena in den zweiten Besuchersessel vor Meinhards Schreibtisch gleiten. Ohne ein weiteres Wort schob Meinhard ihr das Blatt Papier hin. Stirnrunzelnd studierte sie die Zahlen.

»Was ist das?« fragte sie schließlich ohne Umschweife. Sandra Koschinski scheute sich nicht, Fragen zu stellen, wenn sie medizinische Fachbegriffe nicht verstand. Ihr Terrain war Personalführung, nicht Medizin. Genau das schätzte Verena an ihr – sie gab nicht vor, etwas zu verstehen, wenn sie in Wirklichkeit keine Ahnung hatte, um dann eine eventuell falsche Entscheidung zu treffen.

Ehe Meinhard etwas sagen konnte, erklärte Verena es ihr in wenigen nüchternen Worten.

Sandra Koschinski starrte sie an. »Das ist ein Witz!«

»Nein, leider nicht.«

»Haben Sie deshalb darauf bestanden, dass die Rückfahrt mit dem Auto privat war – damit die Berufsgenossenschaft die Finger davon lässt?«

Verena nickte.

»Okay.« Sandra Koschinski sah fragend zu Meinhard. »Die ganze Geschichte ist zwar äußerst unerfreulich für Frau Dr. Gessner, aber noch nicht direkt eine Personalangelegenheit. Worum geht es hier? Und woher kommt der Wisch eigentlich? Das haben Sie doch nicht von sich aus vorgelegt, Frau Dr. Gessner, oder?«

»Genau das ist unser Problem, Frau Koschinski. Jemand hat mir diesen Bericht anonym zugespielt. Sieht aber aus, als wäre der Brief in Berlin aufgegeben worden.«

»Es geht also um Erpressung?«

Verena hatte sich den Wortwechsel zwischen den beiden ungeduldig angehört. »Nein!«, sagte sie jetzt mit fester Stimme. »Es geht nicht um Erpressung. Ich glaube, der Brief ist eine Drohung. Es geht um sexuelle Nötigung und Verstoß gegen das Betäubungsmittelgesetz. Und ich werde morgen zur Polizei gehen und Frau Professorin Conrad anzeigen.«

Meinhard schnappte hörbar nach Luft. Auch die stellvertretende Personalchefin gab einen unterdrückten Laut des Entsetzens von sich.

Verena sah Meinhard in die Augen. »Deshalb habe ich heute angerufen und um einen Termin gebeten. Ich wollte Sie davon in Kenntnis setzen, falls irgendetwas davon auf die Klinik zurückfällt. Eine Anzeige wegen eines Sexualdelikts hat immer das Potential zu einem ausgewachsenen Skandal. Wer weiß, wie das Marie-Curie in Berlin reagiert. Ich habe so lange gezögert, weil ich mir nicht sicher war, ob ich überhaupt Anzeige erstatten wollte.«

Sie sah kurz auf den Picasso-Druck an der Wand hinter Meinhard, als suche sie in den wirren Farben und Formen einen Anhaltspunkt, eine Linie. Dann blickte sie wieder Meinhard an. »Ehrlich gesagt hatte ich bis letzte Woche vor, nichts zu unternehmen. Aber dann hat mich die stellvertretende Leiterin der Intensivstation in Berlin davon informiert, dass es erneut einen ähnlichen Fall gegeben hat – mit einer Studentin. Professorin Conrad eilt offensichtlich ein gewisser Ruf voraus. Ich war in den letzten Tagen bei einer Anwältin und bei der Polizei. Ich habe keinerlei Gewähr, dass eine Anzeige meinerseits zu einer Verurteilung führen würde. Das ist völlig ungewiss.«

Verena senkte einen Moment den Blick, dann sah sie wieder hoch. »Aber dieser anonyme Brief hat die Karten neu gemischt. Ich lasse mir nicht drohen. Das hier heißt, dass nun auch noch jemand das Arztgeheimnis verletzt und gegen den Datenschutz verstoßen hat. Meine Krankenakte in Berlin hatte einen Sperrvermerk. Wenn Professorin Conrad es war, die Ihnen das geschickt hat, ist das ein Grund mehr, sie anzuzeigen, und ich hätte es offensichtlich schon vor Wochen tun sollen.«

Weder die Personalleiterin noch Meinhard sagten etwas. Der Professor schien angestrengt nachzudenken. Sandra Koschinski rutschte sichtlich unruhig in ihrem Stuhl hin und her. Verena saß steif aufgerichtet ohne jegliche Regung da. Sie hatte die Karten auf den Tisch gelegt – jetzt konnte sie nur noch hoffen, dass sie nicht zu hoch gepokert hatte. Wieder konnte sie Meinhards Gesichtsausdruck nicht deuten.

Verena lehnte sich vorsichtig in ihrem Stuhl zurück. Sandra Koschinski legte ihr beschwichtigend die Hand auf den Arm. Irritiert entzog Verena sich ihr und sah sie gleichzeitig entschuldigend an.

Endlich räusperte sich Meinhard. »Was für ein verdammter Scheiß!« Er schlug so heftig mit der Faust auf den Schreibtisch, dass beide Frauen zusammenzuckten. Dann sah er Verena an. »Okay. Ich kann verstehen, warum Sie jemanden aus der Personalabteilung bei diesem Gespräch dabeihaben wollten, Frau Dr. Gessner, und Sie hatten recht. Ich möchte mich gleichzeitig auch für Ihr Vertrauen in Frau Koschinski und mich bedanken, denn ich kann mir vorstellen, wie schwer es Ihnen gefallen sein muss, das zu erzählen. Ferner hoffe ich, dass Sie beide heute nichts mehr vorhaben, denn ich habe nicht die Absicht, den ganzen Mist so stehenzulassen. Ich habe ein paar Fragen an Sie, Frau Dr. Gessner, aber Sie sagen es mir, wenn es Ihnen zu weit geht. Das Gleiche gilt für Sie, Frau Koschinski. Sie spielen die Aufpasserin, damit wir personalrechtlich keinen Fehler machen. Außerdem hätte ich gern fünf Minuten mit Dr. Gessner allein, wenn Ihnen das recht ist?« Er sah Verena fragend an.

Verena nickte.

»Gut. Danach setzen wir drei uns zusammen und entwerfen einen Schlachtplan.« Meinhard wandte sich an die stellvertretende Personalchefin. »Auch wenn es für Sie vermutlich selbstverständlich ist, Frau Koschinski, möchte ich der Form halber darauf hinweisen, dass das bisher Besprochene in diesem Raum bleibt. Sie besprechen das erst mit Ihrem Chef, wenn ich zustimme, oder wenn sich aus personalrechtlicher Sicht die Notwendigkeit dazu ergibt. Momentan sehe ich das aber nicht.«

Nachdem die Tür hinter der Personalleiterin zugefallen war, schenkte Meinhard Verena ein warmes Lächeln. »Jetzt entspannen Sie sich mal, Kollegin. Dachten Sie, ich reiße Ihnen den Kopf ab?«

Verena schloss für einen kurzen Moment die Augen. Dann atmete sie tief durch. Zum ersten Mal, seit sie den Raum betreten hatte, erlaubte sie sich einen Augenblick der Schwäche. Als sie wieder aufsah, war von ihrem inneren Aufruhr nichts mehr zu sehen. »Nein, aber ich habe es nicht für selbstverständlich genommen, dass Sie mir glauben würden.«

Meinhard war sehr ernst, als er antwortete: »Ich gehe normalerweise nicht davon aus, dass eine Frau lügt, wenn sie sagt, sie sei in irgendeiner Weise sexuell belästigt oder angegriffen worden. Das kommt weitaus seltener vor, als uns die Medien weismachen wollen. Und warum sollten ausgerechnet Sie mit so einer Geschichte bei mir auftauchen. Ich habe das vorhin ernst gemeint, als ich sagte, dass ich Ihnen für Ihr Vertrauen danke.«

»Ich konnte auch nicht wissen, wie gut Sie Frau Professorin Conrad kennen. Sie haben immerhin den Kontakt hergestellt.«

»Nein, den hat der dortige Fakultätsleiter hergestellt. Ich kenne die Dame nicht persönlich.«

Diese Information musste Verena erst einmal verdauen. Eine der vielen abstrusen Ideen und Hirngespinste, die sie in den vergangenen Wochen entwickelt und wieder verworfen hatte, war, dass Meinhard irgendwann etwas mit Anna Conrad gehabt hatte. Ich muss aufhören, mich so verrückt zu machen, dachte sie.

Sie atmete tief durch. »Okay, was wollen Sie wissen?«, fragte sie schließlich.

»Wie gehen Sie damit um? Kommen Sie klar?«

Verena hatte erwartet, dass er sie fragen würde, wie sie überhaupt in die Situation mit Anna Conrad gekommen war. Und sie hatte sich gewappnet und überlegt, wie sie der Antwort ausweichen könnte. Die Frage nach ihrem Befinden warf sie aus dem Konzept.

Meinhard deutete ihren Blick falsch. »Das war eine ehrlich gemeinte Frage. Ich versuche nicht gerade auszuloten, ob Sie Ihrem Job ab nächster Woche wieder gewachsen sind.«

Erneut schloss Verena die Augen. »Am Anfang war ich wie versteinert. Habe niemanden an mich herangelassen, mit niemandem geredet. Professor Winter hat mir letztendlich klargemacht, dass ich mich dem Erlebten stellen muss.«

Wieder der ernste Blick. »Was ist mit der medizinischen Versorgung? Waren Sie verletzt? Waren Sie in Behandlung? Ihre Akte aus Berlin enthielt keinen Hinweis auf den Übergriff und die Drogen, oder? Wir hatten hier nur eine Patientin mit Knochenbrüchen und inneren Verletzungen.«

»Die Ärztin auf der Intensivstation hat sich um alles gekümmert und dafür gesorgt, dass ich die Kollegin Uhmann ins Vertrauen gezogen habe.« Verena dachte an Monas eindringliche Ermahnung an ihrem Krankenbett in Berlin zurück. Wie angekündigt hatte sie nur einen Tag später bei Marina Uhmann angerufen, um sich zu vergewissern, dass Verena sich auch tatsächlich an die Gynäkologin gewandt hatte.

Mona! Sie hat sich so um mich gesorgt, dachte Verena und unterdrückte ein Lächeln.

In dem Moment klopfte es an der Tür. Sandra Koschinski kam zurück. »Kann ich reinkommen?«

Meinhard bejahte. Dann stand er auf und sagte zu seiner Sekretärin. »Frau Hofstetter, ich will für den Rest des Tages keine Störungen – weder Telefon noch Besuch. Ich bin nicht da. Das Gleiche gilt für Frau Koschinski.«

Als er wieder hinter seinen Schreibtisch saß, begann er ruhig: »Wie schon gesagt kann keine Rede davon sein, dass wir Ihnen nicht glauben, Frau Kollegin. Und in der Tat geht uns als Ihr Arbeitgeber das momentan auch gar nichts an. Was nicht heißt, dass Sie nicht meine Unterstützung haben, wenn Sie für irgendwelche Termine freigestellt werden wollen. Von medizinischen oder therapeutischen Maßnahmen ganz abgesehen. Wie Sie natürlich richtig erkannt haben, kann sich das schnell ändern, wenn die Geschichte in irgendeiner Form an die Presse gelangt, wenn das mit dem Laserprojekt verquickt wird und so fort. Und deshalb möchte ich mit Ihnen beiden durchgehen, was wir gegebenenfalls in Betracht ziehen müssen. Ich möchte, dass Sie verstehen, dass ich das zu Ihrem und unseren Schutz tue.«

Verena nickte angespannt.

»Überlegen Sie bitte, ehe Sie jetzt zustimmen. Wenn Sie irgendeinen Vorbehalt haben, sagen Sie mir das. Das Gleiche gilt für Sie, Frau Koschinski.«

Die stellvertretende Personalleiterin sah beide an. »Tatsache ist, dass wir hier eine vollständig intime und private Angelegenheit besprechen. Wie Sie schon gesagt haben, hat das personalrechtlich keine Relevanz. Das einzige Problem, was ich mit der Sache hatte, war die Geschichte mit dem Mietwagen, denn der war von uns nicht autorisiert. Der Unfall war eigentlich ein Wegeunfall während einer Dienstreise.«

Verena fuhr wütend zu ihr herum. »Wer, glauben Sie, hätte mir morgens um sieben eine Genehmigung für einen Mietwagen gegeben? Und was hätte ich bitte sagen sollen? Ich habe mich gerade vergewaltigen lassen und will mir ein Auto nehmen, damit ich mich mit einer Freundin treffen kann, um mich auszuweinen? Ich habe doch gesagt, dass ich das nicht abrechnen werde.« Sie starrte Sandra Koschinski feindselig an. Was sollte das Theater wegen des Autos?

Sandra Koschinski hob beschwichtigend die Hände. »So war das doch gar nicht gemeint, Frau Dr. Gessner. Ich meinte lediglich, dass das der einzige Punkt ist, der die Klinik momentan betrifft. Es geht um die Versicherung …«

»Ja, um die geht es immer. Mein Mann liegt mir deswegen auch ständig in den Ohren! Herrgott, was glauben eigentlich alle, wie scheißegal mir das gerade ist! Ich bin schon froh, dass ich niemanden totgefahren habe!«

Verena saß wieder kerzengerade da. Ihr war der Ausraster bereits peinlich. Dass sie wegen dieses belanglosen Punktes gleich so hochging, bewies Meinhard vermutlich gerade, dass es mit ihrem Nervenkostüm nicht weit her war.

Doch der sagte nur trocken: »Ich hätte es vielleicht weniger drastisch ausgedrückt, aber von der Sache her gebe ich Ihnen recht. Wenn Sie nachträglich eine Genehmigung für das Auto brauchen, haben Sie die, Frau Koschinski. Um die Versicherung können wir uns vermutlich im Laufe der nächsten Woche noch kümmern. Jetzt konzentrieren wir uns bitte auf das Wesentliche. Beruhigen Sie sich, Frau Kollegin. Niemand will Ihnen etwas Böses.« Er warf Verena einen väterlichen Blick zu, der sie noch rasender machte. Doch sie schaffte es, sich zusammenzureißen.

Sie atmete tief durch. »Entschuldigung«, sagte sie leicht beschämt.

Der Rest des Gespräches verlief ruhiger. Meinhard blieb professionell-distanziert, aber nicht ohne Anteilnahme. Er bat sie, in groben Zügen zu erzählen, wie es zu dem Unfall, zu dem hohen Blutalkoholgehalt am frühen Morgen und dem positiven Drogentest gekommen war.

Dann musterte er sie wieder prüfend. »Als Sie heute Nachmittag anriefen und um einen Termin baten, wussten Sie von dem anonymen Brief ja noch gar nichts. Worüber wollten Sie da mit mir reden?«

Verena stockte. Was wollte er von ihr? »Ich ... Ich wollte nicht, dass genau das hier passiert – dass ich in die Situation komme, mich verteidigen zu müssen. Ich wollte, dass Sie es von mir erfahren, und nicht womöglich durch einen wütenden Anruf aus Berlin. Wenn ich die Polizei einschalte, wird eine Ermittlung eingeleitet, Fragen werden gestellt, und dann fangen die Spekulationen an.«

»Das heißt, Ihre größte Sorge war meine Reaktion – die Reaktion der Klinik als Ihr Arbeitgeber?«

Verena schloss die Augen. »In gewisser Weise«, antwortete sie schwach. Hatte sie sich nun die absolute Blöße gegeben?

Sandra Koschinski wollte antworten, aber Meinhard kam ihr zuvor. »Was brauchen Sie von uns als Versicherung, dass Sie unsere vollständige Unterstützung haben?«

Sie sah an ihm vorbei. »Ich glaube, mit diesem Gespräch haben Sie mir schon mehr Unterstützung signalisiert, als ich erwartet hatte.«

»Aber?« Meinhard ließ nicht locker.

Verena wurde rot, sie ärgerte sich, dass ihr die professionelle Distanz abhanden kam. Du wirst jetzt nicht die Nerven verlieren, befahl sie sich. Das hier ist weitaus besser gelaufen, als du erwarten konntest. Was willst du eigentlich?

Sie schüttelte den Kopf. »Nichts aber«, sagte sie leise, doch anscheinend nicht überzeugend genug.

Ihr Chef beugte sich vor. »Wovor haben Sie Angst, Verena?« Er nannte sie beim Vornamen, wie er es manchmal tat.

Sie sah ihn nicht an. »Vor all den Fragen, die Sie beide aus Höflichkeit oder Zurückhaltung gerade nicht stellen. Was ist, wenn der Bluttest hier tatsächlich an die Presse geht? Dann haben Sie eine Leiterin der Unfallchirurgie, die höchstpersönlich morgens um sieben Uhr mit Alkohol und Drogen im Blut einen Unfall verursacht hat. Und das, nachdem sie mit einer Berliner Ärztin ins Bett gestiegen ist und sich hat vergewaltigen lassen. Wenn …«

Meinhard hob die Hand. »Hören Sie auf damit, Verena! Sie waren nicht im Dienst oder auf dem Weg zum Dienst, als der Unfall passierte. Und es hat Ihrem Arbeitgeber vollkommen egal zu sein, mit wem Sie sexuell verkehren. Sie haben nichts falsch gemacht. Solange nichts öffentlich ist, werden wir uns nicht äußern, ansonsten wird das, was ich eben gesagt habe unser Statement sein. Und es sollte auch Ihres sein! Machen Sie nicht den Fehler, sich als Opfer als schuldig darzustellen oder irgendwelche Vermeidungsstrategien zu entwickeln.«

Er sah sie ernst an. »Ist das angekommen? Ich brauche Sie hier am Montag erhobenen Hauptes und mit Ihrem alten Selbstbewusstsein. Und Sie werden dieses Selbstbewusstsein ebenfalls brauchen. Sie haben nämlich recht. Ihre Geschichte ist ein gefundenes Fressen für die Klatschspalten. Sie hat aber auch das Potential, wegweisend zu sein, wenn Sie nicht unter den Teppich kehren, dass auch Frauen gelegentlich anderen Frauen Gewalt antun. Außerdem liegt mir daran, mit dem alten Klischee aufzuräumen, dass unter den Universitäten eine Krähe der anderen kein Auge aushakt. Ich bin in solchen Fällen für uneingeschränkte Offenheit und Aufklärung. Frau Koschinski, nun sind Sie aber am Zug.«

Verena war aufgewühlt. Sie konnte es nicht besonders gut verbergen. Es war spät geworden, und sie fühlte sich mit einem Mal ausgelaugt. Sie konnte nicht einschätzen, ob Meinhard tatsächlich so progressiv war, wie er tat, oder ob er sich einfach nur die beste Pressestrategie zurechtlegte. Dann schüttelte sie innerlich den Kopf. Es war egal! Der Mann hatte ihr gerade seine hundertprozentige Unterstützung zugesichert. Was wollte sie denn noch!

Verena besann sich. Sie lehnte sich in ihrem Stuhl zurück. Du musst es darauf ankommen lassen, dachte sie. Meinhard hatte ihr soeben einen Weg aufgezeigt, wie sie mit der Geschichte umgehen konnte, ohne ihr Gesicht zu verlieren. Ob er sich an sein Wort hielt, würde sich im Ernstfall zeigen. Aber sie begriff auch, dass die Lawine losgetreten war. Mit dem anonymen Schreiben hatte jemand die Karten neu gemischt. Sie musste sie spielen, wie sie kamen, und warum dann nicht so?

Sie dachte an die Menschen, die ihr ihre Unterstützung versichert hatten, ihre Freundinnen, Mona, Ingrid Stroll, die Anwältin und jetzt auch noch ihr Arbeitgeber. Es wäre idiotisch, das alles in den Wind zu schlagen und sich weiter selbst leid zu tun.

Abschließend ergriff Sandra Koschinski noch einmal das Wort. »Dem gibt es nichts hinzuzufügen, Professor Meinhard. Sobald die Presse Wind davon bekommt, schalten wir unsere Rechtsabteilung ein. Die kann sich dann mit der Anwältin von Frau Dr. Gessner abstimmen. Ich werde schon mal eine Pressemitteilung ausarbeiten für den Fall der Fälle. Bis dahin kann ich Ihnen nur zustimmen, Dr. Gessner. Zeigen Sie die Frau an. Ich würde es auch tun. Und noch etwas. Sie sollten dieses Schreiben der Polizei übergeben. Vielleicht finden sie noch Fingerabdrücke. Ich hole Ihnen einen Umschlag.«

KAPITEL 11

Während der Heimfahrt im Taxi überlegte Verena, sofort Mona anzurufen, um ihr von dem anonymen Brief zu erzählen. Und ihr zu sagen, dass sie am folgenden Tag zur Polizei gehen würde, um Anzeige zu erstatten.

Doch dann besann sie sich anders. Vorher musste sie endlich mit Stefan sprechen. Ihren inneren Schwur, nie wieder über die Vergewaltigung zu reden, hatte sie ja längst gebrochen – nach Professor Winters Eingreifen hatte sie mit Dr. Heuss geredet und dann von sich aus, wenngleich widerstrebend, auch mit Kathrin, Mona, Carmen, einer Polizistin, einer Anwältin und nun auch noch mit ihrem Arbeitgeber. Der Einzige, dem sie so gut wie nichts erzählt hatte, war ihr eigener Mann!

Sie wusste auch warum. Sie hatte ihn betrogen! Wie sie Kathrin am Abend zuvor gesagt hatte, wäre die Geschichte mit Anna Conrad nichts anderes als ein Seitensprung gewesen, hätte es die Vergewaltigung nicht gegeben. Sie konnte sich nicht an den Verlauf des gesamten Abends erinnern, aber in ihrem Gedächtnis hatte sich eingebrannt, wie sie Anna angestarrt hatte. Ja, ich habe sie gewollt! Ich wollte, was sie mir anbot. Vergessen und den Körper einer Frau spüren. Noch nie zuvor war die Erkenntnis so klar gewesen, dass ihre Ehe am Ende war! Die Streitereien, die ungerechten Vorwürfe, die er ihr immer wieder machte, die fehlende Anerkennung, die er ihr zollte, hatten sie zermürbt und im Laufe der Zeit den letzten Funken Zärtlichkeit erstickt, den sie noch für Stefan empfunden hatte. Sie war gerade einmal dreiundvierzig. Sie mochte nicht in einer Ehe verharren, die bedeutungslos geworden war, und den Rest des Lebens an sich vorüberziehen lassen.

Aber da war noch etwas anderes. Etwas, das immer mehr Raum einnahm, wenn sie es zuließ. Die Tatsache, dass sie sich sexuell von Frauen angezogen fühlte. Sie sah sich um und fand Frauen attraktiv. Sie ertappte sich, dass sie wehmütig an die Zeit mit Kathrin zurückdachte. Das war etwas, das ihr bis vor kurzem die Schamesröte ins Gesicht getrieben hatte. Sie begann endlich, sich damit auszusöhnen, dass sie sich von Carmen hatte verführen lassen, viel mehr aber noch damit, dass es nicht allein von Carmen ausgegangen war. Sie dachte daran, dass sie Anna Conrad aufregend gefunden hatte. Und sie spürte, was der Gedanke an Mona in ihr auslöste. Meine Güte, sie hatte Mona schon damals attraktiv gefunden. Wie hatte sie nur so blind sein können!

Das Taxi war viel schneller am Ziel als erwartet. Sie zahlte und schloss die Haustür auf. Innerlich wappnete sie sich für einen neuen Streit. Stefan hatte keine Ahnung, wo sie den Nachmittag verbracht hatte. Wenn er nach ihrem Führerschein fragte, würde sie keine Antwort haben. Hundert Möglichkeiten für ein Eifersuchtsdrama oder, in letzter Zeit noch beliebter, für ein väterlich-herablassendes ›Du hast wirklich keine Ahnung, was du tust, Schatz‹-Szenario. Sie hatte ihn an diesem Tag noch gar nicht gesehen. Es war das erste Mal in ihrer Beziehung, dass sie die Nacht nach einem Streit nicht zu Hause verbracht hatte. Nie hatte sie früher die Kraft gefunden zu gehen. Diesmal hatte sie nicht die Kraft gehabt, nach Hause zu kommen.

Er saß im Wohnzimmer vor dem Fernseher. Ein Glas Cognac auf dem Couchtisch vor sich. Wo waren die Kinder?, wunderte Verena sich. Sie beschloss, später nach ihnen zu sehen. Jetzt musste sie mit ihrem Mann reden. Sie schenkte sich ein Glas Wein ein und setzte sich zu ihm. Nicht neben ihn auf die Couch, sondern in einen Sessel.

Er sah hoch. »Darf ich dich in den Arm nehmen?«, fragte er entschuldigend. Dann: »Es tut mir leid wegen gestern Abend. Ich wollte dich nicht so anfahren. Ich mache mir einfach Sorgen um dich, Verena.«

Sie antwortete nicht. Sie war diese Entschuldigungen und Beteuerungen so leid. Wie lange würde es dauern bis zum nächsten Streit? Wie konnte sie an diesem Abend einen Streit vermeiden? Du hast doch so viel gelesen in der letzten Zeit, erinnerte sie sich. Über gewaltfreie Kommunikation, über Gefühle und Bedürfnisse, über ... Graue Theorie, sie konnte es nicht anwenden. Sie wusste nicht einmal, wo anfangen.

»Ich war in der Klinik«, sagte sie ohne jegliche Einleitung. »Ich habe mit Meinhard gesprochen. Er hat einen anonymen Brief mit den Ergebnissen meines Blutalkohol- und Drogentests bekommen. Aber er hat mich angehört und mir seine uneingeschränkte Unterstützung zugesichert. Ich habe mich entschlossen, morgen zur Polizei zu gehen und Anna Conrad anzuzeigen.«

Stefan schaute sie regungslos an. Er musste das Gehörte offenbar erst verdauen. »Habe ich dich richtig verstanden, dass du jetzt doch Anzeige erstatten willst?«

Sie nickte.

»Aber das ist doch großartig!«

»Du bist nicht sauer?«

»Warum sollte ich denn sauer sein?«

Sie zuckte mit den Schultern. »Weil ich es seit Monaten nicht schaffe, irgendwas richtig zu machen.«

»Aber ich wollte doch, dass du zur Polizei gehst, Schatz. Von Anfang an. Soll ich morgen mitkommen?«, fügte er eifrig hinzu.

Sie schüttelte den Kopf. »Ich werde zu Frau Stroll gehen. Ich nehme eine Anwältin mit, die sie mir empfohlen hat.«

Er sah sie an. »Du hast in den letzten Tagen doch ganz schön viel geregelt, Verena.«

»Ja. Es brauchte eben alles seine Zeit.« Sie wollte nicht mehr sagen. Nicht, wie sehr sein Drängen sie verletzt und unter Druck gesetzt hatte. Und schon gar nicht, dass sie ihn nicht dabeihaben wollte, wenn sie über die Details der Vergewaltigung reden musste. Sie machte sich nichts vor. Die Anzeige bedeutete auch, das Geschehen noch einmal minutiös durchzugehen. Jedes schmutzige Detail in einem Protokoll festhalten zu lassen. Eine Vergewaltigung anzuzeigen bedeutete den kompletten Verlust der Intimsphäre. Denn Verena musste erst einmal beweisen, dass es überhaupt passiert war. Und ein Protokoll, eine medizinische Untersuchung waren noch lange keine Gewähr, dass ihr Recht geschehen würde.

Sie saß da und drehte das Weinglas in ihrer Hand. Dann fasste sie einen Entschluss. Sie begann sehr leise, ohne sich zu vergewissern, ob er ihr zuhörte. »An jenem Abend, an dem das in Berlin passiert ist, war ich mit Mona essen. Als ich ins Hotel zurückkam, stand Anna Conrad an der Bar. Ich habe sie erst gar nicht gesehen. Sie kam auf mich zu und sagte, sie wollte sich noch einmal für den Abend zuvor entschuldigen. Da hatte sie mich beim Essen massiv angemacht, und ich war wütend auf sie.«

Sie sah Stefan an und hob die Hand, obwohl er nichts gesagt hatte. »Ich schwöre dir, ich habe nichts getan, um sie in irgendeiner Weise zu ermutigen. Mona erzählte mir später, sie würde es einfach bei jeder versuchen, vorzugsweise aber bei Hetero-Frauen, denen sie zeigen wollte, wie es ist, mit einer Frau zu schlafen. Ich hätte niemals einwilligen sollen, mich mit ihr an die Bar zu setzen, aber ich bin mit ihr gegangen. Und dann bin ich ihr irgendwie verfallen. Ich weiß noch, wie ich sie angestarrt habe. Ich habe sie nicht weggeschoben, als sie mich geküsst hat, und ich war einverstanden, dass sie mit auf mein Zimmer kam.« Wieder sah sie Stefan kurz an, war ihm dankbar, dass er einfach nur zuhörte, ohne etwas zu sagen. »Ich kann mich vage erinnern, dass ich da nochmal Bedenken hatte, aber dann kam sie mit dem Champagner an, und mittlerweile bin ich mir ziemlich sicher, dass sie das GHB da reingemischt hatte.«

Sie drehte ihre Handflächen nach oben. »Tatsache ist jedoch, dass ich dich ganz banal betrogen habe. Ich hatte Sex mit einer im Grunde wildfremden Frau, und ich habe es genossen, bis zu dem Zeitpunkt, wo sie offensichtlich ausgetickt ist.«

Sie stellte das Weinglas mit einem leisen Klirren auf den Tisch. »Das ist es, was ich seit Wochen mit mir herumtrage, was mich verstummen ließ dir gegenüber. Ich habe dich betrogen, Stefan. Zum zweiten Mal innerhalb von wenigen Jahren habe ich unsere Ehe mit einem Seitensprung aufs Spiel gesetzt.«

Stefan sagte erst einmal gar nichts.

Jetzt hättest du endlich mal einen Grund, dich wirklich aufzuregen, dachte Verena und ermahnte sich im gleichen Moment, nicht so sarkastisch zu sein.

»Und wieder ist es mit einer Frau passiert.« Nüchtern, anklagend, beleidigt.

»Ja«, antwortete Verena einfach.

Seine Kiefer mahlten. Sie sah, wie er etwas zurückhielt, es förmlich hinunterschluckte. Und sie wunderte sich noch immer, warum er gerade jetzt nicht laut wurde. Schließlich leerte er das halbvolle Glas Cognac in einem Zug und stand auf, um sich nachzuschenken.

Er blieb an den Barschrank gelehnt stehen und sah sie lange an.

Verena wappnete sich innerlich. Was immer jetzt kommt – diesmal habe ich es verdient, dachte sie angespannt.

Sein Ton war neutral, als er endlich sprach. »Es ist ja nicht so, dass ich mir nicht meine Gedanken gemacht hätte, wie du mit einer Kollegin in eine solche Situation geraten konntest, Verena. Aber irgendwie hatte ich nicht damit gerechnet, dass du sie tatsächlich willentlich mit auf dein Zimmer genommen hattest.«

Er starrte in sein Glas. »Andererseits hast du mir ja schon vor Jahren gesagt, dass du dich als bisexuell empfindest. Ich muss mich vielleicht damit abfinden. Und ich glaube zudem nicht, dass du dir an der ganzen Sache die alleinige Schuld geben kannst.«

Verena staunte. Sie wusste nicht genau, was sie erwartet hatte, aber mit Verständnis hatte sie nicht gerechnet. Oder war es Resignation?

Er lächelte sie traurig an. »Was hast du denn erwartet, Verena? Dass ich dir bei allem, was du durchgemacht hast, auch noch Vorwürfe machen würde? Glaubst du denn, ich hätte nicht gesehen, welche Schuldgefühle du hast und welche Vorhaltungen du dir selbst gemacht hast? Für wen hältst du mich eigentlich?«

Sie sah ihn kopfschüttelnd an. »Warum bist du dann so ekelhaft zu mir? Du behandelst mich, als wäre ich ein unmündiges Kind, obwohl ich einen ganzen Klinikbereich leite. Du überschüttest mich mit Vorwürfen, was ich angeblich alles nicht gebacken bekomme. Du wirfst mir vor, dass ich die Kinder vernachlässige, aber du siehst darüber hinweg, dass ich mit einer Frau geschlafen habe?«

»Ich mache mir einfach Sorgen, dass du dir zu viel zumutest, Verena. Du hattest hier früher alles im Griff, und in letzter Zeit entgleitet dir alles. Und dann noch diese schreckliche Geschichte.« Er blickte sie väterlich-liebevoll an.

Verena sah plötzlich rot. »Du verzeihst es mir, damit ich zu Kreuze gekrochen komme! Damit ich einsehe, dass ich ein kleines unselbstständiges Mädchen bin, das mit der harten Realität nicht klarkommt. Akzeptiere endlich, dass ich eine vollwertige Partnerin mit einer eigenständigen Karriere bin!«

Sie hielt erschrocken inne. Waren das Kathrins Worte, die

sie ihm da um die Ohren knallte? Hatte sie sich so sehr von Kathrins Ansicht über ihre Ehe beeinflussen lassen? Nein, dachte sie plötzlich. Kathrin hatte ihr nur etwas vor Augen geführt, was sie einfach ignoriert hatte. Sie war Stefan in den letzten Jahren über den Kopf gewachsen. Während sie sich viel mit ihrem Steckenpferd Psychologie beschäftigt und versucht hatte, ihre Erkenntnisse auf ihre Beziehung, die Kinder und ihren Job anzuwenden, hatte Stefan amüsiert gelächelt. Er selbst war offensichtlich an einem Punkt in seinem Leben angelangt, an dem er sich gemütlich zurücklehnen und die Früchte seiner Arbeit genießen wollte. Das Haus und die Praxis waren fast abbezahlt. Eine Erweiterung kam für ihn nicht in Frage. »Wir kommen doch auch so gut über die Runden«, hatte er zu Verena gesagt und die Idee eines älteren Kollegen zurückgewiesen, sich mit ihm in einer Praxisgemeinschaft zusammenzuschließen, die er später eventuell ganz hätte übernehmen können. Als Verena ihm von ihrem Angebot, sich an der Uniklinik zu bewerben, erzählte, hatte er gezögert – er hatte sie damals schon gewarnt, ob sie wüsste, was sie sich zumutete –, aber er hatte sie unterstützt. Sie hatte keine Professur vorzuweisen, sie war jünger als die meisten ihrer Mitbewerber und – nicht zuletzt – sie war eine Frau. Dennoch hatte sie das Rennen gemacht. Vielleicht ist Meinhard tatsächlich progressiver, als ich ihm zugetraut habe, ging ihr in dem Moment durch den Kopf.

»Was redest du denn da, Schatz? Ich bin dein Mann!« Er hatte sich wieder gesetzt und warf ihr einen ehrlich bestürzten Blick zu.

»Mein Ehemann, ja. Aber nicht mein Vater, Stefan! Ich bin eine erwachsene Frau mit einem eigenständigen Willen, die einen Riesenfehler gemacht hat. Aber ich bin kein dummes Mädchen, das sich auf die falschen Kids eingelassen hat und dann Papi vorschickt, damit er ihnen eines auf die Mütze gibt. Ich habe einen Fehler gemacht, und ich habe vor, ihn selbst auszubügeln. Auf meine Weise und zu meiner Zeit.«

Ihr Blick war herausfordernd. »Ich halte unsere Beziehung – so wie sie jetzt ist, einfach nicht mehr aus.« Verena war selbst überrascht. Sie hatte sich das weder vorher überlegt noch geprobt. Aber als sie es sagte, wusste sie, dass es die Wahrheit war.

»Ich werde mir eine Wohnung suchen. Ich will zu mir selbst finden, verstehen, was los ist. Ich halte den tagtäglichen Kleinkrieg einfach nicht mehr aus.«

Er war fassungslos. »Wie bitte? Du willst mir nichts dir nichts ausziehen? Du willst mich hier mit den Kindern sitzenlassen, oder wie darf ich das verstehen? Damit du deinen persönlichen Ego-Trip durchziehen kannst?«

»Mein persönlicher Ego-Trip? Nein, Stefan, meinetwegen Selbstfindung, Mid-Life-Crisis – nenn es, wie immer du willst. Mir vorzuwerfen, ich wäre egoistisch, ist einfach nur dreist. Ohne mich wäre deine Tochter wahrscheinlich tot, aber du hast mich dennoch damals mit dem ganzen Scheiß hocken lassen.« Verena spielte auf den Drogenentzug Tatjanas an, bei dem Stefan sowohl als Vater wie auch als ihr Partner ziemlich versagt hatte.

»Ich dachte, das hätten wir schon mehrmals geklärt,

und ich habe mich jedes Mal dafür entschuldigt. Ich war damals überfordert, ich weiß. Was hat das mit unserer Situation heute zu tun? Ich sehe ja, dass bei uns nicht immer alles rund läuft, Verena. Aber ich liebe dich! Ich habe dich jeden Tag geliebt, seit ich dich kenne. Was du in den letzten Wochen durchgemacht hast, zerreißt mich. Aber du blockst komplett ab, ich komme nicht an dich ran, und nun redest du endlich mit mir und sagst mir gleichzeitig, das war's? Was um alles in der Welt ist in dich gefahren? Das bist doch nicht du!«

Er schlug mit der flachen Hand auf den Tisch, so dass Verena zusammenzuckte. »Das hat Kathrin dir eingeredet, oder? Sie mischt sich ständig ein! Wann immer du dich mit ihr triffst, haben wir beide hinterher Krach!«

Verenas Gesicht verdunkelte sich. »Lass doch endlich mal Kathrin aus dem Spiel. Du hältst mich tatsächlich für so unselbstständig, dass du mir nicht einmal eine eigene Meinung zutraust! Wer glaubst du eigentlich sagt mir seit Wochen, dass ich mit dir reden soll? Sie hat mir das bereits an jenem Morgen auf der Intensivstation gesagt, als ich mir geschworen hatte, nie mehr ein Wort darüber zu verlieren. Ich habe mich deswegen mit ihr gestritten, schon vergessen? Du bist so vernagelt in allem, was sie betrifft, dass du nicht siehst, was wirklich los ist. Ich halte es nicht mehr mit dir aus, weil ich mich ständig bevormundet fühle.«

Sie stockte nur kurz. »Ich fühle mich eingeengt und klein in deiner Nähe. Und es tut mir weh, dass du meiner besten Freundin mit Verachtung und meinem Job mit Herablassung begegnest!«

Schon wieder schlich sich ein Vorwurf ein! Wie hatte sie das bloß früher hinbekommen? Früher ging es selten um mich persönlich, merkte sie dann. Es ging um andere oder um Dinge, für die ich mich eingesetzt habe. Nichts, was so sehr meine eigenen Bedürfnisse betraf wie jetzt. Es geht um mich! Nicht um die Kinder, nicht um den Haushalt, nicht um Stefan.

»Aber …«

Verena stand auf. »Ich will nicht schon wieder so einen Streit wie gestern. Dazu bin ich zu müde. Ich gehe ins Bett. Und ich schlafe im Gästezimmer.«

»Du kannst mich doch jetzt hier nicht so stehen lassen! Mir um die Ohren knallen, dass du dich aus dem Staub machen willst, und dann ins Bett gehen! Ich will das ausdiskutieren!« Stefan war ebenfalls aufgestanden. Er trat vor sie, wollte sie an den Schultern fassen.

Verena wich einen Schritt zurück. Leise sagte sie: »Ich habe die Kraft nicht, Stefan. Bitte lass mich gehen. Bitte!« Sie hob die Hände. »Lass es gut sein für heute, ich kann nicht mehr.«

Damit ließ sie Stefan verstört zurück.

Das Frühstück am anderen Morgen verlief in angespannter Atmosphäre. Stefan schien begriffen zu haben, wie ernst es Verena am Vorabend gewesen war. Aber weil die Kinder mit am Frühstückstisch saßen, bemühten sich beide redlich, sich ihre neuerliche Auseinandersetzung nicht anmerken zu lassen. Dani musste früh los. Tim stocherte lustlos in seinem Müsli.

Verena sah ihn besorgt an. »Magst du was anderes essen, Schatz?«

Er schüttelte nur unwillig den Kopf. »Hab keinen Hunger.«

Stefans Blick war anklagend, und Verena hatte prompt ein schlechtes Gewissen. Sie würden schnellstens mit Timmi reden müssen. Am besten gemeinsam. Aber wie sollte das funktionieren, wenn sie es nicht einmal schafften, länger als ein paar Minuten in einem Raum zu sein, ohne zu streiten? Sie versuchte, Timmi besonders liebevoll zu verabschieden, aber der Kleine entzog sich ihr. Sie seufzte innerlich auf.

Verena wartete ab, bis Stefan in seine Praxis hinuntergegangen war, und rief dann nacheinander die Anwältin und die Polizei an. Am späten Vormittag würde sie sich mit Stephanie Bramkamp in einem Café in der Nähe des Polizeigebäudes treffen und mit ihr die Aussage durchgehen. Wie am Vortag für ihrem Termin mit Professor Meinhard kleidete und schminkte sie sich sorgfältig, und tatsächlich warf Ingrid Stroll ihr einen anerkennenden Blick zu, als sie sich auf dem Polizeirevier begrüßten.

Dank des Vorgesprächs mit der Anwältin war Verena gefasst und blieb äußerlich ruhig, selbst als sie wie befürchtet alles minutiös durchgehen und etliche Details sogar wiederholen musste. Die Kommissarin und auch die Anwältin sorgten dafür, dass die Protokollaufnahme sachlich blieb. Mehrmals mahnte Ingrid Stroll: »Ich brauche nur die Fakten, Frau Dr. Gessner«, wenn Verena begann, Vorwürfe und Interpretationen miteinfließen zu lassen.

Nach etwa eineinhalb Stunden war alles überstanden. Die Protokolle waren unterzeichnet. Ingrid Stroll hatte sie auch Formulare unterschreiben lassen, die die beteiligten Ärztinnen und Ärzte von ihrer Schweigepflicht entbanden. Sie versprach außerdem, sich um die Angelegenheit mit dem anonymen Brief zu kümmern.

Zu guter Letzt schaffte Verena es sogar noch zu fragen, an wen sie sich wegen ihres Führerscheins wenden müsste. Sie hatte Ingrid Stroll nur perplex angesehen, als diese meinte: »Der wird Ihnen per Einschreiben zugeschickt, sobald die Sperre abgelaufen ist. Sie müssen gar nichts tun.« Dann hatte sie nachgesehen und gesagt, dass er am Vortag losgeschickt worden war.

Verena schüttelte nur den Kopf. Deshalb hatte sie mit Stefan mehrmals gestritten, und dabei hätte sie gar nichts unternehmen müssen. Warum hatte er sich nicht mal erkundigt, statt ihr dauernd Vorwürfe zu machen!

Auf der Straße atmete Verena tief durch. Sie sah Stephanie Bramkamp mit einem erleichterten Lachen an und sagte: »Darf ich Sie auf einen Kaffee einladen?« Sie mochte die energische junge Frau. Das ist schon die nachkommende Generation, dachte sie. Sie sind selbstbewusster und nehmen die Dinge selbstverständlicher, als wir es getan haben. Aber das war nichts Schlechtes. Im Gegenteil!

Stephanie Bramkamp lächelte. »Gern«, sagte sie. »Mut muss immer gefeiert werden!«

Als Verena nach Hause kam, war sie immer noch in einer Art euphorischen Hochstimmung. Sie rief Mona an. »Ich hab's getan!«, rief sie triumphierend ins Telefon. »Ich hab's tatsächlich getan! Egal, was jetzt passiert, egal, was jetzt kommt. Der Stein ist im Rollen.« Sie erzählte Mona auch von dem anonymen Schreiben, das Professor Meinhard bekommen hatte. Nachdem sie beide noch etwas spekuliert hatten, wer es geschickt haben könnte – keine von ihnen hielt Anna Conrad für so dumm, es selbst in einen Umschlag gesteckt zu haben –, sagte Verena unvermittelt: »Mona, was machst du an diesem Wochenende?«

»Ich habe drei volle Tage frei – stell dir vor!«

»Wenn ich einen Flug bekomme, könnte ich heute Abend noch in Berlin sein. Kannst du mir ein Hotel empfehlen?« Sie machte eine kurze Pause. »Wenn du überhaupt Zeit hast … oder mich sehen willst …«

»Verena! Schüchtern steht dir nicht.« Mona lachte. »Natürlich will ich dich sehen. Und ein Hotel kann ich dir auch empfehlen. Es heißt ›Chez Mona‹. Ich habe eine sehr bequeme und viel zu selten genutzte Gästecouch.«

Mona beschloss, nicht zu fragen, wie Verena das ihrem Mann erklären wollte oder wie es überhaupt zu dieser spontanen und für Verena absolut ungewöhnlichen Aktion kam. Nimm's, wie's kommt, dachte sie. Wahrscheinlich wird sie mir nur sagen, wie dankbar sie mir ist und dass sie sich nun endlich wieder auf ihre Familie konzentrieren will. Wir trinken eine Flasche Wein, verbringen einen netten Abend zusammen und gehen dann wieder unserer Wege. Während Mona sich freuen wollte, es ihr aber nicht so recht gelang, hatte Verena ausgelassen weitergeredet. Mona hatte kein Wort mitbekommen.

»Bist du noch dran, Mona?«, fragte Verena nun verunsichert. »Du denkst, es ist eine Schnapsidee …«

Mona unterbrach sie sanft: »Natürlich bin ich noch dran. Und red bitte keinen Unsinn. Ich würde mich total freuen, dich zu sehen. Sag mir Bescheid, sobald du einen Flug hast, dann hole ich dich am Flughafen ab.«

»Das musst du nicht.«

»Ich will es aber!« Damit war das Thema beendet.

Ehe ihre Courage sie verließ, fuhr Verena ihren Laptop hoch und suchte nach Flügen. Sie buchte ein Online-Ticket, checkte ein und druckte ihre Bordkarte aus. Dann packte sie eilig ein paar Sachen zusammen, schrieb eine Nachricht für Stefan und rief Mona an, um ihr die Flugdaten durchzugeben.

Im Taxi atmete sie zum ersten Mal tief durch. Dann kam das Herzklopfen. Sie war verrückt geworden! Aber es fühlte sich gut an. Ihr Verstand war ausgeschaltet, sie folgte einem inneren Autopiloten. Ja, es mochte verrückt sein, jetzt ein paar Hundert Euro für einen Flug nach Berlin aus dem Fenster zu werfen, aber sie hatte nicht den Nerv für einen weiteren Streit oder auch nur eine anstrengende Diskussion mit Stefan am Abend. Noch nie war sie Konflikten derart aus dem Weg gegangen. Vor diesem lief sie mittlerweile regelrecht davon. Sie wollte nicht mehr denken, nicht mehr an der Beziehung arbeiten, nichts aufarbeiten. Sie wollte einfach nur weg. Du fliehst, dachte sie nüchtern. Seit der Vergewaltigung läufst du vor allem weg.

Nein, das stimmte nicht. Auch wenn sie Zeit gebraucht hatte, so hatte sie doch zumindest einen Weg gefunden, damit umzugehen. Sie hatte sich ja sogar zu der Anzeige durchgerungen. Das Erlebnis mit Anna Conrad mochte sie erschüttert haben, doch schließlich hatte sie sich dem gestellt, wenn auch nicht ganz freiwillig.

Dem permanenten Stress mit Stefan hingegen hatte sie nichts mehr entgegenzusetzen. Sie besaß die Kraft nicht mehr. Sie *wollte* die Kraft nicht mehr aufbringen – es war Energieverschwendung! Du wirst am Montag in der Klinik mehr als genug zu tun haben, dich nach fast drei Monaten wieder in den Arbeitsalltag einzufinden, dachte sie, auch wenn ihr Wiedereinstieg schrittweise erfolgte.

Was erwartete sie von ihrem Besuch bei Mona? Sie konnte es nicht genau sagen. Abstand und Ruhe vielleicht? Herzklopfen und Schmetterlinge im Bauch? Einfach nur angenommen und akzeptiert zu werden, so wie sie war? Ohne dass jemand ihr Druck machte, was sie in Angriff nehmen sollte, was sie tun musste.

War Mona die Richtige dafür? In den letzten Wochen war schließlich Kathrin ihr Fels in der Brandung gewesen. Ihr Rückhalt. Sie hatte ihr zugehört, wenn sie aufgeregt und durcheinander ins Telefon geheult oder geschrien hatte. Sie war ruhig geblieben, hatte sie in den Arm genommen, war da gewesen, wann immer sie sie gebraucht hatte. Ja, Kathrin war ihr eine Freundin gewesen. Die beste, die sie sich vorstellen konnte. Doch Kathrin war nicht Mona.

In den letzten Tagen hatte Verena immer wieder in sich hineingehorcht. Aber selbst wenn sie an die Zeit mit Kathrin mittlerweile ohne Scham und Wehmut denken konnte – da war kein Kribbeln mehr, keine Sehnsucht, nicht so wie sogar noch in den Anfangsjahren mit Stefan. Bis sie es sich schlicht verboten hatte.

Doch der Gedanke an Mona löste so viel Vorfreude, so viel Erwartung, so viel Aufregendes aus. Hör auf zu denken!, befahl sie sich. Lass dich einmal nur hineinfallen, lass auf dich zukommen, was immer es sein wird. Tu etwas, das du noch nie getan hast, und folge einfach deinem Gefühl.

Etwas entspannter lehnte sie sich zurück. Sie würde schon in der Luft sein, wenn Stefan die Nachricht fand. Er würde toben!

Monas Umarmung fiel herzlich aus. Aber gab es da etwas, das sie zurückhielt? Wieder bekam Verena Angst vor ihrer eigenen Kühnheit. Du bist verrückt, ihr und dir das anzutun! Was willst du ihr sagen? Du kannst dich doch nicht so in ihr Leben drängen!

Das ist doch bloß ein Wochenende, beschwichtigte sie sich. Und eine ihrer Erwartungen hatte sich bereits erfüllt. Ihr Herz raste, sie war aufgeregt wie ein Teenager. Als sie ihr Bordcase hochnehmen wollte, stolpere sie über ihre eigenen Füße. Mona fing sie auf und hielt sie fest. Einen Moment zu lange. Ihre Blicke trafen sich, mochten sich kaum voneinander lösen.

Dann fragte Mona: »Hast du eigentlich schon etwas gegessen?«

Verena verneinte.

»Was hältst du von einem gemütlichen Italiener bei mir um die Ecke und hinterher einer Flasche Rotwein auf meinem Balkon? Wir schauen uns die Stadt vom siebzehnten

Stock aus an. Und du erzählst mir, wie die letzten Tage so gelaufen sind.«

Verenas Stimme war heiser, als sie zustimmte. Sie hatte plötzlich einen Frosch im Hals.

Mona, der Verenas Nervosität natürlich nicht entging, beschloss, sie erst einmal ankommen zu lassen, ehe sie versuchen wollte zu ergründen, was es mit diesem überraschenden Besuch auf sich hatte.

Beim Essen erzählte Verena von dem Termin auf dem Polizeirevier und der Anzeige und berichtete auch von dem Gespräch mit ihrem Chef. Den Dauerstreit mit Stefan erwähnte sie mit keinem Wort. Erst als sie wie von Mona vorgeschlagen bei einem Glas Rotwein auf dem Balkon saßen und eine Weile die Aussicht über die Stadt bewundert hatten – Mona zeigte ihr, wo in der Ferne der Fernsehturm, das Brandenburger Tor, der Dom und andere Wahrzeichen zu erkennen waren –, sagte Verena wie nebenbei: »Ich habe Stefan gestern Abend gesagt, dass ich mir eine eigene Wohnung nehmen werde.«

Mona verschluckte sich an einem Cracker und trank eilig einen Schluck Wasser.

Nach einem besorgten »Alles okay?«, das Mona mit einem schlichten Ja beantwortete, fuhr Verena fort. Die Dunkelheit machte es ihr offenbar leichter zu reden. Sie erzählte von den Streitereien, den Verletzungen, ihrer grenzenlosen Wut und auch dass sie am Tag zuvor sogar zu Kathrin geflüchtet war.

Und nun ist Kathrin in München nicht mehr weit genug weg von deinem Beziehungsdauerstress, und deshalb musst du nach Berlin fliehen?, dachte Mona, hütete sich aber, etwas zu sagen.

Verena fiel Monas Schweigen erst nach einer Weile auf. »Bitte entschuldige, Mona. Ich bin nicht gekommen, um dich mit meinen Eheproblemen zu langweilen. Das war rücksichtslos von mir.«

Mona gab keine Antwort. Stattdessen fragte sie sehr sanft: »Warum bist du gekommen, Verena?«

Verena erschrak. In ihrem Hals bildete sich ein Kloß. Endlich stammelte sie zaghaft: »Ich musste dich einfach sehen ... Ich kann es dir nicht näher erklären. Ich hatte das irrsinnige Bedürfnis, bei dir zu sein. Das ist vielleicht dumm und kindisch ... und es tut mir leid, wenn ich dir ...« Sie brach ab, vollkommen verunsichert.

Mona lächelte in sich hinein. Dann beschloss sie, Verena zu erlösen. »Ich habe dir schon mal gesagt, wie sehr ich mich freue, dass du hier bist. Es kam nur etwas überraschend ... Aber was du eben gesagt hast, ist sehr süß, Verena.« Im Dunkeln streckte sie die Hand aus, suchte Verenas, fand sie.

Verena spürte in sich hinein und ließ es zu. »Ich kann dir nicht erklären, was ich von dir will, Mona. Ich habe keine Erwartungen oder Ansprüche. Ich wollte in dem Moment einfach bei dir sein und bei niemandem sonst auf der Welt. So etwas habe ich noch nie gemacht; ich weiß nicht, wie es weitergeht – ich will nicht mal darüber nachdenken müssen. Ist das zu viel verlangt? Mute ich dir zu viel zu?«

Mona streichelte sanft ihre Hand, nahm sie hoch und küsste ihre Finger. »Nein. Nein, das tust du nicht. Lass uns einfach das Wochenende genießen. Keine Forderungen, keine Erwartungen, okay?«

»Okay«, antwortete Verena erleichtert. Beschämt dachte sie, ich kann mich nicht erinnern, wann ich zuletzt solche Angst hatte, etwas Falsches zu sagen oder zu tun. Auf keinen Fall wollte sie Mona verletzen oder zurückstoßen.

Sie saßen noch eine Weile still nebeneinander, jede schien ihren Gedanken nachzuhängen. Schließlich sagte Mona leise: »Mir wird kalt, vielleicht sollten wir langsam reingehen. Ich kann noch eine Flasche Wein aufmachen, wenn du möchtest.«

Aber Verena schüttelte den Kopf. »Ich vertrage im Moment kaum etwas. Ich bin auch ein bisschen kaputt.« Und ich muss nachschauen, wie viele Textnachrichten und Anrufe ich von Stefan habe, dachte sie. Sie hatte ihr Handy in den letzten Stunden konsequent ignoriert. Kathrin hatte sie ebenfalls nichts von ihrem Spontantrip erzählt. Und vor allem wegen Timmi hatte sie ein schlechtes Gewissen.

Mona folgte ihr in die Küche. Verena stellte ihr Glas auf der Spüle ab. Als sie sich umdrehte, langte Mona um sie herum und stellte ihr Glas und die Flasche ebenfalls weg, dann zog sie Verena in eine zärtliche Umarmung und gab ihr einen erst sanften, dann fordernden Kuss. Verena stand einen Moment starr da, ehe sie sich erschrocken freimachte und Mona von sich stieß.

»Nein!« Ihre Stimme war panisch, beinahe hysterisch.

Mona starrte sie einen Augenblick fassungslos an, dann erkannte sie ihren Fehler. »Entschuldige bitte, Verena. Ich wollte nicht …«

Aber auch Verena war über ihre eigene Reaktion erschrocken. Sie schlug die Hände vor das Gesicht. »O Gott, Mona. Bitte entschuldige. Es tut mir leid, es tut mir so leid ... Ich wollte dich doch nicht wegstoßen. Bitte ...« Sie war beim Zurückweichen an die Spüle gestoßen und ließ sich jetzt einfach auf den Boden sinken, die Hände noch immer vors Gesicht geschlagen. »Es tut mir leid ... Ich bin so dumm ...«

Mona ging vor ihr auf die Knie, wagte jedoch nicht, sie anzufassen. »Verena. Sieh mich an! Bitte, sieh mich an.« Es schien eine halbe Ewigkeit zu dauern, bis Verena endlich den Kopf hob. »Mir tut es leid, Verena. Ich hätte dich nicht bedrängen dürfen. Ich hätte es wissen müssen ...«

»Nein. Du kannst doch nichts dafür«, flüsterte Verena unglücklich.

»Ich weiß, aber du kannst auch nichts für deine Reaktion.« Mona rappelte sich hoch. Dann hielt sie Verena ihre Hand hin. »Komm, steh auf. Es ist alles gut. Komm her.« Sie zog Verena hoch und nahm sie vorsichtig in den Arm, hielt sie fest, bis sie sich beruhigt hatte. Endlich sah Verena auf. Sie hatte geweint, und Mona spürte, wie unangenehm es ihr war, sich so aufgelöst und durcheinander zu zeigen.

Vorsichtig strich Mona ihr eine Haarsträhne aus dem Gesicht, immer darauf bedacht, sie nicht wieder zu erschrecken. Verena zitterte, doch Monas Behutsamkeit zeigte Wirkung. Sie atmete tief durch, um sich endgültig zu beruhigen und die Kontrolle über ihre Gefühle zurückzugewinnen.

»Ich ...«

»Schsch«, machte Mona nur. Sie legte ihr zärtlich einen Finger auf die Lippen. »Alles ist gut. Vielleicht gehen wir besser schlafen. Ich nehme die Couch – du kannst mein Bett haben.«

Verena wollte protestieren, aber Mona duldete keinen Widerspruch. »Ich habe schon alles frisch bezogen. Du musst nur noch hineinfallen. Wir haben morgen den ganzen Tag vor uns. Ich zeige dir meine Lieblingsplätze. Wir schauen einfach mal, was sich dieses Wochenende so ergibt, okay?«

Verena nickte zaghaft. Sie war noch immer peinlich berührt von ihrer Panikattacke.

Als sie im Bett lag, checkte sie ihr Handy, und natürlich war eine erboste, aber auch verzweifelte Nachricht von Stefan eingegangen. »Schatz, bitte lass uns nochmal über alles reden. Es kann doch nicht sein, dass du dich nach dreizehn Jahren einfach so aus dem Staub machst. Ich verstehe, dass die letzten Wochen schlimm für dich waren, aber deswegen alles hinzuwerfen! Bitte, melde dich! Ich will wenigstens wissen, ob es dir gutgeht. Wo bist du überhaupt?«

Nach längerem Überlegen tippte sie eine kurze SMS: »Es geht mir gut. Ich bin bei Mona. Ich ertrage einfach keinen weiteren Streit. Am Sonntagabend bin ich zurück.« Dann schlief sie erschöpft ein.

Kathrin saß in der Küche und las die Morgenzeitung. Sie wunderte sich ein wenig, dass sie nichts von Verena gehört hatte. Der Besuch bei der Polizei am Tag zuvor hatte sie sicher mitgenommen. Kathrin beschloss, ihr noch ein paar Stunden Zeit zu geben, sich von sich aus zu melden. In ein paar Minuten wollte sie sich an ihren Computer setzen, um zu arbeiten. Da klingelte es an der Haustür Sturm.

War das etwa Verena?

Kathrin schaute durch den Spion und sah zu ihrem Erstaunen, dass Stefan Gessner vor ihrer Tür stand. Sie öffnete, doch noch ehe sie etwas sagen konnte, hielt er ihr wutschnaubend einen Zettel vor die Nase.

»Seit wann weißt du davon?«, fauchte er sie an.

Kathrin sah ihn verständnislos an. Auf dem Zettel stand lediglich: »Ich muss hier einfach mal raus. Bis Sonntag. Bitte sag Timmi und Dani, dass ich sie liebe.« Verenas Handschrift.

Sie blinzelte Stefan fragend an. »Sie ist nicht zu Hause?«

»Du weißt nichts davon?«

Kathrin schüttelte den Kopf. Obwohl ihr so langsam eine Ahnung kam …

Stefan sah sie unschlüssig an. Dann fragte er leise: »Gestern Abend hat sie mir gesimst, dass sie bei Mona ist. Kann ich mal mit dir reden? Darf ich reinkommen?«

Kathrin hob die Augenbrauen. Das letzte Gespräch mit Stefan hatte an Verenas Krankenhausbett stattgefunden, als sie versucht hatten, sie zu überreden, sich einem Psychologen anzuvertrauen. Und davor in Berlin in Monas Büro, als er sie feindselig angebrüllt hatte.

Stefan bemerkte ihr Zögern. »Ich will nur einen Rat von dir, Kathrin. Du bist Verenas beste Freundin.«

Kathrins Augenbrauen kletterten noch ein Stück höher.

Dann nickte sie. Sie ging ihm voran in die Küche. »Willst du einen Kaffee?«

Stefan nickte dankbar. Er sank auf einen der Stühle, ehe Kathrin ihm einen Platz anbieten konnte. Kathrin kochte für sie beide Kaffee, blieb dann aber an die Spüle gelehnt stehen. Sie wollte nicht so weit gehen, sich mit Stefan einträchtig an den Tisch zu setzen. Obwohl sie zugeben musste, dass er wie ein Häufchen Elend vor ihr hockte.

»Sie geht nicht an ihr Handy.« Dann erzählte er Kathrin von der knappen SMS, die Verena am Vorabend geschickt hatte. Den Streit erwähnte er nicht. »Was will sie bei Mona? Wie kommt sie plötzlich darauf?«

Kathrin antwortete ruhig: »Ich bin ihre Freundin, Stefan, nicht ihr Kindermädchen.«

»Du weißt doch sonst immer alles!«, sagte Stefan anklagend. »Du weißt doch sicher, dass wir seit Monaten Stress haben!«

Kathrin sah ihn nur kopfschüttelnd an: »Du hast wirklich keine Ahnung! Verena redet nicht, wenn sie Probleme hat, auch nicht mit mir. Wie lange brauchst du eigentlich noch, um das endlich zu kapieren. Ich habe sie vor einigen Monaten im Krankenhaus regelrecht abgepasst und in die Enge treiben müssen, damit sie mir sagt, was mit ihr los ist. Seitdem erst weiß ich von euren Problemen.«

»Sie hat vorgestern Nacht bei dir geschlafen!«

»Ja. Was bedeutet, dass es ihr so schlecht ging, dass sie keinen anderen Ausweg wusste. Verena ist in ihrem Leben keine zehn Mal bei mir aufgetaucht, um sich auszuheulen. Dass sie es nun mehrmals hintereinander in so kurzer Zeit tut, zeugt nur davon, in welcher Verfassung sie ist.« Ihre Stimme war schneidend.

»Die Vergewaltigung …«

Kathrin schnitt ihm das Wort ab. »Die Probleme, die sie in dieser Woche hatte, hingen damit zusammen, dass du dich wie ein Arsch verhalten hast, Stefan. Ich glaube, sie hat die Vergewaltigung weitaus besser verkraftet, als wir beide dachten. Ich bin der festen Überzeugung, dass sie damit fertig wird. Womit sie anscheinend nicht mehr klarkommt, ist, dass du ein heillos egoistischer Macho geworden bist, der es nicht erträgt, wie seine Frau plötzlich beruflich an ihm vorbeizieht und an Eigenständigkeit gewinnt und ihn nicht braucht, um ihr zu zeigen, wo es langgeht. Das ist doch dein Problem, oder!« Sie biss sich auf die Zunge.

Stefan wollte schon zu einer wütenden Erklärung ansetzen, aber dann ließ er den Kopf sinken. »Vielleicht habe ich ihr unrecht getan, sie bevormundet. Aber dass sie einfach abhaut! Sie sagt, sie will ausziehen. Sie würde tatsächlich die Kinder allein lassen. Das ist doch nicht Verena! Sie ist die verantwortungsvollste Frau, die ich kenne. Aber sie haut einfach ab, lässt alles stehen und liegen. Lässt mich mit allem hier sitzen und sagt, sie muss raus. Was will sie bei Mona? Das ist doch total absurd! Ich glaube nicht, dass sie die Vergewaltigung verkraftet hat. Ich glaube eher, sie steht kurz vor einem Nervenzusammenbruch.«

Kathrin ließ sich ihre Überraschung nicht anmerken. Sie begriff, dass Stefan sich tatsächlich Sorgen um Verena machte. Aber sie erkannte noch etwas anderes, was sie Stefan allerdings nicht auf die Nase binden wollte: Verena, diese durch und durch rationale Frau, hatte es endlich einmal fertiggebracht, ihren Gefühlen zu folgen und alles andere hinzuwerfen. Hut ab, Verena! Du schaffst es immer wieder, mich zu überraschen!

Stefan sah sie hilflos an. »Was soll ich denn jetzt machen?«

Aber Kathrin zuckte nur mit den Schultern. »Ich kann dir keinen Rat geben. Es tut mir leid. Ich kann nicht in Verena hineinsehen. Das ist ihr Ding. Du musst sie einfach machen lassen.«

»Ich soll zusehen, wie meine Ehe zerbricht?«

Kathrin sah ihn lange an. »Wenn du noch mehr Druck aufbaust, wirst du sie auf jeden Fall verlieren. Lass sie los, dann wirst du sehen, ob sie zu dir zurückkommt.«

»Und wenn nicht? Wenn sie nicht zurückkommt?«

Kathrins Blick war eisig. »Willkommen im Club!«

Da endlich glaubte Stefan zu verstehen. »Du liebst sie noch immer?«, sagte er leise, nicht einmal wütend.

Doch Kathrin schüttelte den Kopf. »Du liegst schon wieder falsch, Stefan. Deine Eifersucht ist so überflüssig wie ein Kropf«, sagte sie brutal. »Aber ich wünsche Verena mehr als alles, dass es ihr gutgeht. Sie tut alles für andere, nie was für sich. Und ja, sie bedeutet mir sehr viel, in der Hinsicht hast du recht. Vielleicht ist es Liebe, aber eine rein freundschaftliche – nichts anderes.«

Er sah sie resigniert an und verstand endlich, dass Kathrin ganz sicher die Letzte war, auf deren Unterstützung er hoffen konnte, wenn es darum ging, seine Frau zurückzugewinnen.

Verena erwachte, weil ein Sonnenstrahl ihre Wange kitzelte. Sie schnupperte – es duftete nach frischem Kaffee. Sie tappte ins Bad und danach immer noch barfuß in die Küche. Mona war nirgends zu sehen. Sie suchte nach einer Tasse und nahm sich Kaffee von der Maschine.

Als sie ins Wohnzimmer ging, sah sie durch das große Panoramafenster Mona auf dem Balkon sitzen. Sie zog genüsslich an einer Zigarette und hielt eine Tasse Kaffee in der anderen Hand. Mona war noch im Schlafshirt. Der Wind blies ihr durch die wirren roten Haare; sie warf den Kopf zurück und zog unbewusst einen kleinen unwilligen Schmollmund. Verena musste unwillkürlich lächeln. Ihre Knie fühlten sich an wie Pudding, als sie zu Mona hinausging.

»Darf ich mich zu dir setzen?«, sagte sie leise, als sie fast hinter ihr stand.

Mona fuhr herum, dann breitete sich ein sanftes Lächeln auf ihrem Gesicht aus. »Was für eine Frage!« Sie streckte ihre Hand nach Verena aus, zog sie näher zu sich und schaute ihr prüfend ins Gesicht. »Hast du gut geschlafen?«

Verena versank in den grünen Augen und vergaß, was sie hatte sagen wollen. Sie konnte nur hilflos nicken. Was machte diese Frau nur mit ihr!

Da Verena sich nicht setzte, stand Mona auf. Sie trat ganz nahe vor sie. »Ist alles okay mit dir?«

Verena starrte auf Monas Mund. Ihr war plötzlich flau im Magen, sie musste sich mit der einen Hand am Türrahmen abstützen.

Mona legte eine Hand an ihre Taille.

»Bitte küss mich noch mal, Mona«, flüsterte Verena.

»Du musst mir nichts beweisen, Verena.«

»Bitte!« Verena beugte sich vor. Sie schloss die Augen.

Diesmal war Mona vorsichtiger, nicht so ungestüm. Sie ließ Verena Zeit, drängte nicht. Sie spürte, wie Verena den Mund öffnete, wie sie atemlos begann, Mona mit ihrer Zunge zu erkunden. Leidenschaftlich presste sie sich an Mona. »Halt mich.«

Mona blieb behutsam, der Sinneswandel war ihr noch nicht geheuer, selbst als Verena sich voller Erregung an sie klammerte.

»Ich habe mich nach dir gesehnt, Mona. Ich weiß nicht, was das ist. Ich kann mich nicht erinnern, wann ich jemals so empfunden habe. Und ich habe es verdrängt, wollte es nicht wahrhaben.« Sie keuchte atemlos. »Ich will mit dir schlafen, Mona!«

Mona ließ überrascht von ihr ab. Sie nahm Verenas Gesicht zärtlich in beide Hände, schaute ihr prüfend in die Augen. Verenas Augen waren dunkel und voller Sehnsucht. Und voller Angst, zurückgewiesen zu werden. Monas starke Freundin aus der Studienzeit hatte es endlich geschafft, sich dieser Angst zum Trotz ihren Gefühlen zu stellen und sie auszusprechen.

Mona lächelte. Sie nahm Verena an der Hand und führte sie ins Schlafzimmer. Gemeinsam ließen sie sich auf das Bett sinken. Mona beugte sich über Verena, sah ihr tief in die Augen. »Ich werde dir nicht wehtun, Süße, bitte vertrau mir.«

Verena nickte. Mona sah das Vertrauen in ihren dunkelgrauen Augen. Sie zog ihr das Shirt über den Kopf. Behutsam begann sie, mit ihrem Mund Verenas Körper zu erkunden. Verena sah sie unverwandt an, sie bebte leicht, als Monas Finger über ihre Haut strichen.

Sie stöhnte laut auf, doch als Monas Lippen sich ihrer intimsten Stelle näherten, versteifte sie sich. Entschuldigend sah sie Mona an. »Ich … weiß nicht …«

Mona nickte nur. Sie kam langsam nach oben, sah in Verenas verschleierte Augen. »Wir haben alle Zeit der Welt, meine Süße. Entspann dich.« Wieder begann sie, Verena zu küssen, behutsam und liebevoll. Ohne zu drängen. Sie merkte, wie Verena sich endlich fallen ließ. Ihr Körper bog sich ihr hungrig entgegen. Ihr Mund verschmolz mit ihrem. Monas Finger fanden ihren Weg nach unten, und diesmal ließ Verena es zu, ohne zurückzuschrecken. Sie kam kurz und heftig, ihre Finger krallten sich in Monas Haar. Verena blieb schwer atmend liegen, drehte sich dann aber entschlossen um und rollte sich auf Mona. »Ich will dich, Mona Grafenbach«, flüsterte sie ihr weich ins Ohr. Sie richtete sich leicht auf und sah bewundernd auf Mona hinunter, der die roten Haare wild ins Gesicht hingen. Mona wollte sich eine Strähne aus der Stirn wischen. Verena griff nach ihrer Hand und stoppte sie mitten in der Bewegung. »Lass«, flüsterte sie. »Das gibt dir etwas Verwegenes.« Langsam zog sie Monas Hand an ihren Mund, küsste hingebungsvoll die Finger, ließ ihren Mund über die Innenseite ihres Armes in Richtung Schlüsselbein und Hals nach oben wandern, bis ihre Lippen aufeinandertrafen. Sie vereinigten sich in einem hungrigen Kuss, mit dem Verena Mona den Atem nahm.

Ihr war, als würde die Welt aufhören, sich zu drehen, als sie Mona einen tiefen und intensiven Orgasmus bescherte. Und als sie aufsah und ihren eigenen Blick im Spiegel des Schlafzimmerschranks auffing, strahlte ihr das glückliche Lächeln einer gelösten, attraktiven und selbstbewussten Frau entgegen, die gerade die Verführerin in sich entdeckte.

Viel später saßen sie bei einem entspannten Frühstück auf dem Balkon. Verena sah verträumt über die Dächer der ewig rastlosen Stadt. Der Verkehr war in dieser Höhe kaum mehr zu hören, die Wahrzeichen, die Mona ihr am Abend zuvor gezeigt hatten, lagen in der Ferne, waren aber im Dunst noch gut erkennbar.

»Ich hätte nie gedacht, dass es so schön sein kann, mitten in Berlin zu leben«, sagte Verena leise.

»Du bist hier jederzeit willkommen, Süße. Die Wohnung ist groß genug. Ich gebe dir einen Schlüssel.«

Verenas Kopf fuhr herum. Sie versuchte in Monas Augen zu lesen.

Monas Hand schob sich sanft über ihre. So sanft, dass Verenas Haare sich leicht aufrichteten. Ihre Haut prickelte, wo Monas Finger lagen.

»Keine Angst, das war kein Heiratsantrag. Es war gerade wunderschön mit dir, aber mir ist klar, dass es zu früh ist, irgendetwas zu bereden oder zu erwarten. Du steckst in einer Beziehung, offensichtlich in einer Ehekrise. Du hast dein Leben in München, deine Familie, deine Kinder, deinen Job. Wir können nicht so mir nichts dir nichts Pläne schmieden. Lass uns einfach genießen, was wir haben, okay?«

Verena sah wieder in die Ferne. War es nur eine Beziehungskrise? Oder passierte hier etwas Grundlegendes? Obwohl sie sich wochenlang mit einem schlechten Gewissen wegen ihres Seitensprungs gequält hatte, hatte sie Stefan gerade ohne einen Anflug von Schuldbewusstsein erneut betrogen. Ja, sie hatte nicht einmal an ihn gedacht! Selbst jetzt, als sie nochmals in sich hineinhorchte, gab es keine Stimme, die sagte: Was hast du getan? Es fühlte sich so selbstverständlich an, dass sie hier saß und mit Mona sprach, dass sie wusste, was Mona verrückt machte, dass sie wieder den Körper einer Frau gespürt hatte und sich darin versenken konnte. Nicht nur Mona hatte sie geliebt, sie selbst hatte eine völlig neue aktive und fordernde Seite an sich entdeckt.

Ihr Blick war immer noch mit Monas verschmolzen. Ihre Stimme zitterte, als sie sagte: »Was willst du denn, Mona? Bietest du mir gerade eine Affäre an – ein bisschen Spaß miteinander, wenn wir uns hier oder in München sehen? Sollen wir vereinbaren, auf welchen Kongressen wir *rein zufällig* aufeinandertreffen?«

Mona antwortete nicht. Dann konterte sie: »Warum fragst du mich das? Ist es etwa das, was du dir wünschst? Ein bisschen Ablenkung von deinen aktuellen Problemen?«

Verena schlug die Augen nieder. »Nein, das will ich nicht. Das gerade war umwerfend, es war nicht einfach nur Sex ... Du bist so unbeschreiblich. Ich will dich nicht verletzen und ich will dich nicht benutzen. Ich würde am liebsten alles stehen und liegen lassen, aber das kann ich nicht …«

Mona war aufgestanden. Nun trat sie hinter Verena und legte ihr beide Hände auf die Schultern. Sie beugte sich zu ihr hinunter, so dass ihr Mund nah an ihrem Ohr lag. »Verena!«, mahnte sie leise. »Hör auf, dir so einen Druck zu machen. Hör auf, *uns* so einen Druck zu machen! Das habe ich doch vorhin gesagt …« Sie begann an Verenas Ohr zu knabbern.

»Das … ist … nicht fair«, flüsterte Verena, als ihr eine Gänsehaut über den Rücken lief.

»Nein?« Monas Hände verschwanden in ihrem Ausschnitt. Verenas Brustwarzen richteten sich auf.

»Mona!« Sie schrie leise auf.

»Wirst du wohl still sein? Was sollen denn die Nachbarn denken?« Mona kicherte leise in ihrem Rücken, arbeitete sich mit den Händen nach unten. Verena hatte wie sie selbst nur ein langes T-Shirt an. Sie trug keinen Slip. Mona kam um den Stuhl herum, ging vor ihr auf die Knie und öffnete ihre Schenkel.

»Das wirst du nicht tun, Mona Grafenbach«, flüsterte Verena weitaus mehr erregt als empört.

Mona lachte übermütig. »Nein?« Sie atmete in Verenas Schoß. Dann bahnte sich ihre Zunge einen Weg in Verenas Innerstes. Deren Finger umklammerten die Stuhllehne, damit sie nicht laut stöhnte. Von irgendwoher hörte sie Stimmen.

»Mona …!«

»Schsch, entspann dich … Hier sieht uns ganz bestimmt

keiner … Du solltest vielleicht nur ein wenig leiser sein als vorhin. Glaubst du, du schaffst das?«

Und Verena überließ sich ihrer Lust.

Irgendwann entschlossen sie sich doch noch, die Wohnung zu verlassen. »Wenn du schon mal hier bist, will ich dir wenigstens mein Lieblingscafé zeigen«, sagte Mona. »Das ist das Mindeste an Sightseeing, was ich von dir erwarte.« Gelöst wanderten sie über den Potsdamer Platz zum Sony-Center. Manchmal gingen sie so eng nebeneinander, dass ihre Handrücken sich streiften, ihre Finger fanden sich, hielten einander kurz fest, um dann wieder loszulassen. Verena spürte, wie sehr sie diese intime Nähe genoss.

Ihr Handy piepste, als sie schließlich im Café Alex saßen. Mit einem entschuldigenden Lächeln sah Verena auf die Nachricht. »Von Kathrin«, sagte sie zögerlich. »Ich habe mich gestern gar nicht mehr bei ihr gemeldet.«

Mona nickte nur. »Ruf sie an. Ist doch logisch, dass sie wissen will, wie es dir gestern ergangen ist. Ich muss sowieso mal kurz verschwinden.«

Verena wählte Kathrins Nummer. Sie verspürte den Anflug eines schlechten Gewissens. Das letzte Mal hatte sie mit Kathrin gesprochen, bevor sie zur Polizei gegangen war. Sie hatte kurz den neuerlichen Streit mit Stefan erwähnt, aber nicht, dass sie ihm gesagt hatte, sie wolle ausziehen. Und Kathrin hatte keine Ahnung von ihrem Ausflug nach Berlin.

»Hallo, Kathrin! Tut mir leid. Ich wollte mich eher bei dir melden, aber … es kam etwas dazwischen.«

Kathrin gluckste: »Oder jemand! Na, macht nichts. Ich bin deine Freundin, nicht dein Kindermädchen!«

Verena schwieg verdutzt. Woher wusste Kathrin, dass sie bei Mona war?

»Das habe ich übrigens auch deinem Mann gesagt, als er heute Morgen wutentbrannt vor meiner Tür stand.« Kathrin lachte.

Verena glaubte sich verhört zu haben. »Wie bitte?«

Und dann erzählte Kathrin, wie Stefan um neun Uhr früh bei ihr geklingelt und ihr Verenas Zettel unter die Nase gehalten hatte. Sie fasste das Gespräch kurz zusammen. Verena lauschte ungläubig. »Was wollte er von dir?«, fragte sie dann erbost.

»Reg dich ab, Verena. Mich interessiert viel mehr, wie es dir geht. Du willst tatsächlich ausziehen?«

Verena musste nicht überlegen. »Ja«, antwortete sie mit fester Stimme. »Es geht einfach nicht mehr. Ich halte es nicht mehr aus. Wir werden eine Lösung finden müssen, wie wir das mit Tim und Dani regeln, aber ich kann so nicht mehr weitermachen. Nicht mal ihnen zuliebe.«

»Donnerwetter, du machst Nägel mit Köpfen. Ich bin stolz auf dich!«

Verena schwieg. »Danke«, sagte sie dann. Sonst nichts.

»Und wie geht es dir sonst? Was ist mit Mona?«, hakte Kathrin nach.

»Nun …« Verena wusste nicht, was sie antworten sollte.

»Na komm schon, ich bin deine beste Freundin, ich will alles wissen.« Als Verena noch immer nichts sagte, meinte Kathrin endlich zu begreifen. »Du kannst nicht reden …«

Verena lächelte Mona an, die gerade an den Tisch zurückkehrte. »Doch«, antwortete sie leise. »Und es geht mir gut. Es geht mir sogar ausgezeichnet.« Sie glaubte Kathrin lächeln zu sehen.

Kathrins Stimme klang sehr sanft. »Du weißt, dass ich dir das von ganzem Herzen wünsche, meine Liebe.« Sie zauderte nur kurz, ehe sie fortfuhr, aber Verena bemerkte es dennoch. »Du erinnerst dich, dass ich dir neulich erzählt habe, wie ich mit Mona über unsere gemeinsame Zeit damals gesprochen habe?«

»Sicher«, erwiderte Verena kurz.

»Vielleicht solltest du überlegen, ihr auch deine Sicht auf das Ganze zu erklären, damit es nicht zwischen Euch steht ...«

»Vielleicht, Kathrin, aber ich glaube nicht, dass das gerade der richtige Zeitpunkt ist.«

Kathrin schwieg einen Moment, dann sagte sie fröhlich: »Ist Mona in der Nähe?«

»Sie sitzt neben mir.«

»Dann gib sie mir bitte mal kurz, ja?«

»Was willst du von Mona?«, fragte Verena leicht misstrauisch.

»Das möchte ich ihr gerne selbst sagen. Muss ich erst auflegen und sie anrufen?«

»Nein, schon gut.« Verena hielt Mona ihr Handy hin. »Kathrin will mit dir reden. Ist das okay?«

Mona nickte, nahm das Handy. »Hallo, Kathrin.«

»Mona! Grüß dich!« Kathrins Stimme klang etwas zu forsch.

Mona runzelte kurz die Stirn. Dann sagte sie ruhig: »Ich sitze mit Verena gerade im selben Café, in dem wir damals waren, erinnerst du dich?«

»Sicher erinnere ich mich. Und ich freue mich, dass ich damals schon recht hatte mit meiner Vermutung, dass du noch auf sie stehst«, sagte sie feixend.

Doch ehe Mona eine schnippische Antwort geben konnte, fuhr Kathrin schon fort. »Aber eines sage ich dir, Mona: Wenn du ihr wehtust, bekommst du es mit mir zu tun!« Kathrins Ton war todernst.

Mona war einen Moment perplex, dann sagte sie leichthin: »Spricht da wieder die Löwenmama, die ihr Junges beschützt? Du brauchst keine Angst zu haben. Mir liegt sehr viel an Verena.« Sie warf ihr einen liebevollen Blick zu. »Ich habe nicht vor, sie zu verletzen, okay?«

Mona hörte, wie Kathrin am anderen Ende der Leitung tief durchatmete. Offensichtlich wurde ihr selbst klar, dass sie überreagiert hatte.

Etwas entspannter sagte Kathrin: »Also gut. Glaub mir einfach, dass ich nur das Beste für Verena will.«

Sehr leise antwortete Mona: »Das weiß ich doch. Bitte vertrau mir. Ich werde ihr nicht wehtun – und dir auch nicht«, fügte sie nach kurzer Überlegung hinzu.

»Hier geht's nicht um mich!«

Mona lächelte. »Ein klein wenig schon, Kathrin, nicht wahr? Hör bitte auf, dir so viele Sorgen zu machen.«

Kathrin schwieg einen Moment. Dann sagte sie: »Mona, vergiss einfach nicht, was ich dir neulich am Telefon erzählt habe. Ich bin vielleicht tatsächlich etwas gluckenhaft nach allem, was sie für mich getan hat. Ich wünsche euch beiden von Herzen alles erdenklich Gute. Gibst du mir bitte Verena noch einmal kurz?«

Wortlos reichte Mona das Handy zurück. Ehe Verena etwas sagen konnte, redete Kathrin. »Mach's gut, mein Schatz. Melde dich, und lass mich nicht wieder so lange warten. Und tu nichts, was ich nicht auch tun würde«, fügte sie verschmitzt hinzu. Dann hatte sie auch schon aufgelegt.

Mona sah Verena mit zusammengekniffenen Augen an. Dann sagte sie leise: »Ich muss gestehen, dass sie mich verwirrt. Sie hat mich am Tag deines Unfalls sofort gefragt, ob ich mit dir zusammen war. Einerseits ist sie fast aggressiv-beschützerisch, was dich angeht, dann wieder sieht es so aus, als legte sie es darauf an, uns zusammenzubringen. Sie ist wirklich nicht eifersüchtig, oder?«

Verena seufzte. Sie hatte nicht erwartet, an diesem Wochenende so vieles klären und erklären zu müssen. Kathrins Anruf hatte sie in die Realität ihrer ungelösten Probleme mit Stefan zurückkatapultiert. »Nein, es hat nichts mit Eifersucht zu tun, Mona.« Sie senkte den Blick.

»Sie hat mir erzählt, wie ihr euch kennengelernt habt«, begann Mona, als wollte sie ihr das Reden leichter machen.

Verena sah sie unschlüssig an. Sie hatte eigentlich nicht vorgehabt, die alten Geschichten aufzuwärmen. Aber dann bestellten sie jede noch ein Glas Wein, und Verena begann tatsächlich von der Zeit mit Kathrin zu erzählen. »Wir konnten irgendwann beide nicht mehr. Ich hatte doch gar keine Erfahrung, wie man emotional mit so was umgeht. Es gab ein paar Monate, da fuhr ich zu ihr raus und rechnete jedes Mal damit, sie tot aufzufinden. Es hat mich fertiggemacht, und ich habe es nicht mal registriert, weil ich so mit ihren Problemen beschäftigt war.«

Mona hakte ein. »Ich erinnere mich an eine Zeit, da bist du wie ein Zombie rumgelaufen. Du warst kaum ansprechbar, warst ständig übermüdet und gereizt. Und oft warst du über mehrere Tage verschwunden, und niemand wusste, wo du steckst.«

»Ja, ich war damals oft bei Kathrin. Sie hatte ein Haus auf dem Land. Manchmal habe ich das ganze Wochenende bei ihr verbracht.«

»Dir selbst Hilfe zu suchen war wohl schon damals nicht deine Stärke. Wenn sie es tatsächlich geschafft hätte, sich etwas anzutun, wäre dein eigener Absturz vorprogrammiert gewesen. Es steckt niemand so leicht weg, einen Menschen durch Selbstmord zu verlieren. Und du hast dich da offensichtlich ganz schön hineingesteigert. Du bist überdies Ärztin, keine Psychologin.«

»Ja, irgendwann habe ich das ja auch begriffen und auch jemanden gefunden, der uns beide betreut hat. Wir waren in einen absoluten Teufelskreis geraten.«

»Klingt, als wärt ihr völlig symbiotisch verstrickt gewesen«, sagte Mona ernst.

»Ja«, gab Verena unumwunden zu. »Heute ist mir das alles klar und Kathrin wohl auch. Damals nicht. Wir haben uns einigermaßen durchlaviert und sind irgendwie unbeschadet da rausgekommen.«

»Unbeschadet?« Mona grinste süffisant. »Und wie seid ihr dann im Bett gelandet?«

Verena wurde tatsächlich rot. »Mir wurde irgendwann bewusst, dass ich mehr für sie empfand. Ich habe lange gebraucht, bis ich das kapiert hatte. Es hat gedauert, bis wir uns das eingestehen konnten. Und dann hat es uns einfach vom Hocker gehauen …«

»Du hast herausgefunden, dass auch du auf Frauen stehst.« Es war keine Frage, sondern eine Feststellung.

Verena nickte. »Ja, aber ich konnte nicht dazu stehen. Ich konnte mich nicht zu Kathrin bekennen. Im Nachhinein weiß ich, dass ich ihr durch meine Feigheit das Leben zur Hölle gemacht habe.«

Mona bestellte noch einmal für beide ein Glas Wein. Das hier war komplizierter, als sie angenommen hatte. Sie schaute Verena nachdenklich ins Gesicht.

»Du denkst, ich hab 'ne Macke, was?«, sagte Verena vorsichtig.

»Sicher nicht mehr als jede andere«, lächelte Mona. »Aber ich verstehe jetzt besser, warum ihr so miteinander umgeht, wir ihr es tut. Und euch beiden sollte eigentlich klar sein, wir ihr manchmal auf Außenstehende wirkt.«

Verena blinzelte. »Ich fürchte, ich verstehe dich nicht ganz.«

»Ich glaube, du verstehst mich sehr gut, Verena. Wer sagt mir, ob ihr wirklich über eure Beziehung hinweg seid? Du fängst anscheinend gerade erst an zu akzeptieren, dass du Frauen attraktiv findest. Was wäre, wenn Kathrin dir eine neue Chance gäbe?«

Verena trank einen großen Schluck Wein. »Hast du mir nicht vor ein paar Stunden gesagt, wir sollten es auf uns zukommen lassen? Trotzdem fängst du jetzt eine Grundsatzdiskussion an.« Sie musterte Mona ernst. Versuchte in den grünen Augen zu lesen. War sie eifersüchtig auf Kathrin?

Und Mona schlug tatsächlich die Augen nieder. Leise sagte sie: »Weißt du, Verena, ich glaube, ich kann mich irgendwie damit arrangieren, dass du deine Eheprobleme lösen musst und auch, dass ich keine Garantie habe, in welcher Form das passieren wird – ob du zu deinem Mann zurückwillst oder es schaffst, dich zu trennen. Aber wenn es darauf hinausläuft, dass du mich als Übergangslösung benutzt, bis Kathrin und du ...«

Weiter kam sie nicht. Verena hatte sich zu ihr gebeugt. »Mona! Du bist keine Übergangslösung! Wenn ich mit Kathrin zusammen bin, dann melden sich da keine Schmetterlinge in meinem Bauch ... Ich kann normale Sätze sprechen und ich schaue ihr nicht in die Augen und vergesse, was ich sagen wollte. Aber mit dir ... ist das so!« Sie nahm ihr das Glas aus der Hand. Und gab Mona mitten auf dem Platz vor dem Sony-Center einen langen Kuss, der ihr den Atem raubte.

Mona blickte sie erstaunt an. Verena hatte sie gerade in aller Öffentlichkeit geküsst. Ohne Vorbehalte, weil sie sich nicht mit einer Frau so intim zeigen wollte, ja ohne überhaupt auf ihre Umgebung zu achten. Nicht dass hier in dieser bunten Stadt jemand groß Anstoß nehmen würde. Aber dennoch ... Dann stiegen ihr plötzlich die Tränen in die Augen. Sie merkte, wie unsicher dieses Wochenende sie machte. Trotz der Freude über den Besuch und des schönen Erlebnisses mit ihr an diesem Morgen im Bett war sie anfangs nicht wirklich überzeugt gewesen, dass Verena es ernst meinte. Selbst wenn sie nicht geglaubt hatte, dass Verena sie bewusst anlog oder ihr etwas vorspielte, so hatte sie doch ihre Zweifel gehabt, dass ihre Gefühle echt waren.

Doch nun lachte Mona übermütig. »Lass uns bezahlen. Ich habe heute Abend noch was mit dir vor!« Sie liefen Arm in Arm durch die Straßen, bewunderten in den Schaufensterscheiben ihr eigenes Spiegelbild und alberten ausgelassen kichernd herum. Mona fand, dass ihrer beider Gesichter sehr glücklich aussahen, und das war schließlich alles, worauf es in diesem Augenblick ankam.

EPILOG

Sechs Monate später

Am Tag der Urteilsverkündung kamen Mona und Verena Hand in Hand aus dem Gerichtssaal. Verena löste sich auch nicht von Mona, als die Blitzlichter der Pressefotografen losgingen.

Wie befürchtet, war der Fall an die Öffentlichkeit geraten. Ein Riss ging durch die Medienlandschaft. Während die einen Aufklärung forderten und darauf hinwiesen, dass Gewalt durch Frauen ein Tabuthema sei, das es endlich in den Fokus zu rücken gelte, meinten die anderen, dass es den Frauen nur schade, wenn sie sich untereinander ›zerfleischten‹. Böse Stimmen wurden laut, die den Prozess als Zickenkrieg auf unterstem Niveau abtaten und Verena unterstellten, dass ihre Anschuldigungen frei erfunden waren.

Verena weigerte sich eisern, in den Medien nur eine einzige Stellungnahme abzugeben. Indes gelang es Anna Conrads Verteidiger nicht, Verenas Aussagen ernsthaft zu demontieren. Sie ließ sich nicht einschüchtern oder verunsichern, sondern sah Anna bei Gericht unbeirrt in die Augen. Deren Anwalt sagte sie bei der Befragung herausfordernd ins Gesicht: »Es ist mir vollkommen bewusst, dass ich sie freiwillig mit auf mein Zimmer genommen habe. Allerdings habe ich ganz sicher nicht eingewilligt, dass sie mir Drogen in ein alkoholisches Getränk kippt. Als Ärztin weiß sie um die Reaktion von GHB mit Alkohol und dass dies ein lebensgefährlicher Cocktail sein kann. Ich habe sie gebeten, mich nicht zu fesseln, wenn auch vielleicht nicht entschieden genug, weil ich zu dem Zeitpunkt nicht mehr voll zurechnungsfähig war. Ganz bestimmt habe ich nicht meine Zustimmung gegeben, mir die Kehle zuzudrücken, geschweige denn mir Gegenstände einzuführen, die mir Rupturen an Vaginalwand und Rektum zufügen würden.«

»Haben Sie ihr gesagt, dass sie es unterlassen solle?«

»Ich habe laut aufgeschrien, daraufhin hat sie mir die Kehle zugedrückt.«

»Vielleicht deutete sie das als Zeichen der Erregung.«

Ehe ihre Anwältin Einspruch erheben konnte, hatte Verena ihn kalt angefunkelt: »Würde es Sie erregen, wenn man Ihnen den Arsch aufreißt?«

Professor Meinhard hatte Wort gehalten. Als die ersten Medienberichte erschienen und auch in der Klinik eine gewisse Unruhe entstand, ließ er von Sandra Koschinski eine Mitteilung verschicken, dass man in vollem Umfang hinter Frau Dr. Verena Gessner stehe. Man würdigte ihre bisherigen Verdienste für das Klinikum und erwarte Verständnis, dass es sich um ihre Privatangelegenheit handele. Vorverurteilungen der Parteien seien zu unterlassen, die Beurteilung der Sachlage obliege allein dem Gericht, und insbesondere sei zu bedenken, nicht die Opfer von Sexualdelikten zu verurteilen, sondern die Täter bzw. Täterinnen.

Verena hatte in der Zwischenzeit neben ihrer Arbeit an der Klinik noch einen Lehrauftrag angenommen. Am Morgen nach der Urteilsverkündigung sollte sie eine Vorlesung halten. Als sie den Saal betrat, standen alle Studierenden nach und nach auf, angeführt von jungen Frauen. Lautes Beifallsklopfen erklang durch den Saal.

Neben der Studentin, die Mona ausfindig gemacht hatte, hatte sich noch eine weitere junge Frau gemeldet, die ebenfalls schwere Vorwürfe gegen Anna Conrad erhob. Letztendlich wurde dieser aber zum Verhängnis, dass sie Fotos von ihren Opfern im Rauschzustand gemacht hatte, welche die Polizei auf ihrem Computer und ihrem Handy sicherstellte.

Mit Stefan hatte Verena sich noch nicht ausgesöhnt. Wie angekündigt, nahm sie sich nach dem letzten Streit eine Wohnung mit einem Zimmer für Tim. Er verbrachte seine Zeit abwechselnd bei Verena und Stefan. Sie konnten sich zumindest so weit einigen, dass er nicht aus seinem Leben mit Schule und Freundeskreis gerissen wurde. Dani hatte inzwischen angefangen, Medizin zu studieren und lebte in einer WG nahe an der Uni.

Es den Kindern beizubringen und ihnen kurz darauf Mona vorzustellen war für Verena das Schwierigste an der Trennung gewesen. Dani gab sich cool und offen, als sie Mona kennenlernte, aber Verena entgingen die Fragezeichen in den Augen der knapp Zwanzigjährigen nicht. Durch Kathrins und Carmens Freundschaft mit Verena war sie mit lesbischen Frauen aufgewachsen, und von Verenas Seitensprung mit Carmen hatte sie mehr mitbekommen, als es Verena damals lieb gewesen war, aber dass ihre Mutter nun tatsächlich den letzten Schritt gewagt hatte, machte Dani offensichtlich dennoch zu schaffen. Verena beschloss, ihr Zeit zu lassen.

Timmi war weniger pflegeleicht. Zwar hatte er kein Problem damit, seine neugewonnenen Freiheiten zwischen zwei Wohnungen mit zwei schuldbewussten Elternteilen auszuloten, aber auf Monas gelegentliche Anwesenheit reagierte er eher abweisend. Alle Versuche Verenas, mit ihm darüber zu reden, blockte er ab. Sie hatte es zwar geschafft, den Medienrummel weitgehend von ihm fernzuhalten, konnte aber nicht verhindern, dass einer seiner Klassenkameraden seine Mutter eines Tages abfällig als »Lesbe« bezeichnete. An jenem Abend, an dem er verstört auf dem Bett saß, gelang es ihr endlich, ihn zum Reden und Zuhören zu bewegen.

»Das darf er nicht sagen, Mama, oder?«

Und Verena erklärte ihrem zehnjährigen Sohn geduldig, dass der Begriff kein Schimpfwort war. Irgendwann grinste Timmi spitzbübisch. »Ich glaube, ich verstehe dich, Mama. Ich finde Mädchen auch viel cooler. Wir haben einfach den gleichen Geschmack.«

Danksagung

Ich möchte mich ganz herzlich bedanken bei Beate Füth als treue und erste Leserin dieses Manuskripts, des Weiteren bei Claudia Breitsprecher für die hervorragende Zusammenarbeit und dann natürlich bei Andrea Krug und Dagmar Schadenberg für das umfassende und höchst konstruktive Lektorat, das tolle Cover und die Chance, in ihrem Verlag veröffentlichen zu dürfen.

Brecht, Chira: *Endlich angekommen* / Roman
ISBN 978-3-95917-001-7
Originalausgabe /
Satz und Gestaltung: Grafikbüro Schadenberg, Berlin
Umschlagfoto: plainpicture/neuebildanstalt
Druck: CPI – Clausen & Bosse, Leck

WAS LESBEN WIRKLICH WOLLEN ...
Das Magazin für Lesben
L.MAG
Probe-Abo 3 Ausgaben 10 €
www.l-mag.de